Carl Zuckmayer wurde am 27. Dezember 1896 in Nackenheim am Rhein geboren. Nach dem Abitur in Mainz meldete er sich als Kriegsfreiwilliger und wurde an der Westfront eingesetzt. 1918 begann er ein kurzes Studium der Geistes- und Naturwissenschaften in Frankfurt a. M. und Heidelberg; wichtiger als alle Theorie waren ihm jedoch die in diesem Umfeld geschlossenen Freundschaften. 1920 ging er nach Berlin. Erste Stücke blieben ohne Erfolg, obwohl sie ihn »dichterisch legitimierten« – ›Der fröhliche Weinberg‹ brachte ihm 1925 den Durchbruch und den Kleist-Preis. 1933 verhängten die Nationalsozialisten ein Aufführungsverbot über ihn. Er zog sich daraufhin mit seiner Familie nach Henndorf bei Salzburg zurück; dort besaß er seit 1926 ein Haus. 1938 floh er in die Schweiz, ein Jahr später emigrierte er in die USA, wo er bis 1946 als Farmer in den ›Grünen Bergen‹ (Vermont) lebte. Von 1947 bis 1957 hielt er sich abwechselnd in der Schweiz und in den USA auf; 1958 kehrte er endgültig in die Schweiz zurück und wurde in Saas-Fee (Wallis) ansässig, seit 1966 als Schweizer Bürger. Am 18. Januar 1977 ist er als einer der über Jahrzehnte erfolgreichsten deutschsprachigen Autoren in Visp (Wallis) gestorben.

Carl Zuckmayer
Gesammelte Werke in Einzelbänden

Herausgegeben von Knut Beck
und Maria Guttenbrunner-Zuckmayer

Carl Zuckmayer
Das kalte Licht

Theaterstücke 1955–1961

Fischer
Taschenbuch
Verlag

Veröffentlicht im Fischer Taschenbuch Verlag GmbH,
Frankfurt am Main, November 1996

Lizenzausgabe mit freundlicher Genehmigung
des S. Fischer Verlags GmbH, Frankfurt am Main
Für diese Ausgabe:

Gesamtherstellung: Clausen & Bosse, Leck
Printed in Germany
ISBN 3-596-12711-4

Gedruckt auf chlor- und säurefreiem Papier

Das kalte Licht
Drama in drei Akten

»Als *Kaltes Licht* bezeichnet man eine Leuchterscheinung,
bei der weder Erwärmung noch Verbrennung stattfindet.«
Aus einem Lehrbuch der Kernphysik

Personen

KRISTOF WOLTERS
BUSCHMANN, genannt Kommissar Picrino
HJÖRDIS LUNDBORG
FRIEDLÄNDER
ROITTNER
LACROSSE, Schiffsarzt
SIR ELWIN KETTERICK
ANGUS FILLEBROWN, sein Assistent
NIKOLAS LÖWENSCHILD
LEUKIPPOS, sein Pudel
DOROTHY FITCH, seine Sekretärin
JEAN-MARIE MERMINOD }
FREDERICK SCHILLER LEE } seine Assistenten
PRECIOUS FILLEBROWN
ROY, ein Testpilot
JUREW, ein Apparatschik
TSEBAYA, eine Pueblo-Indianerin
HEATHER HODGER, eine Reinmachefrau
THOMAS NORTHON, Beamter im britischen Geheimdienst
Einige Zeitgenossen, darunter ein ›Bum‹

Das Stück spielt in England, Nordamerika und auf dem Atlantik, in den Jahren 1939–1950.

Erster Akt

Erste Szene

Eine Bank im Green Park, London, September 1939. Mildes Spätsommerlicht. Erste Herbstfarben.
Kristof Wolters, ein schlanker junger Mann, Ende der Zwanzig, in einem abgetragenen, aber nicht schäbigen Anzug, ohne Hut oder Mantel, sitzt mit übergeschlagenen Beinen auf der Bank, liest eine Zeitung. Dann und wann hebt er den Kopf, um sein Gesicht von der Sonne bescheinen zu lassen oder die Vorübergehenden zu betrachten.
Es scheinen nur wenige Menschen im Park zu sein, und nur wohlerzogene Kinder, denn es ist sehr still. Von Zeit zu Zeit hört man von einem nahen Reitweg Hufschlag und Pferdeschnauben.
Zwei ältere Herren gehen vorüber.

ERSTER HERR Glauben Sie mir – der ganze Spuk dauert keine zwei Wochen mehr. Dann setzen in Polen die großen Herbstregen ein.

ZWEITER HERR Aber sie haben doch schon Warschau bombardiert. Die Morgenausgabe der ›Times‹ schätzt die Verluste auf mindestens –

ERSTER HERR General Schlamm!! Dagegen kommt keiner auf. Da bleiben sie stecken wie alte Gummischuhe – Hitlers schwere Panzer nämlich! Die Polen aber, mit ihrer leichten Kavallerie – Sie werden sehen – die leichte Kavallerie –

ZWEITER HERR Gegen Flugzeuge?

ERSTER HERR Flugzeuge! Flugzeuge entscheiden keinen Feldzug. Infanterie, Artillerie, Kavallerie! Alles andere sind Zugaben.

ZWEITER HERR *mit einem unwillkürlichen Blick zum Himmel* Zugaben – *Sie verschwinden.*

Eine stichelhaarige Dame mit Hundeleine kommt von der andern Seite, sie pfeift ungeschickt, schaut suchend umher, dann bleibt sie bei Wolters stehen, redet hastig.

DAME Entschuldigen Sie, haben Sie nicht einen rehbraunen

Airedale gesehen, Drahthaar kurzgeschoren Rute halblang kupiert Fußmanschetten Wuschelkopf, ein Ohr hoch ein Ohr nieder?

WOLTERS Verzeihung – würden Sie vielleicht etwas langsamer sprechen? Ich konnte nicht ganz folgen.

DAME *tadelnd* Ach so. Ausländer. Bedaure. *Sie geht pfeifend weiter.*

WOLTERS *erst jetzt begreifend* Ein Airedale-Terrier – *Ruft ihr nach* Nein, hab ich nicht gesehen.

Die Dame hört nicht mehr – er zuckt die Achseln, schaut wieder in seine Zeitung. Inzwischen ist Buschmann erschienen, in einem absichtlich unentschlossenen, schlendernden Gang. Er beobachtet Wolters einen Augenblick, nähert sich der Bank.

BUSCHMANN Ist es erlaubt?

WOLTERS Natürlich. *Rückt ein wenig zur Seite.*

BUSCHMANN *setzt sich, streckt die Beine von sich, nimmt ein Zigarettenetui aus der Tasche, klappt es auf und wieder zu, ohne eine Zigarette herauszunehmen, während Wolters liest. – Dann, ohne ihn anzuschauen* Deutscher?

WOLTERS *lächelt* Weil ich die ›Basler Nationalzeitung‹ lese?

BUSCHMANN Die könnte ein Schweizer auch lesen. Aber ich denke, Sie sind deutscher Emigrant.

WOLTERS Interessiert Sie das?

BUSCHMANN Schicksalsgenosse.

WOLTERS, *ihn musternd, etwas ironisch* Eine echt deutsche Wortverbindung. Was ist die Wurzel? Schicksal – oder Genosse?

BUSCHMANN *summt vor sich hin*

»Vor Madrid im Schützengraben –
So manches blut'ge Jahr –«

WOLTERS Aha. Spanienkämpfer.

BUSCHMANN Im Gegensatz zu Ihnen.

WOLTERS Woher wissen Sie das?

BUSCHMANN Man weiß. Ich heiße Buschmann. Vielleicht erinnern Sie sich.

WOLTERS *zurückhaltend* Wolters.

BUSCHMANN Kristof Wolters?

WOLTERS Ich kann mich wirklich nicht erinnern –

BUSCHMANN Denken Sie mal an Paris, 1936. Protestversammlung des Front Populaire.

WOLTERS Sie müssen ein tolles Gedächtnis haben.

BUSCHMANN Gehört zum Handwerk. – In Spanien haben sie mich »Kommissar Picrino« genannt. Ich war Batteriekommandeur bei der Internationalen Brigade.

WOLTERS *eher unbeteiligt* So, der sind Sie.

BUSCHMANN Warum sind Sie nicht nach Spanien gegangen?

WOLTERS Ich bin kein Abenteurer.

BUSCHMANN Das heißt, Sie haben den Ausgang vorausgesehen. Ich auch. Aber es handelte sich um eine entscheidende Phase im proletarischen –

WOLTERS Ach lassen Sie mich in Ruhe.

BUSCHMANN Sie müssen doch einsehen, daß der Widerstand notwendig war – schon weil er Legende bildet. Genau wie der Wiener Februaraufstand von 1934. Wir brauchen die heroische Legende, als ein psychologisches Ferment in der politischen –

WOLTERS Ich beschäftige mich nicht mehr mit Politik.

BUSCHMANN So. Sie überlassen es also der Politik, sich mit Ihnen zu beschäftigen. Auch der Ochse beschäftigt sich nicht mit den Fleischpreisen, er wartet ab, bis er drankommt. Genügt Ihnen das? Bei Ihren Anlagen und nach Ihrem Vorleben?

WOLTERS Was wissen Sie von meinem Vorleben?

BUSCHMANN Genug, um Sie darauf festzulegen. Wer einmal in die Partei eintritt –

WOLTERS Ich habe die Mitgliedschaft seit meiner Flucht aus Deutschland nicht erneuert. Die deutsche KP ist zerplatzt. Ich bin nie der französischen oder der englischen beigetreten.

BUSCHMANN Die Partei ist überzeitlich und international.

WOLTERS Auch jetzt noch? *Er schlägt auf das Zeitungsblatt, hält es ihm vors Gesicht.*

BUSCHMANN Mensch. Also davon lassen Sie sich verbiestern? – Empfang in der Russischen Botschaft Unter den Linden – der grinsende Ribbentrop, der freundliche Molotow – »Bündnis der jungen Völker«, für den Anschauungsunterricht in der Hitlerjugend! *Er lacht.*

WOLTERS Mir langt die Visage des heiteren Väterchens Josef, hinter der Theke, beim großen Ausverkauf.

BUSCHMANN Hören Sie mal, Sie haben doch Grips im Schädel. Jede andere Politik wäre Selbstmord, und wir könnten uns zuallererst aufhängen. Wissen Sie denn nicht, wo Sie leben? Die Herren mit den grauen Zylindern und den Wildledergamaschen, und die aufgeschwollenen Piquet-Westen in Paris, die würden doch den Hitler wie einen Bluthund auf die Sowjets loslassen und sich über der Beute mit ihm vertragen. Was sind denn wir, für die Engländer? Was die Kaldaunen für den Metzger sind: in den Eimer damit!

WOLTERS Vorläufig genießen wir ihren Schutz und ihre Gastfreundschaft. Ich halte mich an die Tatsachen. Moskau deckt Hitler den Rücken. England hat ihm den Krieg erklärt.

BUSCHMANN Und wo führt es ihn? In den französischen Puffs vielleicht! Da, lesen Sie eine Spalte tiefer: Manicure-Salons in der Maginot-Linie. Das ist kein Witz, das ist Tatsache. Dieser ganze Krieg ist doch ein aufgelegter Schwindel. Oder wozu, glauben Sie, baut man die netten kleinen Bunkerchen hier im Park? Für den Ernstfall vielleicht? Die schmeißt ein Kind mit seinem Ball kaputt! Das ist eine abgekartete Sache zwischen den kapitalistischen –

WOLTERS Nicht so laut.

Zwei Büromädchen kommen vorbei, Sandwiches kauend.

ERSTES MÄDCHEN *mitten im Schwatz* ... hat er mich eingeladen, zu dem großen Marineball im Park Lane Hotel, er ist ja Leutnant zur See, aber ich weiß nicht, was ich anziehen soll...

ZWEITES MÄDCHEN Wenn es so warm bleibt, nimmst du das Nilgrüne vom Sommer, und ich leihe dir meinen weißen Umhang dazu.

ERSTES MÄDCHEN Süß von dir, aber das Nilgrüne mag er nicht, er sagt, es macht mich so käsig...

ZWEITES MÄDCHEN Ja, dann weiß ich auch nicht... *Sie verschwinden.*

BUSCHMANN Das Volk hat Sorgen. – Rauchen Sie?

WOLTERS Danke ja. – Sollen die Mädels vielleicht in ihrer Lunch-Pause vom Klassenkampf reden? Denen geht's ja ganz gut.

BUSCHMANN Gehen Sie mal nach Wales in die Minen. Da können Sie das Commonwealth mit den Zähnen knirschen hören.

WOLTERS Wissen Sie was, Buschmann, ich glaube, ich bin kein Umgang für Sie. Ich bin um die britische Staatsbürgerschaft eingekommen.

BUSCHMANN *grinsend* Bißchen zu spät, was? Als feindlicher Ausländer.

WOLTERS Alle Einbürgerungen sind vorläufig suspendiert. Aber das ändert nichts. Ich will hier bleiben. Ich finde, es ist ein anständiges Land.

BUSCHMANN Daran werde ich Sie später mal erinnern müssen.

WOLTERS Ich hoffe, Sie haben keine Gelegenheit.

BUSCHMANN Und wie stellen Sie sich hier Ihre Zukunft vor?

WOLTERS Nicht schlecht, Herr Kommissar. Wissenschaftlich wird hier enorm viel geleistet – mehr als bei den verbündeten ›jungen Völkern‹, die ihre besten Köpfe an die Emigration verlieren.

BUSCHMANN So wie den Ihren, zum Beispiel.

WOLTERS Machen Sie sich ruhig über mich lustig – jawohl, so wie den meinen zum Beispiel. Daran werden Sie sich später mal erinnern müssen. Die Fakultät hat mir hier ein volles Stipendium gewährt, obwohl ich keinen Paß und keine Zeugnisse besaß, nicht einmal den Abiturientennachweis, soll ich das etwa nicht anerkennen? Und meine eigentliche Heimat, auch meine Partei, ist nun mal jetzt die Fakultät. Die Wissenschaft, wenn Sie wollen.

BUSCHMANN Dabei können Sie sich nicht mal eine Zigarette leisten.

WOLTERS Wieso?

BUSCHMANN Sie rauchen so ausgehungert, und Sie werden ganz lebhaft seit dem ersten Zug.

WOLTERS Warum nicht? Ich meine, was hat das mit der Wurst

zu tun? Warum soll sich ein emigrierter Student Zigaretten leisten können? Ich bin froh, daß ich lebe.

BUSCHMANN Ein Mathematiker sollte imstande sein, logisch zu denken.

WOLTERS *schaut ihn an* Sie sind aber ein bißchen zu gut über mich informiert.

BUSCHMANN Wolters, wir wollen mit offenen Karten spielen. Sie haben doch längst heraus, daß ich nicht per Zufall im Greenpark spazierengehe, wo Sie fast täglich Ihre Freistunden verbringen. Ich hätte Sie auch vor Ihrem Institut abpassen können, aber hier können wir ungestört reden, und es ist besser, wenn man uns nicht zusammen sieht.

WOLTERS Ich habe gar nicht die Absicht, mit Ihnen ungestört zu reden. Was wollen Sie überhaupt von mir?

BUSCHMANN *nach einer Pause* Wollen wir abbrechen?

WOLTERS Geben Sie mir noch eine.

BUSCHMANN, *ihm Zigarette und Feuer gebend* Ich bin Berufsrevolutionär, Parteisoldat, sozusagen. Warum? Weil ich glaube, daß sich nichts anderes lohnt, heutzutage. Alles andere ist Zirkus, Rutschbahn, Selbstbetrug – bis auf der ganzen Welt einmal die Produktionsmittel –

WOLTERS Nur hier keinen Schulungsvortrag, um Gottes willen.

BUSCHMANN Na ja, Sie wissen das schon, aber es scheint, Sie haben es vergessen. Ich, sehen Sie, komme vom Militär. Fahnenjunker im Ersten Weltkrieg, dann Reichswehroffizier. Was sollte ich sonst werden? Ich hatte nichts anderes gelernt. Außerdem verachtete ich die bürgerliche Gesellschaft, damals mehr instinktiv. Weimarer Republik und so – das schmeckte mir alles nicht, das hatte schon mal einer gegessen und wieder ausgespuckt. Soldatisches Ethos schien mir dagegen etwas Sauberes zu sein. Aber es genügte mir nicht in Friedenszeiten – es stand kein Sinn dahinter, und so ging es vielen von uns. Es war da 'ne Menge los, unter den jüngeren Rangstufen. Sie erinnern sich wohl an Scheringer und seine Leute – die meisten sind Edelnazis geworden, mit Familienzulage und Beförderungsvorsprung. Hätte mir auch so gehen können, – wenn ich nicht mit Seeckts geheimer Stabsmission im Jahre 30 nach Moskau geschickt worden wäre. Dort ist mir ein Licht aufgegangen.

WOLTERS Ist es ein Licht?

BUSCHMANN Ein Dauerbrenner, mein Junge. Langt für ein finsteres Jahrhundert. So, nun wissen Sie, wer ich bin – und weshalb ich mich damit beschäftige, die Versprengten zu sammeln. Soweit es sich lohnt.

WOLTERS *schweigt, zuckt die Achseln.*

BUSCHMANN Ich habe Ihnen meine Karten offen hingelegt. Jetzt können auch Sie endlich mal den Kopf herausstecken, aus Ihrem Schneckenhaus.

WOLTERS *sagt noch immer nichts, raucht nervös.*

BUSCHMANN Sie sind doch mit dem Herzen immer noch bei uns. Bei der Sache. Sie haben nur den Kontakt verloren. Aber nicht den Glauben. Das steckt Ihnen doch in der Lymphe – wie eine Religion.

WOLTERS *wirft seinen Zigarettenstummel fort, heftig* Was reden Sie da, von Herz, Glaube, Religion?! Ich hab mir die Religion ausgezogen wie einen verwachsenen Anzug, als ich neunzehn war, und den wollen Sie mir jetzt geflickt und gewendet wieder aufschwätzen? Da unterschätzen Sie mich. Ja – mit dem nackten Verstand, rein rational – da könnte man immer noch mit. In der Idee wenigstens. Aber nicht mit dem mythischen Fusel, den Sie mir hier als Wodka verkaufen wollen.

BUSCHMANN Und was haben Sie dagegen zu setzen?

WOLTERS *ruhiger* Das werden Sie schwer verstehen. Denn es ist nichts Politisches. Sie werden mir sagen, eine reine Idee gibt es nicht, die Wirklichkeit, und so weiter und so fort, wir haben das alles in der dialektischen Vorschule durchgekaut, es ist Kinderweisheit. Aber es gibt etwas – in der Welt der Zahlen –, das ist Idee und Wirklichkeit zugleich. Das ist nur hypothetisch, nur geistig zu beweisen – und trägt doch unsere ganze Existenz.

BUSCHMANN Mit andern Worten: Flucht in die Abstraktion.

Da können Sie grad so gut Dichter werden, um das Unappetitlichste zu nennen. Das riecht nach Symbolverstopfung mit integralen Blähungen.

WOLTERS *arrogant* Ich habe Ihnen gesagt, Sie werden das nicht verstehen.

BUSCHMANN Ich verstehe eins nicht: wie ein Mensch, der sich mit Mathematik befaßt, die Logik der Ereignisse verleugnen kann, die alle in eine bestimmte Richtung weisen – und eine Gesellschaft akzeptieren, die offensichtlich keine Aufgabe mehr hat, als an ihrer eigenen Planlosigkeit zugrunde zu gehen.

WOLTERS Wer sagt, daß ich sie akzeptiere? Prinzipiell bin ich mit Ihnen ganz einer Meinung.

BUSCHMANN Aber moralisch? Moralisch hocken Sie in Ihrem Schneckenhaus und schwitzen Millesimalbrüche aus. Das können Sie gar nicht verantworten! Ein Mensch wie Sie wird gebraucht. Sie haben sich da, scheint's, eine ganz merkwürdige Moral zurechtgelegt, Sie glauben, Sie könnten sich teilen, aufspalten, in einen, der politisch denkt, und einen andern, der sich geistig darüber hinaushebt. Aber ich glaube nicht, daß ein Mensch sich heute solchen Luxus leisten kann.

Wolters hat offenbar nicht mehr zugehört, schaut nach der andern Seite. Von dort kommt jetzt Hjördis Lundborg, eine junge Norwegerin – schön, hochgewachsen, mit dem leichten, federnden Gang sportgeübter Frauen, doch nichts weniger als ein Sandalenmädchen, eher damenhaft und von natürlicher Eleganz. Wenn sie Wolters auf der Bank erkennt, der sie mit einer Neigung des Oberkörpers grüßt, hält sie einen Augenblick an, als wolle sie bei ihm stehenbleiben, bemerkt dann aber, daß er in Gesellschaft ist, und geht weiter, wobei sie ihm freundlich zuwinkt.

BUSCHMANN Donnerwetter! Woher kennen Sie die?

WOLTERS Kollegin, von der theoretischen Physik.

BUSCHMANN Deutsche?

WOLTERS Norwegerin. Sie assistiert beim alten Ketterick.

BUSCHMANN Bei Ketterick – da muß sie was loshaben.

WOLTERS Hat sie auch.

BUSCHMANN Wo steht sie politisch?

WOLTERS *über seine Frage lächelnd* Ich kenne sie kaum. Ein Astronom, der sich weiße Hosen leisten kann, wollte sie neulich zum Tennis einladen, am Sonntagmorgen. Aber da mußte sie in die Kirche.

BUSCHMANN Obermies. Bei der Figur. Die müßte Genossin werden.

WOLTERS Sind Sie verheiratet?

BUSCHMANN Im Gegenteil.

WOLTERS Ich weiß. Die Partei ist ein Orden. Familie ist ein bürgerliches Vorurteil. Geschlechtsleben und Fortpflanzung können anderweitig geregelt werden. Alle Macht den Betriebsräten.

BUSCHMANN Sie wissen selbst ganz genau, daß das nicht so ist. Das Familienleben in der Sowjetunion –

WOLTERS Weiß ich auch. Ein handgestickter Josef auf jedem Schlummerkissen –. Aber ich muß jetzt ins Seminar.

BUSCHMANN Werden Sie zu einer Funktionärversammlung kommen?

WOLTERS Nein.

BUSCHMANN Wie wär's, wenn wir uns noch mal hier treffen?

WOLTERS Warum nicht, solang Sie noch Zigaretten haben.

BUSCHMANN Spielen Sie doch nicht den Zyniker, das glaubt Ihnen kein Wiedehopf. Mir scheint überhaupt, Sie spielen nur so herum – Sie spielen sich selbst was vor!

WOLTERS Das kann schon sein. Das mag stimmen. Im Anfang war das Spiel.

Während der letzten Sätze schon hörte man, ohne es zu sehen, ein Kind in der Nähe mit seinem Ball spielen, indem es ihn gegen einen Baum oder Zaun prallen läßt und immer wieder auffängt, die Würfe zählend: »Eins – pong – zwei – pong – drei – pong –« und so weiter.

BUSCHMANN Selbstbefriedigung nenne ich das, nichts weiter. Man entzieht sich der lebendigen Gemeinschaft und schwelgt in abstrakten Gespinsten.

WOLTERS So abstrakt, wie Sie glauben, sind die nun wieder nicht, unsere Gespinste.

BUSCHMANN Sicher nicht – wenn man sie realistisch behandelt. Kriegswissenschaftlich, zum Beispiel, könnte Ihr Fach von der größten Bedeutung sein. Und das ist es ja gerade –

Das Kind hat seinen Ball schlecht geworfen, so daß er nun von der Seite her auf die Bühne rollt, bis zur Bank hin.

KIND *unsichtbar bleibend* Mein Ball! Mein Ball!

WOLTERS *hat den Ball aufgehoben* Hier ist er – hier! Fang!

Er zielt, wirft den Ball in die Richtung des nicht auftretenden Kindes, hält die Hände auf, das Kind wirft ihm den Ball wieder zu, er wirft ihn zurück, hält wieder die Hände auf – das Spiel geht hin und her.

BUSCHMANN *weiter redend* – das ist es, weshalb ich Sie nicht aufgebe, Wolters! Begreifen Sie doch endlich – unser Spiel ist Ernst! Blutiger Ernst! Es ist das letzte Spiel um die Macht auf Erden – und wer es verliert, für den gibt's keinen Pardon.

WOLTERS *hat den Ball wieder gefangen, wiegt ihn auf der Hand* Was wissen Sie – von der Macht auf Erden?

STIMME DES KINDES Mein Ball!

WOLTERS *immer noch mit dem Ball in der Hand* Die Macht auf Erden, die ist in ein paar Formeln komprimiert. Und wer die weiß – der könnte den Erdball so in der Hand halten – und wägen – und wegwerfen, wenn er ihn nicht mehr liebt. *Er steht auf.*

KIND *lauter, näher* Mein Ball! Mein Ball!!

BUSCHMANN Halten Sie mal – da haben Sie etwas Hochinteressantes gesagt – das müssen Sie mir näher erklären!

STIMME EINER GOUVERNANTE *unsichtbar, scharf, deutlich* Evelyn! Ich hab dir gesagt, du sollst nicht im Park mit fremden Männern reden!

WOLTERS *grinsend* Gottes Stimme! Hier – fang! *Er wirft dem Kind den Ball zu – geht rasch, ohne Gruß.*

BUSCHMANN *bleibt auf der Bank sitzen, raucht.*

Zweite Szene

Unterkunftsraum für Deportationshäftlinge in einem britischen Transportdampfer, unterwegs von England nach Kanada, Ende Mai 1940. Dreistöckiges Bettgestell mit Strohsäcken und zusammengefalteten Decken, sonst fast keine Einrichtung. In der Ecke ein mit Ölfarbe gestrichenes Wasch- oder Abgußbecken, darüber ein Wasserhahn. An der Wand gedruckte Anschläge mit Vorschriften für Seenot und Schiffsordnung. Seitlich ist der Raum vom nächsten durch eine gespannte Zeltbahn abgeteilt.
Im Hintergrund eine schmale Eisentür, die auf einen engen Laufgang führt. Licht von einer über dem Abguß eingeschraubten Glühbirne ohne Schirm. Eine andere Glühbirne baumelt an einem Verlängerungsdraht in der Mitte des Raumes und schwankt mit den Bewegungen des Schiffs. Sie beleuchtet einen Teil des Fußbodens, auf den mit Kreide die Linien und Felder eines Schachbretts aufgezeichnet sind. Die aus Brot gekneteten Figuren stehen, soweit sie nicht schon genommen sind, in einem unentschiedenen Spiel.
Der Raum ist leer, man hört das rhythmische Stampfen der Maschine und das Ächzen der Holzteile. Auf dem rückwärtigen Laufgang, der durch die offen eingehakte Tür im Ausschnitt zu sehen ist, bewegen sich in träger Schlange die Häftlinge vorüber, die vom Essen kommen und ihre leeren Geschirre mit sich führen. Sie tragen eine uniforme Gefangenenkleidung aus falbem Drilch, die auf dem Rücken mit einem bunten Stoffquadrat und Nummern, zur Kennzeichnung ihrer Gruppe oder Abteilung, versehen ist.
Wolters, Buschmann und Friedländer erscheinen unter den andern in der Reihe und betreten durch die Türöffnung ihren Raum. Friedländer ist ein kleiner zartgliedriger Mann schwer bestimmbaren Alters, vielleicht zwischen vierzig und fünfzig, mit ruhigen, freundlichen Augen in einem mageren, abgezehrten Gesicht. Er und Wolters bücken sich sofort über die Schachfiguren am Boden, während Buschmann die Eßgeschirre sammelt und zum Abguß trägt.
Der vorletzte Mann in der Schlange, ein gewisser Roittner, ist in der offnen Tür stehengeblieben, während der letzte an ihm vorbeigeht, und schaut herein.

FRIEDLÄNDER *zu Buschmann* Bin ich nicht dran, heute abend?

BUSCHMANN Ach was, Ihnen wird wieder übel, das hat keinen Sinn.

FRIEDLÄNDER Es ist merkwürdig, man gewöhnt sich an alles, aber der Magen gewöhnt sich nicht mit.

BUSCHMANN Kommt vom Seegang. Und von den fetten Bohnen.

FRIEDLÄNDER Und von der Phantasie.

WOLTERS *die Schachfiguren kontrollierend* Stehen alle noch richtig, nur Ihre Dame war ein bißchen verrutscht.

FRIEDLÄNDER Vielleicht ein bißchen nervös, meine Dame.

WOLTERS Wie die Partie steht, sollte Ihr König nervös werden.

FRIEDLÄNDER Weiß man's?

ROITTNER *von der Tür aus, mit österreichischem Tonfall, den er zu unterdrücken versucht* Hären Sie, wie machen S' das eigentlich, daß die nicht umfallen, bei der Schaukelei?

WOLTERS Wir sparen Kunsthonig vom Frühstück, der sowieso nach der Dose schmeckt, und kleben sie unten an. Die Züge gehn dann ein bißchen zäh, aber das tun sie immer beim Schach. Sie sind aus Brot geknetet.

ROITTNER *lacht* Werd ich mir merken. Sähr ingeniös. Der Mensch lebt nicht vom Brot allein, macht sich daraus noch Zeitvertreib.

FRIEDLÄNDER Ja – wenn der Mensch britische Seemannsrationen faßt. In einem Nazi-KZ, da wären die längst aufgefressen, bis zum letzten Bauern.

ROITTNER Sie, hären Sie, solche Bemerkungen, die sollten S' lieber verschlucken. Ihr drei Diversen sollt überhaupt bisserl aufpassen, hären Sie.

WOLTERS Worauf »bisserl aufpassen, hären Sie?« Was wollen Sie damit sagen?

ROITTNER Noja, was die Kameraden sind – letzte Nacht haben s' mittschiffs den Revertera behandelt, dentistisch, sozusagen. Alle Vorderzähne raus. Der den Otto von Habsburg hat heimholen wollen. Derjenige.

BUSCHMANN Tut ihm ganz gut, dem alten Reaktionär.

WOLTERS Das ist noch lange kein Grund, ihn zu schlagen! Mit welchem Recht? Und was sagen die Engländer dazu?

ROITTNER Recht? Unfall bei hoher Dünung. – Der hat nämlich auch sein Maul nicht können halten. Hat gesagt, er glaubt nicht, sagt er, daß Göring selbst über London geflogen ist, beim großen Eierschmiß.

FRIEDLÄNDER Leute gibt's – da könnte ja einer an der Himmelfahrt Christi zweifeln, als Katholik.

ROITTNER Ich hab Sie gewarnt, hären Sie? Ich bin nämlich selbst gegen das Zersetzende, durch und durch. Nur, als gebildeter Mensch, man ist lieber für geistige Waffen, solang sich's vermeiden läßt. Hat aber alles seine Grenzen. Bei uns ist kein Platz mehr für die Hefe der Decomposition. Servus.

Er geht. Wolters schließt die Tür hinter ihm, die Schiffsgeräusche werden leiser.

WOLTERS Die »Hefe der Decomposition«... wie der Mensch sich ausdrückt.

FRIEDLÄNDER Wie soll er sich ausdrücken? Ein PG aus der Ostmark.

WOLTERS Und Studienrat.

BUSCHMANN Verdammter Faschistenspitzel! Der geht jetzt hinüber und hetzt gegen uns. Von wegen geistige Waffen. *Er wickelt einen Schlagring aus seinem Taschentuch.*

WOLTERS Wenn den nicht der Krieg auf dem KdF-Dampfer im Kanal überrascht hätte, dann würde er jetzt verwaiste Polenkinder zwiebeln.

FRIEDLÄNDER Zwiebelt er den kleinen Friedländer, statt dessen –. Auch ganz schön.

BUSCHMANN *am Abguß* Au, verdammt! Erst kommt immer kalt, und auf einmal, da zischt der Dampf heraus.

FRIEDLÄNDER Hätten wir Erster Klasse genommen, da ist Warm und Kalt separat.

BUSCHMANN Auf Ihre Witze, da bin ich auch nicht scharf, wenn ich schon das Geschirr für Sie spüle.

FRIEDLÄNDER Häftlingshumor, die billige Volksausgabe. Ich dachte, es heitert Sie auf.

BUSCHMANN Danke. Mit Aufheiterung bestens versorgt.

WOLTERS *hat Gepäcksäcke unter den Kojen hervorgezogen, er und Friedländer setzen sich darauf zum Spiel.*

WOLTERS Haben Sie gehört, was erzählt wird?

BUSCHMANN Das mit der ›Anandora‹?

WOLTERS Dr. Wilczinsky sagt, er hat es von einem Bordfunker, den er mit Zigaretten auspumpt. Soll gestern nacht passiert sein.

FRIEDLÄNDER Nämlich?

WOLTERS Die ›Anandora-Star‹, unser Schwesterschiff, sechshundert feindliche Ausländer an Bord, unterwegs nach Kanada, wie wir, auch Frauen und Kinder. Ein U-Boot hat sie erwischt, heißt es, mitten aus dem Konvoi heraus. Abgesoffen, mit Mann und Maus.

FRIEDLÄNDER Vielleicht ein Latrinengerücht. Es wird viel erzählt, wenn man sich langweilt. Im Insellager hat es plötzlich geheißen, wir Juden sollten an die Nazis ausgeliefert werden, im Austausch gegen abgeschossene englische Flieger.

BUSCHMANN Wir können den Schiffsarzt fragen, der wird's wissen, wenn's wahr ist.

WOLTERS Und warum nicht? Zuzutrauen ist ihnen alles. Ich meine, warum sollen sie euch nicht ausliefern, und uns dazu, wenn's ihnen einfällt. Aus Humanität? Lächerlich. Das sind genau dieselben kaltschnäuzigen Menschenhändler wie die andern, drüben. Wer hackt wem das Auge aus, darin besteht ihr ganzer Konflikt.

BUSCHMANN Ich habe mal sagen hören, das sei ein anständiges Land.

WOLTERS Lange her. Aber reiben Sie mir's ruhig unter die Nase.

FRIEDLÄNDER Denken Sie lieber an Ihren nächsten Zug, Herr Doktor. Das beruhigt.

WOLTERS Ich spiele nicht, um mich zu beruhigen. Ich spiele, um nicht zu verblöden, das ist das genaue Gegenteil. Ich gedenke keinen Augenblick die Situation zu vergessen, in die man uns gebracht hat. Zum Teufel, da hockt man in diesem

Sklavenschiff wie in der Rattenfalle, und wenn man nicht drin ersäuft, dann wird man anderswo in einen Affenkäfig gesperrt. Zivil-Internierter – klingt wie ein feiner Beruf – mit einem bunten Lappen auf dem Buckel, fast wie der gelbe Fleck bei uns zu Hause. Und warum? Weil man gegen den gelben Fleck gekämpft hat, weil man gegen die Mörder war und für die Freiheit, weil man so dumm war, an etwas wie Freiheit zu glauben, in dieser Welt.

BUSCHMANN In dieser kapitalistischen Welt, meinen Sie.

WOLTERS Schreiben Sie mir nicht vor, was ich meine.

BUSCHMANN Sie meinen es aber.

FRIEDLÄNDER *zu Wolters* Jetzt möchte ich beinah einen Satz mit »Junger Mann« anfangen, würde Sie das ärgern?

WOLTERS Es kommt auf den Satz an.

FRIEDLÄNDER Sehn Sie – Sie sind nicht nur ein junger Mann, Sie sind ein junger Häftling. Da verliert man den Sinn für Nuancen. Ich bin ein alter Häftling, da gewinnt man ihn wieder. Fünf Jahre war ich in Dachau, dann hat mich ein französischer Vetter ausgekauft, komm ich nach Paris, denk ich Paris ist schön, fängt das Schlamassel an und ich sitz in Afrika, auch recht mies, aber schon 'ne Mezzije gegen Dachau, holt mich ein englischer Kollege raus, komm ich nach London, sitz ich wieder drin und reise nach Kanada – umsonst. Was tut man? Man entwickelt eine homöopathische Philosophie. Die Freiheit? Natürlich gibt es die Freiheit. Es gibt ja auch die Gesundheit, selbst wenn alle Menschen gleichzeitig den Lungenkrebs hätten. Aber es scheint, der menschliche Organismus kann die Freiheit nur in ganz geringen Dosen absorbieren – in kleinsten Quantitäten – verstehen Sie mich? Auf einem britischen Deportationsschiff, selbst wenn ich drin ersaufen muß, bin ich der Freiheit um viele Milligramme näher als in einem französischen Gefängnis oder gar in einem deutschen KZ. Auf diese Milligramme kommt es an, lieber Freund, auch wenn wir mal wieder draußen sind – in einer andern, älteren Art von Haft. – Sie geben uns, mit der Zeit, was uns wirklich frei macht: die Kraft, zu ertragen.

WOLTERS *starrt aufs Spiel, ohne zu antworten.*

FRIEDLÄNDER Sie sind am Zug.

WOLTERS Ich muß nachdenken.

FRIEDLÄNDER Lassen Sie sich Zeit.

BUSCHMANN Das ist mir zu talmudistisch, Ihre homöopathischen Milligramme. Die Freiheit ist nichts Individuelles, die Freiheit ist ein Prinzip, und somit unteilbar. Sie kann auch nur durch eine Gesamtlösung erreicht werden, nämlich eine wirtschaftliche.

FRIEDLÄNDER Was weiß der Goy vom Talmud! Was der Hitler vom Sanskrit weiß: Ar-ra-ra. Hätt euch der alte Marx nicht seinen dialektischen Talmud verpaßt, mit dem Sie sich exerzieren können, dann würden Sie heute Ar-ra-ra schreien wie ein Papagei – und den kleinen Friedländer zwiebeln.

BUSCHMANN Werden Sie doch nicht wieder persönlich, Friedländer. Ich verbitte mir das. Sie haben mich gestern schon Kolchosenhimmler genannt.

FRIEDLÄNDER Na und?

BUSCHMANN Also ich verbitte mir solche Witze.

FRIEDLÄNDER Witze?

BUSCHMANN Sie haben wirklich etwas – Zersetzendes.

FRIEDLÄNDER Nebbich, die Hefe der Decomposition.

BUSCHMANN Sie werden Ihren Spott noch bereuen. Wir kommen auch mal dran.

FRIEDLÄNDER Sitz ich wieder drin. Aber in Dachau haben sie gesagt: der kleine Friedländer ist nicht umzubringen.
Pause.

WOLTERS Sie denken, Herr Friedländer, daß die Freiheit, wenn man sie etwa als eine vorhandene Energiequelle auffaßt, nur quantenhaft abgegeben und empfangen werden kann, das leuchtet mir theoretisch ein. Aber Sie vergessen ihre Relation zu Recht und Unrecht. Wir müssen doch, um mich vereinfacht auszudrücken, die menschliche Freiheit als einen Zustand betrachten, den wir für Recht halten, und der Recht für alle garantiert. Der Mensch aber, seiner Natur überlassen, hat eine Neigung, dem andern Unrecht zu tun, oder, milde gesagt, er ist im Durchschnitt kaum fähig, Recht und Unrecht zu unterscheiden... Daher kommen wir, mindestens zwecks Eliminierung des Unrechts, trotz ihrer mangelnden Eleganz, um die Buschmannsche Gesamtlösung nicht herum.

BUSCHMANN Um die kommunistische Lösung, meinen Sie.

WOLTERS Logischerweise muß ich das wohl meinen.

FRIEDLÄNDER Das Unrecht, Herr Wolters – das Unrecht, ob wir es tun oder ob wir's erleiden, bleibt nicht an einem Ort, an dem man es abgrenzen und eliminieren kann, es wird immer weitergegeben, es geht von Hand zu Hand. Ein Bauer knufft seinen Knecht, der Knecht haut den Ochsen. Ein Postbeamter, beim Frühstück von seiner Frau gekränkt, läßt's an den Leuten vor dem Schalter aus – so hält er sich schadlos, so wird er den Schaden los – indem er ihn, zur Vergeltung, auf die andern wirft. Und so immer weiter, vertausendfacht. Das Unrecht ist immer im Umlauf, es zirkuliert, wie falsches Geld, das jeder loswerden will und dem Nächsten rasch weitergibt. Jeder? – Nicht jeder. – Wer stark ist in seinem Herzen, der wirft es weg, der gibt es nicht weiter – der setzt es außer Kurs. Dann ist die Kette gebrochen. Verstehen Sie mich? Es steht jedem frei, das zu tun – das Gute nämlich – und manchmal tut es einer. Es kann sogar ein SS-Mann sein.

WOLTERS Sie glauben, das hängt nur vom Einzelmenschen ab?

FRIEDLÄNDER Nicht nur vom Menschen.

WOLTERS Sondern?

FRIEDLÄNDER Sie werden lachen. Ich bin ein frommer Jud.

Wolters schaut wieder aufs Spiel. Buschmann hat sich, schlecht gelaunt, auf die unterste Koje gestreckt. Vom Nebenraum, hinter der Zeltbahn, hört man eine Mundharmonika und dann leises Singen »Teure Heimat, sei gegrüßt«. Wolters macht einen Zug.

FRIEDLÄNDER Au wei.

WOLTERS *lacht* Nehmen Sie's nicht so tragisch.

FRIEDLÄNDER Jetzt muß ich nachdenken.

WOLTERS Lassen Sie sich Zeit.

BUSCHMANN Wird Ihnen nicht viel helfen, Friedländer. Der Herr hat Mathematik studiert, den schlagen Sie nicht so leicht wie einen schlichten Feld-, Wald- und Wiesenkommissar.

FRIEDLÄNDER Weiß man's?

WOLTERS Sie könnten wirklich aufgeben, Sie haben keine Chance mehr. Die Rochade ist Ihnen verstellt, Sie haben auch keine Möglichkeit, Gambit zu spielen. Jeder Zug, den Sie tun, muß dazu führen, daß ich Ihnen Schach biete.

FRIEDLÄNDER Denken Sie.

WOLTERS Nun, mir eilt es nicht. Ich habe noch nie in meinem Leben so viel Zeit gehabt.

FRIEDLÄNDER Haben Sie auch Geduld?

WOLTERS *nicht ohne Humor* Manchmal, Herr Friedländer, erinnern Sie mich verdammt an meinen Vater. Der war ein protestantischer Pastor – oder er ist einer, falls er noch lebt. Vermutlich verrottet er jetzt in einem KZ für unentwegte Bekenner, so sinn- und zwecklos wie unsereiner hier.

FRIEDLÄNDER Sehr schmeichelhaft. Mit einem protestantischen Pastor werde ich selten verwechselt.

WOLTERS Das Vergleichsmoment liegt auf der Hand. Wenn bei dem was nicht weiterging, das heißt, wenn etwas passierte, wogegen er machtlos war – dann zog er sich hinter seinen angenagelten Rabbi zurück – genau wie Sie hinter Ihren beleidigten Jehova. Damit macht man sich's leicht, Geduld zu üben – aber ist das vielleicht eine Tugend? Als ich zu denken anfing, erkannte ich es als ein Laster, und zwar das schimpflichste – weil es kein Trieblaster ist, sondern eine geistige Unsauberkeit, eine kriminelle Passivität. Nichts habe ich mehr zu verachten gelernt als jene metaphysische Camouflage, die sich um den Kampf mit dem Gemeinen drückt und dadurch den Sieg des Gemeinen verewigt. Das ging so weit, daß ich die Orthographie meines Vornamens geändert habe, Kristof mit K statt mit Chi, um ihn von der Erlösersymbolik zu reinigen und dem Kristall anzugleichen. Vielleicht kindisch – aber es hat genutzt.

FRIEDLÄNDER Wozu?

WOLTERS Nun – um mich von Ihnen nicht schlagen zu lassen, unter anderm.

FRIEDLÄNDER Passen Sie auf, Herr Ka-ristof, wir sind noch

nicht am Ende. Was halten Sie zum Beispiel vom Glück? Selbst ein Kristall muß Glück haben, damit er wächst. Sonst gäb es zu viel Kristalle.

WOLTERS *auf das Schachbrett weisend* Auf dieser Ebene ist das Glück neutralisiert, mein Herr. Deshalb liebe ich dieses Spiel. Weil es durchaus kein Glücksspiel ist. Vom äußeren Zufall weitgehend unabhängig, und erst recht vom ›Gemüt‹... Hier gibt es konstante Valeurs – reine, gesetzmäßig aufeinander abgestimmte Werte, wie in Algebra und in der Geometrie. Das ›Glück‹ liegt im Gewicht des Verstandes, der sich ihrer bedient. In der Dynamik des Denkens, in der Fähigkeit zur genauesten Berechnung. Das Unglück in ihrem Versagen, in der Fehlspekulation. Geben Sie das zu?

FRIEDLÄNDER *mit den Augen ganz auf das Spiel konzentriert* Geb ich das zu? Dann bin ich verratzt, denn im Rechnen sind Sie mir über. Geb ich das nicht zu, mach ich mich lächerlich, denn was Sie sagen, hat Hand und Fuß, sogar Kopf. Was bleibt mir übrig? Ich muß was riskieren – damit Sie sehen, daß der Mensch noch was anderes braucht außer Hand, Fuß und Kopf.

WOLTERS Nämlich?

FRIEDLÄNDER Seinen Schatten, seine Seele, sein Glück – wie's ihm gegeben wird oder genommen. – Masseltov! *Er zieht.*

WOLTERS Was tun Sie denn!? Sie stellen ja Ihre Dame ein!

FRIEDLÄNDER *wischt sich den Schweiß von der Stirn.*

WOLTERS Mann, sind Sie – ich glaube, bei Ihnen stimmt was nicht! Ich sehe nicht ein, weshalb ich Sie jetzt nicht fertigmachen soll... Die Königin – für einen Bauern!

BUSCHMANN *ist aufgesprungen* Den hat's. Total meschugge. Sie brauchen sie nur zu nehmen, Wolters, und –

WOLTERS Ich muß sie ja nehmen! *Er tut's.*

FRIEDLÄNDER *macht rasch einen vorher bedachten Zug – lehnt sich zurück.*

WOLTERS *übers Spiel gebückt* Das – den Zug – das heißt, diese Möglichkeit – die hatte ich übersehen –

FRIEDLÄNDER Ich auch, um ein Haar. Aber – Glück gehabt... *Er atmet erschöpft.*

BUSCHMANN Das ist ein perfider Dreh.

FRIEDLÄNDER Weil er Ihnen nicht eingefallen ist?

WOLTERS *etwas betreten* Es ist meine Pleite, Buschmann, nicht Ihre, regen Sie sich ab. – Also darauf wäre ich allerdings nie gekommen. Aber was nennen Sie dabei Glück?

FRIEDLÄNDER Was der Verstand allein nicht riskiert hätte. Das Glück des Einfalls: alles zu opfern, für nichts. Aber auf einmal ist das Nichts gar kein Nichts, sondern ein Zwischenraum – eine Öffnung – ein kleiner Wundkanal, da pulst jetzt der Strom hindurch, und Sie können ihn mit keiner Macht mehr aufhalten. Ihre Leute, Herr Kommissar – die Bauern, die Läufer, das ganze kleine Gesocks – und dem großen Herrn in der Zwingburg, dem geht die Luft aus.

Alle drei schauen einen Augenblick wie gebannt auf das Spiel.

FRIEDLÄNDER Schach.

WOLTERS Matt. – Verdammt noch mal. – Gratuliere, Herr Friedländer, das haben Sie toll gespielt. *Er reicht ihm die Hand.*

FRIEDLÄNDER Man macht sich, mit der Zeit. Noch fünf Jährchen Schutzhaft, und ich kann um die Weltmeisterschaft antreten.

WOLTERS Aber das mit dem Glück und der Seele, das kauf ich Ihnen deshalb doch nicht ab.

FRIEDLÄNDER Das ist auch nicht zu verkaufen. *Er steht auf, wobei er ein wenig wankt.*

WOLTERS *springt ihm rasch bei* Ist Ihnen nicht gut?

FRIEDLÄNDER Gleich vorüber. Ich hatte meine Spritze noch nicht heute abend. *Er atmet schwer, versucht auf und ab zu gehen.*

BUSCHMANN Soll ich versuchen, den Schiffsarzt zu beschleunigen?

FRIEDLÄNDER Der kommt schon von selbst. Bemühen Sie sich nicht. *Er setzt sich aufs Unterbett* Haben Sie noch eine Halbe?

BUSCHMANN *nimmt eine einzelne Zigarette heraus, bricht sie in zwei Teile* Das ist Gift für Sie. *Gibt ihm Feuer.*

FRIEDLÄNDER Stimmt. Aber es tut mir gut.

WOLTERS *räumt die Schachfiguren zusammen* Geben Sie mir morgen Revanche?

FRIEDLÄNDER *mit einem Versuch, seinen Schwächezustand nicht merken zu lassen* Punkt drei, im Café Central, am selben Tisch.

BUSCHMANN *an der Tür* Vielleicht versuche ich doch mal, mich zum Schiffslazarett durchzuschlagen.

WOLTERS *ironisch* Hoffnungslos, Buschmann. Sie wissen, daß der Arzt jetzt seinen Rundgang macht. Und die rothaarige Krankenschwester schaut Sie doch nicht an, die ist patriotisch, da müßten Sie ein Alliierter sein.

BUSCHMANN *stampft auf, dann muß er lachen* Touché – getroffen. Um die Zeit wird man unruhig. *Er macht ein paar Kniebeugen* Verdammter Hormonenladen. Ich bin nun mal so veranlagt, drüsenmäßig. Ich bin einfach ohne Weiber kein Mensch.

FRIEDLÄNDER Halten Sie sich bitte nicht für einen Ausnahmefall.

BUSCHMANN Keine Spur, dolus generalis, ich fasse das rein funktionell auf. Aber man ist dran gewöhnt wie an die Zigarette. Das Objekt ist nicht so wichtig – wenn nur überhaupt eins da ist. Man nimmt mit, was kommt – in der Not sogar eine sympathisierende Menschheitsbraut von der Labour Party, da ist nicht viel Auswahl in England. Caramba! Seit Spanien hab ich kein saftiges Stück Fleisch mehr besehn! *Er schmatzt mit den Lippen* Ein katalanisches Bauernmädel, Brüste und Schenkel wie nasse Sandsäcke, und eine rabenschwarze –

FRIEDLÄNDER Sie haben uns das schon öfters mitgeteilt.

WOLTERS Der Herr hat wenig Phantasie, drum kann er nicht sublimieren.

BUSCHMANN Und Sie?! Sie haben ja schon auf den Londoner Parkbänken herumsublimiert! An die blonde Norwegerin sind Sie doch niemals rangekommen. Das heißt, Sie haben sich gar nicht getraut.

WOLTERS *gereizt* Reden Sie nicht von Dingen, die Sie nicht verstehen.

BUSCHMANN Verstehen! Dazu braucht man kein Analytiker zu sein. In die waren Sie verknallt wie eine schwere Feldhaubitze, aber natürlich, mit bürgerlicher Ladehemmung. Mit der haben Sie höchstens über die Relativitätstheorie geredet – dabei konnte man ihr auf Distanz anriechen, wie nötig sie's hatte. Na, das besorgt jetzt vermutlich ein strammer Kommando-Offizier, oder ein Kriegsgefangener im Erntedienst. Geschieht Ihnen ganz recht. Sublimatfritze.

WOLTERS Buschmann, ich habe Ihnen kein Recht gegeben, sich mit meinen Privatangelegenheiten zu befassen.

BUSCHMANN Ach Quatsch! Privat hört sich auf, wenn man auf der gleichen Latrinenstange hockt.

WOLTERS *plötzlich schreiend* Ich habe überhaupt Ihre Geschmacklosigkeit satt, merken Sie sich das! Es kotzt mich an, Ihren trivialen Exhibitionen beizuwohnen.

BUSCHMANN Wer wer wer ist hier der Exhibitionist? Wenn Sie da herumschreien, weil ich Ihnen auf Ihr emotionelles Hühnerauge getreten bin? Ich kann ja nicht wissen, wie tief das bei Ihnen sitzt!

WOLTERS Also halten Sie jetzt die Schnauze gefälligst.

BUSCHMANN Hoppla hoppla, von Ihnen lasse ich mir noch lang nicht das Maul verbieten, Sie –

FRIEDLÄNDER *von den beiden abgewandt, leise* Was ist denn los? Was ist denn plötzlich los?

Wolters und Buschmann sind verstummt, schauen Friedländer an, dann zu den elektrischen Birnen, die dreimal kurz verlöschen und dann nur noch trübe glimmen. Gleichzeitig haben alle Schiffsgeräusche aufgehört.

WOLTERS *fast flüsternd* Sie haben die Maschinen gestoppt.

FRIEDLÄNDER *faßt sich an die Schläfen* Dieser Lärm ... dieser höllische Lärm ...

WOLTERS Es ist doch totenstill.

FRIEDLÄNDER *läßt die Hände sinken* Ja. Es ist totenstill.

BUSCHMANN U-Boot in der Nähe, vermutlich.

Einen Augenblick dauert die Stille an, dann vom Gang her das Knacken und Knistern eines eingeschalteten Lautsprechers. Gleich darauf

EINE LAUTSPRECHERSTIMME *draußen, ziemlich nah* Achtung, Achtung, hier spricht Kapitän. Es ist höchste Alarmstufe angeordnet. Falls das Gefahrsignal ertönt, Schwimmwesten anlegen. Ruhe bewahren. An Ort und Stelle bleiben, Instruktionen abwarten. Unter allen Umständen Disziplin einhalten, Vorschriften befolgen. Sämtliche Sicherheitsmaßnahmen sind getroffen.

Der Lautsprecher knackt ab. Nach ein paar Sekunden hört man ihn aus einiger Entfernung, für einen andern Teil des Schiffsraums, wiederholen Achtung, Achtung, hier spricht Kapitän ... *usw.*

BUSCHMANN Schiet. *Er zieht die Schwimmwesten unter der Koje hervor, wirft sie aufs mittlere Bett.*

WOLTERS *zu Friedländer* Legen Sie sich lieber etwas hin. Wir können ja doch nichts machen.

FRIEDLÄNDER *wieder ganz munter* Wenn ich in dem Film mitwirken soll, will ich mir wenigstens mal das Programm anschauen.

Setzt eine Brille auf, liest von der Schiffsordnung an der Wand »Gefahrsignal: ein mehrfach wiederholtes Läuten der Schiffsglocke auf allen Stationen. Signal Verlaßt Schiff: in kurzen Abständen fortgesetzt wiederholtes Alarmzeichen der Dampfpfeife.« *Zu den andern* Falls noch ein Dampf ist auf der Pfeife. *Liest weiter* »Wer ohne Befehl oder Aufsicht durch Wachtpersonal das Bootsdeck betritt, wird erschossen.« – Schön sehn mer aus. Aber, sämtliche Sicherheitsmaßnahmen sind getroffen. In diesem Bewußtsein können wir ruhig untergehn.

BUSCHMANN Unsinn, wenn die mal Schlagseite kriegen, paßt auf uns keiner mehr auf, dann heißt es, rauf und rein in die Brühe, wo man was zum Anhalten findet. Da ist jeder sich selbst der nächste ... – Gott sei Dank haben wir Mai, da ist das Wasser nicht mehr so kalt.

FRIEDLÄNDER Ich möchte mir doch lieber heizen lassen, so zirka fünfunddreißig Grad Celsius.

BUSCHMANN Das Bescheidene ist – wenn man aufgefischt wird, kann es ebensogut von einem deutschen Suchboot sein. Dann heißt es: heim ins Reich, dein Führer wartet, mit dem kleinen Hackebeilchen.

FRIEDLÄNDER Es geht nichts über die Gemütlichkeit. Aber vergessen Sie nicht, die Schachfiguren in Ihren Gummibeutel zu tun. Von wegen Brotration.

WOLTERS Sie sind ein Optimist, Buschmann. Der denkt jetzt schon ans Aufgefischtwerden. Erst schwimmen Sie mal! Wenn so ein Ding durch die Planken kracht, das geht so rasch – da hilft kein Pumpen mehr. Und hier unten gluckert's zuerst herein.

FRIEDLÄNDER Na prost. Das Wort Gluckern erinnert mich an eine gute Flasche Burgunder.

WOLTERS Bewahren Sie sich Ihre euphorischen Halluzinationen. Beim Ertrinken soll sich sowieso was Derartiges einstellen.

BUSCHMANN Und beim Erhängen was Besseres, Sie wissen ja, was dabei passiert.

WOLTERS Danke, geschenkt.

BUSCHMANN Wenn man auch jetzt noch keinen Witz machen darf –

FRIEDLÄNDER Goldener Galgenhumor, die schöne Luxusausgabe, in rotem Maroquin.

Es wird kurz an die Tür gepocht, fast gleichzeitig geöffnet, eintritt Schiffsarzt Lacrosse, mit einer starken elektrischen Handlampe, so daß der Raum sich erhellt. Auf dem Gang hinter ihm sind zwei Sanitäter mit Bahre erschienen, die weitergehen, während er die Tür hinter sich schließt.

Lacrosse ist Französisch-Kanadier, zirka fünfzig, ein langer hagerer Mensch mit etwas vornübergeneigten Schultern und einem von vielen Seereisen gegerbten, scharfgeschnittenen Gesicht. Trägt weißen Ärztekittel über der Uniformhose und die Mütze eines Seeoffiziers.

LACROSSE Buona sera, Towarischtschi. Hier ist geraucht worden. Aber leider zu wenig. *Schneidet eine Grimasse* Miserable Ventilation hier drunten.

BUSCHMANN Sie sind ein bißchen spät dran, heute abend. Wir rauchen sonst immer erst, wenn Sie gegangen sind.

LACROSSE Mußte die Sanitätseinrichtung der Rettungsboote kontrollieren. Immer achtzig Prozent Auswechslungsbedarf, auf jedem Schiff. Merkt man gewöhnlich erst, wenn man drinsitzt.

WOLTERS Haben Sie mal einen Schiffbruch mitgemacht, Doktor?

LACROSSE Drei. Taifun im Pazifik, Mine im Ersten Weltkrieg, Havarie in der Arktis. Da hat uns ein russischer Eisbrecher rausgefischt.

BUSCHMANN Und wer fischt uns raus?

LACROSSE *zuckt die Achseln* Haben Sie auch schon vom ›Anandora-Star‹ gehört?

WOLTERS Das stimmt also – wirklich?

LACROSSE Stellen Sie mir niemals direkte Fragen, Sie wissen, daß ich sie nicht beantworten darf. Immerhin – wir haben eine gleich gute Chance, durchzukommen wie abzusacken. Fifty-fifty. Die deutschen U-Boote schwärmen hier in der Gegend herum wie die Delphine. Deshalb werden jetzt nachts die Maschinen gestoppt und die Lichter abgeblendet. Das Blöde ist nur, daß wir bei diesem Segelschifftempo wochenlang auf dem Dreckpfuhl schwimmen können bis zur St. Lawrence Bay. Was macht unser Patient? *Leuchtet Friedländer an, faßt mechanisch nach seinem Puls.*

FRIEDLÄNDER Sie tut sich, sie macht sich, die kleine Prinzeß.

WOLTERS Hat mich soeben mattgesetzt, in einer Partie, die er potentiell schon verloren hatte. Ich glaube, Sie verpassen ihm irgendwelche Wunderspritzen.

LACROSSE *flucht unvermittelt zwischen den Zähnen* Oh damn it all, damn it all, oh nom d'un chien d'un … *Der Rest geht in einem Knurren unter.*

FRIEDLÄNDER Wie meinen Herr Sanitätsrat?

LACROSSE *lacht etwas verlegen* Wenn dieser Saukrieg vier Jahre dauert, dann werde ich dreidreiviertel davon bei abgestoppten Maschinen auf diesem stinkenden Lausekahn herumsumpern. Oder auf einem noch stinkenderen. Das geht einem manchmal auf die Nerven.

FRIEDLÄNDER *lächelnd* Wer sich noch Nerven leisten kann …

LACROSSE Sie haben recht. Jeder denkt immer, der andere hat es leichter. Ich beneide euch bereits bei dem Gedanken, daß ihr in Quebec oder Ontario in eurem Lager einen Fußballplatz einrichten könnt.

FRIEDLÄNDER Schuß-Heil. Ich bin der geborene Mittelstürmer.

LACROSSE *hat eine flache Metallflasche hervorgezogen, aufgeschraubt, nimmt einen Zug, läßt sie herumgehen* Hier, nehmen Sie mal, und merken Sie sich: Canadian Seagram V. O. Die Lieblingsmarke des Duke of Windsor. *Zu Friedländer* Kann Ihnen auch nichts schaden. Glauben Sie nicht, ich kann mir nicht vorstellen, daß eure Lage besonders widerwärtig ist.

WOLTERS Vor allem wegen ihres besonderen Mangels an Logik.

FRIEDLÄNDER Was heißt Mangel an Logik? Sie kennen doch das französische Sprichwort: Les amis de mes amis sont mes amis!

LACROSSE Na und?

FRIEDLÄNDER Brauchen Sie nur das Hauptwort auszuwechseln, setzten Sie »ennemi« dafür, dann heißt es: Die Feinde meiner Feinde sind unsere Feinde. Wollense's noch logischer?

LACROSSE *lacht* Schlimm genug. Aber mit euch Juden und Antinazis wird man ja in den Lagern einen Unterschied machen.

FRIEDLÄNDER Ihr Wort in Gottes Ohr. Hab ich Ihnen nie die Geschichte vom Schauten erzählt?

LACROSSE Vom Schauten? Was ist denn das?

FRIEDLÄNDER Der Schaute, das war unser Lagerkommandant auf der Isle of Man, wo wir zuerst interniert waren. Schottischer Hochländer-Major – kariertes Röckchen, nackte Knie bis oben, Affenkäppi mit Bändern – so wie kein Schulmädel am Fasching herumläuft, höchstens ein unheilbarer Transvestit, dabei die Spaghetti unter der Nase wie Kupferdraht, daß man möchte seine Erdleitung dran anschließen – also wenn Sie jetzt nicht wissen, was ein Schaute ist, dann lernen Sie's nie. Sein Schlattenschammes, den muß er sich von einer Fuchsjagd weggeangelt haben, läuft schon morgens im roten Frack herum, und – Ihnen gesagt – mit einem Hifthorn um den Hals, damit hat er uns zum Appell müssen blasen, ich glaub nach dem Signal ›Fasanenstrecke‹ oder ›Kaninchentod‹.

Dann sind wir angespritzt wie die Preußen, unsere Nazis vorne, ein strammer Turnverein, der kleine Friedländer und Genossen hinten im zweiten Glied. Hält uns der Schaute einen Sprech, beim ersten assembly. »Gentlemen«, sagt er, zu uns! – »Ihr seid Deutsche, deshalb müßt ihr wohl eurem Hitler treu sein. Ich bin Engländer, deshalb bin ich meinem König treu. Wenn das zwischen uns klar ist und die Lagerordnung wird eingehalten, dann können wir gut miteinander auskommen. Sonst noch was?« Da nimmt sich der kleine Friedländer einen Heldenmut und tritt aus dem Glied. »Herr Kommandant«, hör ich mich sagen, »in diesem Lager sind dreißig orthodoxe Juden, alles Hitlerverfolgte. Ich beantrage, daß für uns die Lebensmittel separat ausgegeben werden, damit wir uns können koscher kochen, nach dem Grundsatz der freien Religionsausübung.« Das Gesicht hättense sehen sollen, vom Schauten.

LACROSSE Respekt, Sir. Und was hat er gesagt, der Schaute?

FRIEDLÄNDER Er will den Antrag konsiderieren, sagt er, abtreten. Aber jetzt kommt der Clou von der Geschichte: er hat ihn konsideriert. Er hat ihn sogar weitergegeben, und schon nach vier Wochen war die Bewilligung da. Leider gerade an unserem Einschiffungstag. Werd ich müssen in Kanada einen neuen Antrag stellen.

LACROSSE Stellen Sie lieber einen Antrag auf Diabetikerdiät, zum Teufel. Hier an Bord allerdings hoffnungslos.

WOLTERS *in dem es gekocht hat* Herr Friedländer hat eine Neigung dazu, die andere Backe hinzuhalten, darin ist er schlimmer als ein Christ. Er tut, als seien wir hier unter die Samariter gefallen statt unter die Räuber, weil ihn sein Schaute nicht in den Bunker gesperrt hat. Das ist eine unerlaubte Beschönigung des Unrechts, das man uns tut. Oder mit welchem Recht deportiert man uns überhaupt, wie die Verbrecher? Mit welchem Recht verhängt man Nachrichtensperre und erlaubt uns nicht mal, die Radioberichte zu hören? Mit welchem Recht hat man uns Bücher und Schriften weggenommen, und mir meine Geige?

FRIEDLÄNDER *schaut ihn erstaunt an* Sie musizieren? Davon haben Sie nie was gesagt.

WOLTERS Steht hier nicht zur Debatte.

BUSCHMANN Er geigt, großem Vorbild entsprechend. Aber das gehört zu seinen heimlichen Leidenschaften, die nicht erwähnt werden dürfen.

FRIEDLÄNDER Wissen Sie was? Lieber bleib ich mein Lebtag im Kittchen und spiele nie mehr Klavier, als daß nur ein einziger Nazispion herumläuft, der sich vielleicht als falscher Friedländer maskiert.

WOLTERS Glauben Sie, die würden nicht auf eine bessere Maskerade kommen?

FRIEDLÄNDER Noch bessere?

LACROSSE Im Ernst: natürlich laufen Spione herum; Spione sehen gern so aus, daß man es ihnen nicht zutrauen würde. Sie sind genau da zu finden, wo man sie nicht sucht. Warum nicht unter deutschen Emigranten?

WOLTERS Nun – die kennt man schließlich.

FRIEDLÄNDER Wer kennt wen?

Pause.

LACROSSE *nach einem tiefen Zug aus der Flasche* Sind Sie nie auf den Gedanken gekommen, daß diese Schutzhaft vielleicht wirklich in eine Art von Schutz für Sie ausarten könnte? Vielleicht seid ihr hier nur ein begünstigter Vortrupp. Vielleicht wird der König von England mitsamt seinem Premier nächstens die gleiche Reise tun. Ich sage Ihnen – danken Sie Gott für die Nachrichtensperre. Sonst könnte niemand hier an Bord eure lieben Nazikollegen daran hindern, euch im Zuge einer solennen Siegesfeier ein bißchen zu lynchen... So, jetzt wißt ihr Bescheid. Aber sagt's nicht weiter. *Trinkt noch einmal, steckt die leere Flasche weg.*

WOLTERS *gedämpft* Haben sie die Maginotlinie durchbrochen?

LACROSSE Diese Frage ist um vierzehn Tage überholt; die Maginotlinie schon um vierzehn Jahre.

WOLTERS Steht es wirklich so schlimm? Ist Europa verloren?

LACROSSE Mag sein. Ob das so schlimm ist, ist eine andere Frage.

WOLTERS Wieso?

LACROSSE Weil es auf diesen Wurmfortsatz, den ihr Europa nennt, längst nicht mehr ankommt. Den kann man getrost vergessen, oder, wenn er perforiert, rausschneiden und in ein Spiritusglas stecken, wie einen toten Molch. Hören Sie mir auf mit Geschichte, Kultur, Tradition – kommt alles auf die Schippe. Und euer Hitler, über den ihr so viel Geschrei macht, ist nichts als ein kleiner Hilfstotengräber. Nein, Kinder. Ich glaube, ihr seid in die falsche Richtung emigriert.

WOLTERS Wie meinen Sie das?

LACROSSE Machen Sie sich Ihren Reim drauf. *Geht zur Tür, ruft auf den Gang* Hallo Boys! Wo bleiben die Kerls mit der Bahre?

FRIEDLÄNDER Ein schwerer Fall?

LACROSSE Älterer Herr aus Österreich. Hat gestern nacht einen Unfall gehabt, jetzt hustet er Blut.

WOLTERS Wissen Sie genau, wie der Unfall geschehen ist?

LACROSSE Sollten Sie eine Meinung darüber haben – dann behalten Sie sie für sich. Ich müßte sie sonst weitergeben, mit Namensnennung. Die Folgen können Sie sich ausmalen. Seht zu, daß ihr selbst durchkommt – ohne Unfall.

WOLTERS Bald möchte ich auch glauben, wir sind in die falsche Richtung emigriert.

LACROSSE Ach was, es bleibt sich gleich. Sie sind hier der Jüngste, und auch Sie haben kaum mehr sechzig Jahre zu leben, wenn's hoch kommt. Interessant wird's auf dem Globus doch erst in hundertfünfzig bis zweihundert Jahren. Bis dahin – gute Nacht.

Draußen sind wieder die Sanitäter mit der Bahre erschienen, auf der jetzt ein bewegungsloser Körper liegt. Sie trotten vorüber, während Lacrosse ihnen nachruft Nehmt den Mann hier mit, sagt der Schwester, sie soll seine Spritze vorbereiten. Ich habe noch rasch einen Gang.

FRIEDLÄNDER Vielen Dank, Doktor. *Er folgt den Sanitätern.*

LACROSSE *geht zur Tür mit, schließt sie wieder, wenn Friedländer verschwunden ist, wendet sich zu den andern zurück* Ich hab ihn mit Absicht vorausgeschickt. Sein Zustand ist miserabel, und auf diesem Schiff hoffnungslos. Kein Insulin mehr da – ich kann ihm nur noch irgendwelche Aufpulverungsspritzen geben, die im Grund nichts helfen. Er ist sowieso völlig herunter, von all den KZ-Jahren. Bevor wir halbwegs in Kanada sind, werden sie ihn in Segeltuch nähen.

WOLTERS Aber wieso ist kein Insulin mehr an Bord? Hat man denn nicht gewußt –

LACROSSE Krankheitsfälle wie der sollten hier gar nicht mitreisen, den Bestimmungen nach. Es war ein Irrtum mit den Papieren, von irgendeinem Büro.

WOLTERS Das ist doch Mord, das ist schlimmer als –

LACROSSE *unterbrechend* Hat gar keinen Sinn. *Nimmt einen Schein aus der Tasche, gibt ihn Buschmann* Mit diesem Paß kommen Sie immer durch, Sie brauchen ihn nur der Wache vorzuweisen, dann werden Sie gleich zu mir geführt, bei Tag oder Nacht. Für den Fall von Kollaps oder Schmerzen.

WOLTERS Ob er es weiß?

LACROSSE *zuckt die Achseln* Dem sehen Sie nicht in die Karten. Also rufen Sie mich, wenn nötig.

BUSCHMANN Das heißt, Sie können ihm doch noch helfen?

LACROSSE Man kann's ihm erleichtern. Gute Nacht. *Geht.*

WOLTERS *ist zum Schachspiel gegangen, setzt sich auf den Boden, vergräbt das Gesicht in den Händen.*

BUSCHMANN Dieser Doktor, der hat auch die Nase voll. Kein Wunder. Der Mann kennt den Osten, Murmansk, Wladiwostok, Sewastopol, er hat Asien gesehen, er weiß was da drinsteckt und was da geplant wird: die große Regelung der Naturkräfte, die Umerziehung der Erde. Der weiß, wo die Zukunft wohnt.

WOLTERS *in gleicher Haltung* Und der kleine Friedländer muß sterben. Wozu, wozu, wozu...!

BUSCHMANN Damit ein paar Fettwänste ein paar Jahre länger an ihrem Profit kleben. Dazu wird dieser Krieg geführt, dazu werden wir herumgeschupft, zu sonst nichts.

WOLTERS *steht auf, geht umher* Und doch. Ich glaube, ich kann es nicht. Ich glaube, ich kann es nicht.

BUSCHMANN Nämlich?

WOLTERS Mich wieder in die Partei eingliedern. Meine geistige Unabhängigkeit opfern. Befehlsempfänger der Klasse werden, Bekenner der Liniendogmatik. – Ich weiß nicht, ob ich das kann. Obwohl – man es müßte.

BUSCHMANN Ganz im Gegenteil. Das müssen Sie nicht, und das brauchen Sie nicht. Das dürfen Sie nicht einmal, Wolters.

WOLTERS *schaut auf* Jetzt versteh ich Sie nicht.

BUSCHMANN *jedes Wort betonend* Sie dürfen nicht mehr in die Partei eintreten.

WOLTERS Warum? Weil ich ein Zweifler bin? Ein Non-Conformist?

BUSCHMANN Stellen Sie sich nicht begriffsstutzig.

WOLTERS *nach einem Augenblick Nachdenkens* Ach so. Ich hatte das wirklich nicht gleich begriffen. So meinen Sie das. Natürlich – – wenn ich mal wieder frei bin – vielleicht hätte ich solche Möglichkeiten. Ob ich sie nutzen möchte, ist eine andere Frage.

BUSCHMANN Sie werden sie haben, Wolters, und Sie werden sie nutzen. Für die Sache, die Sie als den einzigen Ausweg erkannt haben. Aus freien Stücken, Wolters, ohne Denk- oder Gewissenszwang, werden Sie imstande sein, mitzubestimmen, vielleicht überhaupt zu bestimmen, welche Seite der Welt das Rüstzeug der Zukunft besitzen soll. Es wird an Ihnen sein, das Wort ›Zufall‹ aus dem Buch der Weltgeschichte zu streichen.

WOLTERS Große Worte, Buschmann. Gefährliche Worte.

BUSCHMANN Klare Worte, Wolters. Nur unklare sind gefährlich.

WOLTERS *mit abwesendem Lächeln* Genosse Luzifer. Kommissar Prometheus. Immer stößt man mit dem verfluchten Mythos zusammen. Aber man kann doch nicht einfach zuschauen, wie die Welt vor die Hunde geht – wenn man es besser weiß.

BUSCHMANN Und wenn man die Macht hat, zu handeln.

WOLTERS Von Ohnmacht zu Macht ist ein langer Weg.

BUSCHMANN Vielleicht ein Sprung. Ein Rösselsprung, wie beim Schach.

WOLTERS *auf das Spiel starrend, leise* Ich streite mich immer mit ihm. Aber ich würde mein Leben opfern, wenn ich ihm helfen könnte.

BUSCHMANN Mit Ihrem Leben können Sie denen helfen – den vielen – von denen er einer ist. Den zum Opfer Verdammten. *Wolters zuckt die Achseln.*

FRIEDLÄNDER *kommt zurück. Ein Sanitäter bringt ihn bis zur Tür, die er hinter sich schließt. Er nickt den beiden wortlos zu, geht zur Bettstelle, streckt sich aufs untere Lager.*

WOLTERS Brauchen Sie irgend was, Herr Friedländer? Etwas Wasser vielleicht?

FRIEDLÄNDER Nur etwas Horizontale. Es strengt immer sehr an.

WOLTERS Morgen früh wird's Ihnen bessergehn.

FRIEDLÄNDER Morgen früh ist früh.

WOLTERS *zu Buschmann* Ich denke, wir legen uns auch hin und schalten die Lichter aus.

FRIEDLÄNDER Schade.

WOLTERS Was ist schade?

FRIEDLÄNDER Mit Ihnen hätte ich gern noch musiziert. Vielleicht die E-moll-Sonate von Bach. Sie spielen sicher gut.

WOLTERS Wenn ich zum Üben komme, geht's an, aber ich komme nie dazu.

FRIEDLÄNDER Es ist das Beste, vergessen Sie das nicht. Vergessen Sie das nicht – wenn Sie einmal mit Ihrer Mathematik am Ende sind.

BUSCHMANN *horcht auf* Verdammt, jetzt geht's los. *Der Lautsprecher knackt wieder, gleich darauf beginnt ein hektisch-gedämpftes, abgehacktes Geläut* Das Gefahr-Signal. *Er nimmt die Schwimmwesten herunter, Wolters und er legen sie an.*

WOLTERS Herr Friedländer! Wir müssen die Schwimmwesten anziehen.

FRIEDLÄNDER Wozu? Ich bin schon so leicht wie Kork. *Er liegt regungslos.*

WOLTERS *beugt sich über ihn* Wir helfen Ihnen, wenn's Ernst wird. Wir lassen Sie nicht allein.

FRIEDLÄNDER *wendet ihm das Gesicht zu* Gescheit von Ihnen. Halten Sie sich ruhig an mir fest. Der kleine Friedländer geht nicht unter.

Das Läutesignal geht weiter.

Dunkel.

Dritte Szene

Ein Raum im Grosvenor House, London, Spätsommer 1941.

Knappste büromäßige Einrichtung, zwei Arbeitstische, zwei Telefonapparate, Schreibmaschine, Akten, Diktaphon.

Eine Wandtafel mit statistischen Tabellen, eine andere mit einer kompliziert wirkenden Modellskizze. Außerdem eine Landkarte Europas und des Mittelmeers mit deutlicher Markierung von Hitlers Eroberungen und Einflußzonen, sowie des deutschen Vormarschs in Rußland. Auf einem erhöhten Regal mit besonderer Beleuchtung stehen einige aus Draht, Holz, Metallstäbchen und sonstigen Materialien verfertigte Gegenstände, die wie die Produkte abstrakter oder surrealistischer Plastiker auf einer modernen Kunstausstellung wirken.

Haupttür zum Flur ohne Klinke, mit Geheimschloß. Eine gepolsterte Seitentür trennt das Büro von den Nebenräumen.

Von dort hört man zu Anfang der Szene, sehr gedämpft, Klavier spielen: das Zweite Italienische Konzert von Bach.

Angus Fillebrown, ein etwas ungelenker Mensch Anfang der Dreißig, sehr kurzsichtig, bebrillt, in britischer Khaki-Uniform, ist allein im Raum. Er gehört zu den Leuten, denen man ansieht, daß sie über besondere intellektuelle Fähigkeiten verfügen, ohne gescheit zu sein – wofür sie sich aber halten.

FILLEBROWN *an einem der Telefone, während das andere schnarrt* Jawohl. Sir Elwin erwartet ihn, Sie können ihn durchlassen, wenn seine Identitätskarte in Ordnung ist. Sagen Sie ihm die Türnummer. Danke, Capt'n. *Rasch zum andern Telefon* Hallo – Sechsneunundsiebzig. Nein, Sir Elwin ist noch nicht da, hier spricht Angus Fillebrown, sein Assistent. Wer, Sekretär des Premierministers? *Unbeeindruckt* Ich werde Sir Elwin bestellen, er möchte anrufen, sobald er kommt. Natürlich, wir haben die Geheimnummer. Danke, mein Herr.

Der Türsummer ertönt, Fillebrown drückt auf einen Schaltknopf am Tisch, die Tür dreht sich lautlos nach innen, wobei man sieht, daß es eine schwere Metalltür ist – Kristof Wolters tritt ein, die Tür schließt sich auf gleiche Weise hinter ihm. Inzwischen beginnt das erste Telefon wieder zu schnarren, und Fillebrown eilt hinüber, während er Wolters mit der Hand winkt, näherzutreten. Der aber bleibt an der Tür stehen und beobachtet erstaunt ihren Mechanismus. Er trägt denselben Anzug wie im ersten Bild, der jetzt noch ein wenig abgetragener wirkt.

FILLEBROWN *am ersten Telefon* Sechsneunundsiebzig. – Oh!! – Ja, Fillebrown, Sir Elwins Assistent. Sehr gütig, Herr Attaché, sich meiner zu erinnern! Aber gewiß, bitte sehr – *Notiert auf einen Schreibblock* – Empfang zu Ehren von Professor Lew Davidowitsch Landau – selbstverständlich bekannt, Herr Attaché, einer unserer Größten – der zu kurzem Besuch aus Moskau – doch, das wußten wir bereits. Sir Elwin wird es sich bestimmt zur Ehre anrechnen, ich bin sicher, daß er nicht absagen wird, obwohl seine Zeit – wie bitte? – Zu gütig, Herr Attaché, ich empfinde das als eine Auszeichnung – mit dem größten Vergnügen! Jawohl, wir werden noch schriftlich antworten, wenn wir die offizielle Einladung erhalten – verbindlichen Dank – das war eine besondere Aufmerksamkeit von Ihnen – Auf Wiedersehen, mein Herr. *Er legt den Hörer ab, scheint Wolters für den Moment vergessen zu haben, putzt erregt seine Brille.*

WOLTERS *hüstelt ein wenig, immer noch bei der Tür.*

FILLEBROWN Ach – Verzeihung – Sie sind Herr Wolters, nicht wahr? Warum treten Sie nicht näher, nehmen Sie doch Platz, bitte.

WOLTERS Die Tür läßt mich nicht los, sie hat etwas Unheimliches. Ich hatte noch nie mit einem Bank-Safe zu tun. – Man hat das Gefühl: jetzt steckt man drin wie eine Aktie, und wenn der Besitzer die Ziffernkombination vergessen hat, kommt man nie wieder heraus.

FILLEBROWN *lacht* So ähnlich ist es auch, aber es gibt noch einen Privatausgang. Wir sind ja nun hier eine der geheimsten Geheimdienststellen des geheimsten Geheimdienstes – wer da hereinkommt, hinter dem fällt wirklich eine Tür ins Schloß, die er nicht selbst wieder öffnen kann. Symbolisch gesprochen. Wissen Sie, wer eben hier angerufen hat? Die russische Botschaft! Der Attaché für kulturelle Beziehungen. Ich hatte den Herrn erst einmal getroffen, aber er erinnerte sich an meinen Namen! Ein hervorragendes Menschenmaterial haben die aufzubieten. Setzen Sie sich doch bitte. Sir Elwin muß jeden Augenblick hier sein. Sind Sie gut gereist?

WOLTERS *lächelnd* Man kann es so nennen. Jedenfalls kein Vergleich zur Hinreise... Ich konnte mich kaum dran gewöhnen, daß man mich auf dem Truppenschiff nicht mehr als Gefangenen behandelte – eher wie einen Rekruten. Immerhin eine gewisse Rangerhöhung.

FILLEBROWN Wie lange waren Sie drüben, in Kanada?

WOLTERS Genau fünfzehn Monate – verlorene Zeit. Und meine Befreiung habe ich nur einem besonderen Glücksumstand zu verdanken.

FILLEBROWN Sie sind sehr bescheiden, Herr Wolters. Ihre Professoren in Edinburgh würden es anders nennen. Wir haben hier einige der Berechnungen zur Hand, die Sie damals aufgestellt haben, und ich muß sagen, ich finde sie verblüffend.

WOLTERS Trotzdem ist mir nicht ganz klar, wozu ich hier verwendet werden soll. Diese Berechnungen waren ja schließlich ganz abstrakter Natur.

FILLEBROWN Ich möchte Sir Elwin nicht vorgreifen. Ich kann Ihnen nur sagen, Sie haben hier eine große Chance. Schauen Sie mich an, Angus Fillebrown heiße ich, nebenbei bemerkt, unter Kollegen nennt man mich Fillie. Ich wurde von der Rekrutenausbildung hierher abkommandiert, auf Grund meiner theoretischen Arbeiten über die Alpha-Proton-Reaktionen – jetzt habe ich, als gemeiner Soldat, einen Capt'n, vier Leutnants und zwei Sergeanten unter mir, nur für die Sicherheitsmaßnahmen.

WOLTERS Wer spielt hier Klavier?

FILLEBROWN Lady Ketterick. Bei uns geht ja alles furchtbar militärisch zu, ein Schwächezeichen, finden Sie nicht? Bei den Russen ist das ganz anders. Der Attaché hat mir selbst gesagt, daß dort die staatlichen Wissenschaftler in voller Freiheit arbeiten, als reine Privatleute, natürlich nicht im bürgerlich-liberalen Sinn. Aber das versteht man hier nicht.

WOLTERS Hat denn Ketterick hier auch seine Privatwohnung?

FILLEBROWN Ja, seit sein Haus in Kensington zerbombt worden ist. Die ganze Bude hier ist überhaupt als seine Privatresidenz getarnt. Ich kann Ihnen sagen, in diesem Hotel finden Sie mehr Geheimstellen als im Kriegsministerium. Jedenfalls wichtigere. Haben Sie die Frühnachrichten gehört?

WOLTERS *schüttelt den Kopf, lauscht dem Klavierspiel.*

FILLEBROWN *vor der Landkarte* Die Nazis melden schon wieder einen Sieg ihrer Nordarmee, die sich auf Leningrad zu bewegt... aber es hat nichts zu sagen.

WOLTERS Wieso nicht?

FILLEBROWN Was sind hunderttausend Gefangene, bei den russischen Massen? Die müssen sie nur ernähren. *Er läuft in einem chaplinesken Gang im Zimmer herum, dozierend* Sehen Sie, es ist die bewährte Taktik Moskaus, den Feind hereinzulassen, bis er seine rückwärtigen Verbindungen nicht mehr unter Kontrolle hat – und erst dann zum Schlag auszuholen, wenn man seine verschiedenen Armeesäulen isolieren und voneinander abschneiden kann. Hitlers Blitztechnik, mit der er das morbide Frankreich überrennen konnte, wird ihm hier zum Verhängnis. Warum? Der deutsche Soldat ist ein willenloses Werkzeug des Kadavergehorsams – der Sowjetbürger ist ein bewußter Kämpfer seiner Nation und seiner Klasse. Daher ist dieser Krieg im Grunde jetzt schon entschieden, und zwar: für unsere Seite –!

WOLTERS Und was tun wir dabei?

FILLEBROWN Wir –? Sie meinen – die westlichen Verbündeten? Oder meinen Sie wir, persönlich?

WOLTERS Ich meinte nur so.

FILLEBROWN *etwas unsicher* Nun ja, es gibt hier eine Art von hartgesottenen Tories – unser Chef zum Beispiel –, die lachen sich ins Fäustchen bei der Idee, daß das kommunistische Rußland für uns verblutet.

WOLTERS Ketterick? Den hätte ich mir anders vorgestellt.

FILLEBROWN Sie werden ihn kennenlernen. Aber das hat nichts zu sagen. Wir haben jetzt einen ›Club der Sowjetfreunde‹ gegründet, unter dem Protektorat namhaftester Intellektueller, da müssen Sie hinkommen! Wir veranstalten Vorträge politischer und militärischer Sachverständiger und sammeln Unterschriften für eine Sympathiekundgebung, und singen Kosakenlieder.

WOLTERS Die singen Sie lieber allein. Es schickt sich nicht, für einen feindlichen Ausländer.

FILLEBROWN Das sind Sie doch die längste Zeit gewesen. Ich gebe zu, es hat für die Russen nicht viel praktischen Wert – aber was kann man sonst machen?!

WOLTERS Ja, was kann man sonst machen. *Er steht auf, tritt zu dem beleuchteten Regal.*

FILLEBROWN Interessant, wie? Lauter Originale, dafür wird das Britische Museum mal ein Vermögen bieten. Kettericks ganzer Stolz, er hat sie selbst aus seinem brennenden Haus geschleppt. Hier – das erste Atom-Modell von Lord Rutherford – wenn man bedenkt, daß der Alte da schon mitgearbeitet hat! – Nils Bohrs umgewandelte Fassung von 1913. – Das erste Geiger-Müllersche Zählrohr, heute schon so was wie ein Taschenkompaß – das erste Modell einer Wilsonschen Nebelkammer –

WOLTERS Und was ist das?

FILLEBROWN Das können Sie noch nicht wissen, es ist jüngsten Datums – ein Zyclotronmodell nach Professor Lawrence –

WOLTERS *fasziniert* Das letzte?

FILLEBROWN Nicht ganz – man arbeitet jetzt in Kalifornien ein neues aus, das die Beschleunigung auf hundert Millionen Elektronenvolt – *Das Klavierspiel bricht ab* Jetzt ist er heimgekommen von seinem Morgenritt. *Er begibt sich mit einer fast ängstlichen Hast an seinen Platz am Schreibtisch, winkt Wolters auf den Stuhl zurück* Man weiß nicht, er könnte es als Neugier auffassen, wenn er Sie vor den Modellen findet.

WOLTERS Nicht als Berufsinteresse?

FILLEBROWN Man kann nie wissen...

Ein gedämpftes Lachen von nebenan.

FILLEBROWN *angewidert* Immer dieses Geschnäbel und Gegirre da drinnen. Verliebt wie die Wellensittiche und geil wie die Meerkatzen.

WOLTERS Wer, die alten Leute?

FILLEBROWN *lacht – flüstert* Er hat erst kürzlich zum vierten Mal – Psst!

Er steht auf, die Polstertür wird geöffnet, eintritt Sir Elwin Ketterick. Straff, elastisch, sonnengebräunt, mit weißem Schopf, kalten, glasharten Augen, die aber manchmal in einer gewinnenden Heiterkeit aufleuchten können, und einem für seine siebzig Jahre forciert jugendlichen Gang. Er trägt Reithosen und einen saloppen, nicht mehr neuen Pullover. Auch Wolters ist aufgestanden.

KETTERICK Guten Morgen. Was Neues, Fillie? *Bevor Fillebrown antworten kann, mit einem Blick auf die Armbanduhr, zu Wolters* Tut mir leid, daß ich mich ein paar Minuten verspätet habe. Schließen Sie daraus nicht, daß Sie das auch tun könnten, wenn Sie hier arbeiten. Den Akt – Fillie – nein, nicht die Sicherheitsschwarte, das interessiert mich nicht. Die Institutszeugnisse, und die Papiere von Edinburgh. *Wirft einen Blick hinein* Sie haben im Jahre 1938 meine Vorlesungen zur Theorie der gasförmigen Diffusion gehört, hoffentlich haben Sie das vergessen, wir halten jetzt ganz woanders. Im gegenwärtigen Stadium geht es um gewisse Probleme der Quantendynamik und der Kernstabilität. Nun, das scheint Ihr Spezialfach zu sein. Wollen Sie sich verpflichten?

WOLTERS *zögernd* Für mich kommt das natürlich sehr überraschend, Herr Professor –

KETTERICK Sir Elwin. Sie müssen es sich also noch überlegen. Das ist Ihre Sache. Mich hätten als jungen Menschen keine zehn Rösser mehr hier herausgebracht. Eine anämische Generation. Haben Sie sich die Modelle da angeschaut? Ich fürchte, Sie haben sie noch nicht einmal bemerkt.

WOLTERS *keineswegs eingeschüchtert, eher arrogant* Ich war allerdings grade im Begriff –

KETTERICK Nun, das geht Sie auch nichts an. Hier – schauen Sie sich das Verpflichtungsformular durch und sagen Sie mir, ob Sie zur Unterschrift bereit sind. – Ich warte auf Ihren Rapport, Fillie.

FILLEBROWN, *der schon mit seinem Notizblock bereitsteht* Die Berichte an die Columbia-Universität und die Kellex-Corporation sind abgegangen. Ein Kabel aus Oak-Ridge habe ich zur Dechiffrierabteilung geschickt, es ist noch nicht zurück. Außerdem –

KETTERICK Wenn es bis zehn nicht da ist, gehen Sie hinüber und machen den Knaben Dampf, ich muß es vor Mittag beantworten. Weiter?

FILLEBROWN – hat die Russische Botschaft angerufen, Kultur-Attaché Karnowski, um uns persönlich zu einem Empfang für Professor Landau einzuladen. Ich habe gesagt, sobald wir die offizielle Einladung erhalten, werden wir –

KETTERICK – selbstverständlich absagen. Wenn Lew Davidowitsch mich sehen will, soll er zu mir kommen – wie in früheren Zeiten. Aber das werden sie ihm nicht erlauben – weil er nicht zu ihren Funktionsknöpfen gehört – sie werden ihn keinen Schritt vom Halsband lassen. Den wollen sie hier zur Reklame vorführen wie einen Tanzbären – und den Anblick kann ich mir schenken. Da geh ich lieber mal hin, wenn sie einen Metropoliten auszustellen haben.

FILLEBROWN Wenn ich mir eine Bemerkung gestatten darf – Professor Landau ist nach Ihrem eigenen Urteil ein Genie unseres Fachs – und die Begegnung wäre für mich ein Erlebnis – ich wurde nämlich auch aufgefordert –

KETTERICK Kommt nicht in Frage, Fillie. Lesen Sie seine Schriften, da haben Sie mehr davon. Von mir aus können Sie die Sowjets anhimmeln, soviel Sie wollen, das ist eine Sache Ihrer privaten Simplicitas. Aber ich wünsche nicht, daß unsere Abteilung bei diesem Anlaß dort in Erscheinung tritt. Es könnten Ihnen gesprächsweise auch Dinge herausrutschen, die nicht dort hingehören.

FILLEBROWN Sir Elwin, ich bitte Sie, überzeugt zu sein –

KETTERICK Ich zweifle nicht an Ihrer Loyalität, Fillie. Aber diese Dinge entziehen sich Ihrer Kontrolle und Ihrer Urteilsfähigkeit. Ist das klar?

FILLEBROWN Jawohl, Sir Elwin.

KETTERICK *zu Wolters* Haben Sie das Formular durchgelesen?

WOLTERS Nein, Sir Elwin. Ich habe natürlich Ihrem Gespräch zugehört. Das ist für mich im Augenblick viel wichtiger.

KETTERICK *schaut ihn zum ersten Mal mit Interesse an* Weshalb?

WOLTERS Es ist gut zu wissen, welchem Herrn man dient.

KETTERICK Fillie, schauen Sie lieber schon jetzt nach den Verzögerungsknaben im Dechiffrierbüro. Ich möchte mit Herrn Wolters ein Wort unter vier Augen sprechen.

FILLEBROWN Gewiß, Sir Elwin. *Er geht, mit einem erschrocken warnenden Blick zu Wolters.*

KETTERICK *lacht* Hat er Ihnen Angst vor mir gemacht?

WOLTERS Es ist nicht meine Art, mir Angst machen zu lassen.

KETTERICK *nicht ohne Wohlwollen* Sie brauchen hier gar nicht in Boxerstellung zu gehen. Damit verraten Sie mehr Unsicherheit, als wenn Sie bescheiden wären, wie es Ihnen eigentlich liegt. Immerhin scheinen Sie mir erwachsener zu sein als Fillebrown, obwohl Sie jünger sind. Hören Sie mir jetzt genau zu, und überlegen Sie sich jedes Wort, das Sie sagen. Wir beschäftigen uns hier mit gewissen Dingen, das ist kein Geheimnis. Die andere Seite tut es auch, und jeder weiß vom andern, daß er sich mit gewissen Dingen beschäftigt. Der Stand unserer Arbeit aber und ihre Weiterentwicklung gehören ins Gebiet der strategischen Operationen, deren Geheimhaltung strengstes Gesetz ist. Mir ist jeder Mann recht, der zur Beschleunigung unserer Arbeit beitragen kann – selbst wenn er ein Deutscher ist. Ist Ihnen jedoch klar, daß das Ziel unserer Tätigkeit die Vernichtung Ihres früheren Vaterlandes bedeutet?

WOLTERS Sie meinen: die Vernichtung des Nationalsozialismus.

KETTERICK Ich meine: die Vernichtung Deutschlands. Der Nationalsozialismus ist für mich nur die gegenwärtige Äußerung des deutschen Machtwillens. Ob sein Kopf Adolf heißt oder Wilhelm oder Friedrich, ist für mich ganz gleich. Ich führe Krieg gegen Deutschland, Herr Wolters, und zwar um es zu unterwerfen. Rom oder Karthago. Ich glaube an nichts dazwischen. Es ist gut zu wissen, welchem Herrn man dient. Können Sie sich unserer Sache verschreiben – bedingungslos?

WOLTERS *nach kurzer Überlegung, sehr gefaßt* Jawohl, Sir Elwin – und zwar vor allem deshalb, weil Sie Ihre Sache nicht humanitär verbrämen. Sie wollen Deutschland schlagen, aus dem gleichen nationalen Egoismus, mit dem das heutige Deutschland Ihr Volk bekämpft. Für mich ist Deutschland heute ein Seuchenherd, den man ausbrennen muß, die Inkarnation des Faschismus, der die Welt bedroht. Daher decken sich unsere Interessen, und ich habe kein Bedenken, an Ihrer Arbeit teilzunehmen – zumal sie mich dem eigentlichen Ziel meines Lebens näherbringt.

KETTERICK Sie bedienen sich Ihrer Dialektik nicht ungeschickt. Worin besteht also Ihr Vorbehalt?

WOLTERS Habe ich etwas von einem Vorbehalt gesagt?

KETTERICK Nicht gesagt. Verschwiegen. Gemeinsame Interessen sind nicht genug. Es geht hier um ein Bekenntnis zu gemeinsamen Bindungen und Prinzipien.

WOLTERS Ich weiß nicht, worin die Ihrigen bestehen.

KETTERICK Ganz einfach: in denen meiner Nation. Solange Sie Ausländer sind – ich bitte zu bemerken, daß ich das Epitheton ›feindlicher‹ weggelassen habe –, können wir Sie nur am Rande beschäftigen, ohne Zugang zu klassifiziertem Material und zum eigentlichen Kern unserer Arbeit. Das hat auf die Dauer wenig Sinn. Sie werden, wenn Sie uns wirklich nutzen wollen, die britische Staatsangehörigkeit erwerben müssen, um in den Staatsdienst eintreten zu können. Das heißt: Sie werden es auf Ihren Eid nehmen, daß Sie an absoluter Loyalität und mit allen Ihren Handlungen nur noch den Interessen, Maximen und Gesetzen der Britischen Krone dienen und keinen andern mehr in der Welt. Sie würden, in Konsequenz, durch jede abweichende Handlung das Verbrechen des Hochverrats begehen. Haben Sie das bedacht?

WOLTERS Ich dachte mir, daß ich vor diese Alternative gestellt würde. Es ändert nichts an dem, was ich vorher gesagt habe.

KETTERICK Könnte ich jetzt Ihre Hirnschale aufbrechen – und dort hineinschauen, wo der Hintergedanke wohnt. Vielleicht heißt er, daß Kronen und Altäre für Sie keine Bindung bedeuten. Aber das gilt nicht. Hier wird ehrlich gespielt. Sie waren, vor Ihrer Flucht aus Deutschland, Kommunist?

WOLTERS *nach einem kaum merklichen Zögern* Sozialist.

KETTERICK *sieht ihn forschend an* Vollständige Offenheit wäre mir lieber zwischen uns. Aber ich habe weder das Recht noch die Absicht, mich in Ihre Privatbezirke zu drängen. Die Tatsache, daß Sie links stehen, bedeutet für mich nicht mehr, als wenn Sie Linkshänder wären: man kann trotzdem sehr tüchtig sein. Sie ist mir eher eine Gewähr für Ihre Zuverlässigkeit in diesem Krieg. Und das kommt zuerst. Ich halte nichts von den Sicherheitsbehörden. Entweder ich traue einem Menschen – oder nicht.

WOLTERS Ich möchte Ihnen meine reservatio mentalis nicht vorenthalten, Sir Elwin. Ein Eid hat für mich keine religiöse Bedeutung.

KETTERICK Ob Sie an den Gott glauben, bei dem Sie schwören werden, spielt keine Rolle. Der Eid ist die Formel für eine unlösbare Fusion. Unser Gott ist die Wissenschaft, die Erkenntniskraft des menschlichen Geistes, auch ich habe keinen anderen. Sie werden bei mir die weitestgehende Meinungs- und Forschungsfreiheit genießen – dafür verlange ich unbedingte Gefolgschaft – zu mir, und zu England. Wenn Sie mir die Hand geben, bedeutet das mehr als ein Schwur vorm Lord Oberrichter. Wollen Sie das tun?

WOLTERS *streckt die Hand aus.*

KETTERICK Halt. Wir sind noch nicht soweit. Nun muß ich Ihnen zunächst mal ein paar Monate auf den Zahn fühlen und herauskriegen, was Sie leisten. *Er weist auf die schematische*

Skizze an der Wand Können Sie sich unter dem Ding etwas vorstellen?

WOLTERS Ich denke mir, es handelt sich um das Schema einer Atombatterie. Vieles daran ist mir noch unbegreiflich.

KETTERICK Mir auch – obwohl es mein eigener Entwurf ist. Das heißt, ich ahne noch nicht, wie sich eine Kettenreaktion praktisch auswirken wird. Unsere Sache ist zunächst ihre theoretische – *Der Türsummer geht* Das ist Fillie, der steht gewiß schon fünf Minuten vor der Tür und traut sich nicht herein. *Er drückt auf den Knopf, Fillebrown schiebt sich durch die Stahltür.*

FILLEBROWN Bin ich zu früh, Sir Elwin? Sie hatten erst die Hälfte dechiffriert. Ich mußte aber –

KETTERICK Da sehen Sie, weshalb ich diese Leute als Kriegsverzögerungsknaben bezeichne... *Zu Wolters* Das genügt jetzt, Sie können morgen mit der Arbeit beginnen, Fillie wird Sie hier indoktrinieren und Sie mit einigen unserer Mathematiker bekannt machen. Habe ich Ihnen übrigens gesagt, daß Sie Ihre Berufung im wesentlichen meiner Frau verdanken? Sie hat sich an Ihre Person und Ihre Doktorarbeit erinnert und mich auf die Idee gebracht, Sie anzufordern.

WOLTERS *ehrlich erstaunt* Ich kann mich nicht entsinnen, daß ich die Ehre gehabt hätte –

KETTERICK Es wird Ihnen einfallen, wenn Sie sie sehen. Man vergißt sie nicht. *Er geht zur Seitentür, öffnet, ruft* Hjördis!

FILLEBROWN *sehr verlegen* Sir Elwin – ich hatte vorhin vergessen, wir hatten einen Anruf vom Sekretariat des Premierministers, er ließ um sofortigen Rückruf bitten –

KETTERICK Mensch! Und das sagen Sie mir jetzt erst! Haben Sie denn nichts als Ihre rosenfingrige Russenbotschaft im Kopf?! Ich mache den Anruf von meinem Privatanschluß. *Geht zur Seitentür, ruft* Hjördis! *Wendet sich noch einmal zurück* Bringen Sie mir die Akten von Washington. Meine Frau kann inzwischen den Laden hier übernehmen. *Rasch ab.*

FILLEBROWN *Akten zusammensuchend, mit einem Blick auf Wolters* Was ist Ihnen denn, Sie schauen so weiß aus, hat er Sie derart hergenommen?

WOLTERS Ich hatte noch nicht gefrühstückt, es gab nichts am Bahnhof.

STIMME KETTERICKS *von nebenan* Fillie!!

FILLEBROWN Sofort, Sir Elwin! *Ab.*

WOLTERS *allein, macht unwillkürlich ein paar Schritte zur Ausgangstür – dann bleibt er stehen, nimmt Zigaretten heraus, zündet sich eine an, wobei seine Hand zittert.*

HJÖRDIS *tritt ein, sie ist in Rock und Bluse, mit dem Zivildienstabzeichen – geht rasch auf den Schreibtisch mit dem Telefonapparat zu, der gerade schnarrt. Sie wirft einen erstaunten Blick auf Wolters, aber noch ohne ihn zu erkennen, da er – zur Tür gewendet – mit dem Rücken zu ihr steht. Sie nimmt den Hörer auf* Sechsneunundsiebzig. Wer spricht?

Wolters hat sich zu ihr umgedreht.

HJÖRDIS *läßt den Hörer sinken* Kristof! Mein Gott – *Nimmt den Hörer wieder auf* Natürlich, wir müssen die Ergebnisse vergleichen. Ich schicke Ihnen die Papiere ins Labor hinüber. Würden Sie dann zurückrufen, bitte? *Legt auf, streckt die Hand aus.*

WOLTERS *tritt zu ihr, reicht ihr zögernd die Hand.*

HJÖRDIS Kristof! Er hat mir kein Wort gesagt... Wann sind Sie denn angekommen?

WOLTERS *läßt ihre Hand los* Gestern in Liverpool. Hier vor einer Stunde.

HJÖRDIS Sie sehen schlecht aus. Sie müssen viel durchgemacht haben.

WOLTERS *versucht ein Lächeln* Vergleichsweise war es gar nicht so schlimm.

HJÖRDIS »Vergleichsweise« ist immer schlimm genug. Warum haben Sie eigentlich nie geantwortet. Ich habe so auf ein Lebenszeichen von Ihnen gehofft.

WOLTERS Geantwortet? Worauf?

HJÖRDIS Ich habe Ihnen doch ein Weihnachtspäckchen geschickt – und dann – diesen Brief – mit meiner Heiratsanzeige.

WOLTERS Ein Weihnachtspaket habe ich bekommen – aber der Zettel, auf dem der Absender steht, war bei der Revision verlorengegangen, es wurde ja alles geöffnet und durchgewühlt.

Ich konnte mir überhaupt nicht denken, von wem es sein sollte.

HJÖRDIS Auf mich sind Sie nicht gekommen?

WOLTERS Blöd von mir, wie? Aber ich wußte gar nicht, ob Sie noch in London sind. Ich dachte –

HJÖRDIS Was?

WOLTERS *leicht* Nun – Sie hätten mich vergessen.

HJÖRDIS Das haben Sie nicht wirklich gedacht.

WOLTERS Die Heiratsanzeige – die kam wohl in einer Zeit, in der wir Postsperre hatten – und später hat man sie dann vergessen, das ist oft passiert.

HJÖRDIS So wußten Sie gar nichts davon.

WOLTERS Bis vor drei Minuten hatte ich keine Ahnung.

HJÖRDIS *schweigt – nach einem Wort suchend.*

WOLTERS Ich hörte Klavier spielen, nebenan. Der Assistent sagte, es sei Lady Ketterick. Ich stellte mir eine steife, weißhaarige Dame vor.

HJÖRDIS Hat es so steif geklungen?

WOLTERS Ich meine nicht Ihren Anschlag. Der hat sich gehalten.

HJÖRDIS Kristof – ich muß Ihnen das erklären ...

WOLTERS Sie sind mir keine Erklärung schuldig.

HJÖRDIS Trifft Sie das wirklich so hart?

WOLTERS Wie kommen Sie darauf? Ich meine nur – es geht mich nichts an. Ich wünsche Ihnen alles Glück. Ich habe Ihnen auch für Ihre Fürsprache zu danken.

HJÖRDIS Kommen Sie, Kristof. Schauen Sie mich an. Man kann sich nicht fremd werden, wenn man wirklich befreundet war. Auch wenn man – verschiedene Wege geht.

WOLTERS Oder gegangen wird. Das gilt nicht für Sie, natürlich.

HJÖRDIS Seit wann sind Sie verbittert? So kenne ich Sie gar nicht.

WOLTERS Kennen Sie mich überhaupt? Hatten Sie je ein Interesse daran, mich zu kennen?

HJÖRDIS Sie sind sicher sehr einsam gewesen, in letzter Zeit.

WOLTERS Einsam, aber nie alleine – das geht auf die Nerven. Diese letzte Zeit dauert ein bißchen lang.

HJÖRDIS Ich kenne das, Kristof. Sie wissen nicht – nein, Sie können nicht wissen, wie Sie mir damals gefehlt haben. Grade damals, als man Sie abgeholt hatte. Da war London eine Hölle für mich. Nicht wegen der Bomben – das machte es eher etwas leichter. Aber die Fremdheit, Kristof – die Fremdheit. Ein Volk im Krieg, zu dem man nicht gehört – und noch dazu das angelsächsische. So viel Takt, so viel Anstand und so viel unüberwindliche Distanz, daß man am brennenden Gaskamin erfrieren könnte. Ich wollte nach Haus, aber das ging nicht mehr, sie hatten Norwegen überfallen und meinen Vater als Geisel festgesetzt, ich habe bis heute keine Nachricht von ihm.

WOLTERS Und wenn sie mich damals nicht abgeholt hätten?

HJÖRDIS Ich weiß nicht, Kristof. Ich weiß nie, wie etwas wäre, ›wenn‹. Dieses ›Wenn‹ gibt es nicht – und genau das ist es, was man Schicksal nennt. Wir waren zu jung füreinander, so oder so.

WOLTERS Sie nicht für mich.

HJÖRDIS Jetzt könnte ich fragen: »Kennen Sie mich überhaupt?«

WOLTERS Vermutlich nicht. Aber ich kenne Sir Elwin. Das genügt.

HJÖRDIS *schaut ihn besorgt an* Er war wohl ein bißchen schroff mit Ihnen – und das hat Sie verletzt? Sie müssen das verstehn, Kristof, er ist immer so, wenn ihm jemand neu vorgestellt wird, er – ach was, ich will es Ihnen sagen, dann ist es leichter für Sie, und mit der Zeit würden Sie doch drauf kommen – er hört nicht gut, er hört sogar furchtbar schlecht, aber er gibt es nicht zu, und er will unter keinen Umständen einen Hörapparat tragen. Deshalb wirkt er oft hochfahrend, oder grob, aber das ist nicht so.

WOLTERS Jedenfalls ist er bestimmt nicht zu jung für Sie.

HJÖRDIS Warum sagen Sie das, Kristof? Das ist Ihrer nicht würdig.

WOLTERS Es gibt zwei Zustände im Leben, in denen die Würde aufhört. Einer davon ist die Schutzhaft.

HJÖRDIS Der andere?

WOLTERS Denken Sie nach. Sie brauchen nicht weit zu suchen.

HJÖRDIS Ja, Kristof. Ich liebe ihn, wenn Sie das meinen. Es hat mich gepackt, wie ein Griff an die Gurgel. Ich ging eines Tags zu ihm, in sein Haus, und sagte ihm, daß ich bleibe. Ich wußte, daß er mich wollte. Ich – konnte nicht anders. Ist das würdelos? Ich frag nicht danach. So wenig wie nach dem Glück.

WOLTERS Sind Sie nicht glücklich?

HJÖRDIS Ich frag nicht danach. Ich hatte keine Wahl. Ob ich ihn glücklich machen kann – das ist eine andere Frage. Aber es kommt wohl nicht darauf an, für Männer wie ihn.

WOLTERS *nach einer Pause* Ich glaube, ich muß einen Entschluß fassen.

HJÖRDIS *schaut ihn an.*

WOLTERS Ich kann diese Stellung nicht annehmen. Ich muß verzichten.

HJÖRDIS Was sagen Sie da?!

WOLTERS Erschrecken Sie nicht, Hjördis. Es ist nicht Ihretwegen. Wenigstens nicht allein. Das – läßt sich überwinden.

HJÖRDIS Aber?

WOLTERS Ich weiß nicht, ob ich darf, ich weiß nicht, was ich nicht darf ... Was ist Pflicht, was ist Wille, was ist Bestimmung? Alles spaltet sich auf – wie unter einem infernalischen Strahlenbeschuß ... Wie kann da ein Mensch noch seinen Weg sehen?

HJÖRDIS Versuchen Sie es, Kristof. Ich bitte Sie darum.

WOLTERS Ahnen Sie denn, in welchem Zwielicht ich stehe? Ich weiß selber nicht, ob es Tag oder Nacht bedeutet.

HJÖRDIS Sie können's nicht wissen, solang Sie es nicht erprobt haben. Sie haben hier eine Gelegenheit, die nicht wiederkommt.

WOLTERS Das stimmt – in doppeltem Sinn.

HJÖRDIS Hören Sie zu, Kristof. Ich weiß nicht, was es ist, womit Sie sich abstrudeln. Ich will nicht versuchen, durchs Schlüsselloch zu schaun. Ich will Ihnen nur von mir sagen:

glauben Sie nicht, daß es mir leichtgefallen ist, hier weiterzumachen. Als Frau – empfinde ich diese Arbeit fast wie eine Unnatur. Aber sie ist auch eine Art von Selbstschutz für mich. Für Sie – wäre es eine Art von Selbstverleugnung – fast Selbstmord –, sie nicht zu akzeptieren.

WOLTERS Nun ja, und warum nicht?

HJÖRDIS Kristof! So dürfen Sie nicht reden! *Sie faßt ihn an den Schultern* Ich will es nicht!

WOLTERS Liegt Ihnen so viel daran?

HJÖRDIS Sie haben eine Aufgabe in der Welt! Sie sind nicht allein da!

WOLTERS Die Welt, Hjördis? Sie meinen: die Menschenwelt. Das sind Alle – Alle, die leben, und die noch nicht leben. Wenn ich eine Aufgabe habe – so kann ich sie nicht begrenzen.

HJÖRDIS Seit wann gibt es Grenzen im Geist? Jeder reicht den Eimer weiter – wie beim Feuerlöschen.

WOLTERS Gut. Ich will meinen Eimer fassen. Auf Gedeih oder Verderb.

HJÖRDIS Vielleicht – kann ich Ihnen helfen.

WOLTERS Das haben Sie schon getan. *Er küßt ihre Hände.*

KETTERICK *kommt abrupt herein – zu Hjördis, ohne auf Wolters zu achten* Die Amerikaner kommen uns zuvor, und sie sind nicht im Krieg! Wir arbeiten hier zu langsam, wir haben zu wenig Material, zu wenig Phantasie, zu wenig Geld! *Ruft nach rückwärts* Beeilen Sie sich, Fillie! Ich habe keine Minute zu verlieren. *Er drückt auf den Knopf, die Stahltür öffnet sich – zu Wolters* Morgen früh Punkt neun.

HJÖRDIS *zu Wolters* Auf Wiedersehn! *Reicht ihm die Hand. Wolters zögert einen Augenblick, als wolle er etwas sagen.*

KETTERICK Worauf warten Sie noch??

WOLTERS *geht.*

Dunkel.

Vierte Szene

Bank im Greenpark, Mai 1943. Abendsonne, Kastanien- und Fliederblüte. Buschmann geht vor der Bank auf und ab, schaut auf die Uhr. Eine Pflegerin schiebt einen Mann in Offizierslitewka, dessen Beine verdeckt sind, in einem Rollstuhl vorüber.

DER MANN Warum schon zurück, Schwester? Können wir nicht noch zum Teich?

PFLEGERIN Wenn die Sonne weggeht, kommt gewöhnlich die Vorwarnung. Dann sind wir besser schon im Spital.

DER MANN Morgen regnet's vielleicht.

PFLEGERIN Der Mond nimmt zu, Herr Oberst, da pflegt das Wetter zu halten. Aber in den Mondnächten kommen sie gern.

DER MANN Ich spüre, daß es Regen gibt. Meine Stümpfe schmerzen.

PFLEGERIN Dann gehören Sie ins Bett...
Sie verschwinden.

WOLTERS *kommt eilig. Er trägt weiße Hosen und Sporthemd, in der Hand einen Tennisschläger.*

BUSCHMANN *hält ihm die Uhr hin.*

WOLTERS Tut mir leid, Buschmann. Wir spielten ein Double, das sich ein wenig in die Länge zog, und ich konnte nicht abbrechen, das wäre aufgefallen. Sind ja nur zehn Minuten.

BUSCHMANN Macht nichts, Wolters, wenn sich's um mich handelt. Aber wenn Sie's mit einem andern Kontaktmann zu tun kriegen, müssen Sie sich's einteilen, auf die Minute pünktlich zu sein, besonders solang er Sie nicht persönlich kennt. *Sie setzen sich.*

WOLTERS Mit einem andern Kontaktmann? Sie meinen drüben, in Amerika? Ich weiß noch nicht, wann die Reise losgeht.

BUSCHMANN Aber ich – das heißt, was meine Reise betrifft.

WOLTERS Was – ist es soweit?

BUSCHMANN Ja, endlich! Ich habe hier schon Grünspan angesetzt. Die sechs Monate, seit ich aus Kanada zurück bin, das war so 'ne Art von Rentnerleben für mich. Kleinrentner in Hampstead, nicht mein Fall. Wenn die mandschurische Sekretärin in der Botschaft nicht auf mich geflogen wäre, hätte ich mich an Schlafmittel gewöhnt. Bei der konnte ich wenigstens mein Russisch ein bißchen aufbügeln, evolutionsgemäß, mit fernöstlichem Akzent. Wir starten morgen früh.

WOLTERS Wohin?

BUSCHMANN Ziel Moskau – wenn wir Glück haben, geradewegs – wenn nicht, müssen wir eine Tankstation am Nördlichen Eismeer anfliegen. Hängt von der Lufttätigkeit über den Fronten ab, auch vom Wetter.

WOLTERS Werden die Behörden hier Sie so einfach rauslassen?

BUSCHMANN Alles in Ordnung. *Läßt ein Heft aus der Brusttasche hervorschauen* Ich reise auf livländischen Diplomatenpaß. Exterritorialer Transport – wird nur vom Geheimdienst abgefertigt.

WOLTERS Und haben Sie schon eine Ahnung –

BUSCHMANN Genaue Richtlinien. Ich werde einem russischen Pionierbataillon zugeteilt, als Sendeleiter für Frontpropaganda in die deutschen Stellungen. Ich denke, den Jargon beherrsche ich noch. Wir werden ihnen ziemlich hart auf der Nasenspitze hocken. Freu mich schon drauf, wenn ich die erste deutsche Luger krachen höre.

WOLTERS Ein unverbesserlicher Landsknecht. Was würden Sie anfangen, wenn der Weltfriede ausbricht?

BUSCHMANN Keine Gefahr, für unsere Lebzeiten.

WOLTERS Aber ich beneide Sie fast.

BUSCHMANN Sie? Sie sind doch nur glücklich, wenn Sie über siebenundzwanzigstelligen Bruchzahlen brüten können. Der geborene Arbeitsmensch. Wundert mich schon, daß Sie sich Zeit nehmen zum Tennis. Mit wem spielen Sie – Kollegen?

WOLTERS Hauptsächlich mit der Frau meines Chefs – Lady Ketterick.

BUSCHMANN Also auch eine Art von Arbeit. Vermutlich älteres Semester. Ich sage ja, Sie können's nicht lassen, ich bin überzeugt, Sie rechnen noch im Bett.

WOLTERS *lächelnd* Jeder, wie er kann.

BUSCHMANN Was ist eigentlich aus Ihrer Wunschmaid von damals geworden?

WOLTERS Welcher Wunschmaid?

BUSCHMANN Soviel ich weiß, gab es nur eine. Schwedin oder Norwegerin oder jedenfalls was aus der Gudrunsage.

WOLTERS Ach so – keine Ahnung. Die hatte ich ganz vergessen.

BUSCHMANN Bravo. Nur keinen Gefühlsballast, das verkrustet die Nieren. Hier in London hat man jetzt Auswahl genug, die ganze Stadt voll amerikanischer Wacs und Waves und Spics und Spams – die gehen scharf ins Zeug. Ich sage, die meisten haben die Uniform doch nur angezogen, um sie auszuziehen. Na und dann – die Lichter von Manhattan – Times-Square bei Nacht, wie er weint und lacht. Auch nicht übel. *Er pfeift vor sich hin.*

WOLTERS Sie sind zerstreut, Buschmann. Ich hab Sie noch nie so nervös gesehen.

BUSCHMANN Ich nervös? Ich glaube, Sie spinnen. Ich – *Er verstummt.*

WOLTERS Worauf lauschen Sie?

BUSCHMANN *verlegen* Das war eine Schwarzamsel, ganz in der Nähe.

WOLTERS Es gibt viele im Park.

BUSCHMANN Ich habe eine merkwürdige Erinnerung an den Ersten Weltkrieg, an der Westfront. Da sangen im Frühling keine Vögel mehr – auf viele Meilen im Umkreis – kein einziges Zwitschern. Das war, glaub ich, das Schlimmste.

WOLTERS Das Schlimmste?

BUSCHMANN Haben Sie die Berichte parat?

WOLTERS Natürlich. *Er nimmt ein paar lose Zettel aus der Hosentasche.*

BUSCHMANN Leichtsinn. Das kann Ihnen doch irgendwo herausfallen – noch dazu beim Tennis.

WOLTERS Ich passe schon auf. Außerdem – das würde doch niemand verstehen.

BUSCHMANN *schaut flüchtig hinein* Allerdings – es sind auch für mich Hieroglyphen. Ich geb das weiter, wie ich's von Ihnen bekomme. Aber wir haben chiffrierte Meldungen aus Moskau, die Ihre Arbeit aufs höchste bewerten. Ich kann Ihnen sagen, Sie gelten dort heute als unser wichtigster Informant. Ich bin stolz, daß ich Sie aufgetan habe, Wolters, und bei der Stange gehalten.

WOLTERS Was ich bisher geliefert habe, waren nur die Ergebnisse meiner eigenen Arbeit, Kopien der Berechnungen, die ich persönlich aufgestellt habe – also durchaus mein geistiges Eigentum, über das ich doch wohl nach eigenem Ermessen verfügen kann –

BUSCHMANN Warum entschuldigen Sie sich? Was heißt hier geistiges Eigentum? Müssen Sie sich darüber noch was vormachen?

WOLTERS Ich habe, seit ein paar Wochen, meine Einbürgerungspapiere und stehe im britischen Staatsdienst. Das ist immerhin eine kitzlige Sache.

BUSCHMANN Es wird nie herauskommen, wenn Sie vorsichtig sind.

WOLTERS Das meine ich nicht.

BUSCHMANN Die ethische Frage – die liegt doch für uns ganz anders. Wir haben darüber oft genug diskutiert.

WOLTERS Trotzdem komm ich mir manchmal wie ein Verräter vor. Allerdings – wenn ich an Ketterick denke – und die Welt, die Klasse, die Menschenart, die er repräsentiert –, dann verrate ich gern, mit Überzeugung, mit Leidenschaft, ja mit Wollust.

BUSCHMANN Quatsch. Ein Verräter wären Sie höchstens, wenn Sie es um des eigenen Vorteils willen täten. Übrigens läßt Karnowski Ihnen nochmals sagen, Sie möchten doch wenigstens für Ihre Unkosten, besonders dann in den Staaten, wo Autofahrten und vielleicht Reisen damit verbunden sind –

WOLTERS Ausgeschlossen, ich nehme nichts an. Sie sagen ja selbst, daß ich dann nicht mehr sauber wäre.

BUSCHMANN Wie Sie meinen. Erhalten Sie sich das Imago Ihrer immakulaten Seele. Sie müssen ja nicht davon leben, wie ich.

WOLTERS Was ich sagen wollte – ist das: – Ich weiß nicht, ob ich über das bereits Gelieferte hinausgehen soll. Ob man es nicht bei der Mitteilung der theoretischen Grundlagen, die ich als wissenschaftliches Gemeingut erachte, belassen könnte...

BUSCHMANN *fährt hoch* Mensch! Wolters! Könnten Sie wirklich verantworten –

WOLTERS *heftig* Nein, ich kann es nicht, reden Sie nicht weiter, ich weiß, ich kann nicht zurück! Ich kann und ich darf nicht – verantworten daß, daß diese diese – auf Jahre hinaus, vielleicht auf immer in der Hand derer, allein, die sie zu Machtzwe – zu mißbrau – die die – *Er kommt ins Stottern* – die Welt im Du – Dunkel, in Finsternis – nistische – *Er schüttelt den Kopf, dann in verändertem Ton* Alles fatale Worte, verbraucht, verblichen, abgeklatscht, wie der sechste Durchschlag in einer Schreibmaschine. Genau wie die andern. Es läßt sich nicht mehr sagen.

BUSCHMANN Es läßt sich exemplifizieren. Ohne jedes Schlagwort, nur an der Wirklichkeit. Führen Sie sich die Kriegslage vor Augen. Seit zwei Jahren steht Rußland in einem mörderischen Kampf. Es gewinnt an Boden, jede Meile mit Blut getränkt – an versengtem, zertrampeltem Boden. Inzwischen gewinnen seine treuen Verbündeten an Macht, an Zeit, an einem Entwicklungsvorsprung, der kaum aufzuholen ist. Statt der zweiten Front, um die wir betteln, spielen sie ein bißchen Landung in Afrika, Tunis, Tripolis, Sizilien – ich sage Ihnen, der Musso, der alte Gauner, wartet nur darauf, dem alten Fuchs Winnie reumütig in die Arme zu sinken. Worauf der aber abzielt, das weiß man genau: Einfall in Jugoslawien – weil es dort nämlich eine kommunistische Partisanenarmee gibt, die man liquidieren will – und während die Russen sich an der Vernichtung Hitlers wund und kaputt stoßen, steht man gerüstet in ihrer ungedeckten Flanke – an der Donau. Wenn man dann noch im Besitz einer Vernichtungswaffe ist, mit der Moskau auf lange nicht konkurrieren kann – dann gute Nacht, Genosse. Dann war alles umsonst, alles, wofür man gelebt, alles, wofür jemals ein tapferer Kerl seinen Kopf rausgesteckt hat. Was? Runter mit der Rübe! Rache macht Appetit. Kolonialvölker und andere Proleten haben den Hals zu ducken. Der Sahib schwingt die Peitsche – und in Ewigkeit. Amen.

WOLTERS *gequält* Ein Mann wie Ketterick – der würde nicht eine Nacht lang zögern, das ganze Grauen, den qualvollsten Hitze- und Würgetod und die elende schwärende Kränke auf ein wehrloses Volk loszulassen, wenn's ihm in sein Konzept paßt. – Was liegt dem an menschlichem Jammer. Allerdings weiß ich nicht –

BUSCHMANN Was?

WOLTERS Ob ein Mann wie Stalin nicht ebenso handeln würde.

BUSCHMANN Möglich. Es kommt nur darauf an, hinter wem das historische Recht steht.

WOLTERS Und das soll ich entscheiden?!

BUSCHMANN Als ob da noch was zu entscheiden wäre. Nein, lieber Freund. Der Frage sind Sie enthoben. Sie können nicht zurück.

WOLTERS *leise* Es darf nicht sein, daß die Forschung sich hinter Stahltüren versteckt. Ihr Licht gehört der Welt.

BUSCHMANN Überlassen Sie doch diese Argumente Ihrem Verteidiger – wenn Sie mal einen brauchen. Es gibt Situationen, in denen man nicht mehr nachdenkt und nicht mehr diskutiert, nur handelt.

WOLTERS Das ist keine Diskussion. Es ist ein Selbstgespräch. Das letzte, das ich laut führen durfte.

BUSCHMANN *mit freundlicher Ironie* Ich danke Ihnen, daß Sie mich zu einem Teil Ihres Selbst ernennen. In dieser Eigenschaft möchte ich trotzdem zum Zoff kommen – wir haben nicht mehr viel Zeit. Passen Sie auf, Wolters, ich gebe Ihnen jetzt die exakten Instruktionen für Ihren amerikanischen Kontakt. Notieren Sie sich alles und lernen Sie's auswendig, es muß bis in das geringste Detail genau so ausgeführt werden, wie es vorgeschrieben ist. Sie treffen Ihren Kontaktmann, über dessen Person wir hier nichts wissen, aber es wird vermutlich jemand mit wissenschaftlichen Vorkenntnissen sein –

kurzum: Sie treffen Ihren Mann am ersten Freitag in jedem Monat, Punkt sieben Uhr abends – falls was dazwischenkommt, am Freitag darauf, oder wieder am Freitag darauf, bis der Kontakt vollzogen ist – und zwar: hier haben Sie den Stadtplan von New York – auf der Westseite des Centralpark – Kreuzung der einundachtzigsten Straße mit dem ersten Nordsüdweg des Parks – hier, sehen Sie – die dritte Bank von der Kreuzung nach Norden, uptown, wie man dort sagt, neben der ein Papierkorb steht. Sie halten einen Tennisball in der linken Hand – guter Koinzidenz, paßt zu Ihrem Dreß –, in der rechten eine Nummer der London Times, ganz gleich welchen Datums. Den Partner erkennen Sie daran, daß er unterm linken Arm zwei Bücher trägt, und wenn er Sie bemerkt, wird er sich mit zwei Fingern der rechten Hand dreimal über den linken Nasenflügel fahren – sehen Sie: so.

WOLTERS Ist das nicht alles ein bißchen infantil? So wie man auf dem Schulhof Verschwörer spielen würde?

BUSCHMANN Das meiste auf der Welt geschieht so, wie man es auf dem Schulhof spielen würde, sehr viel mehr fällt uns auch später nicht ein. Außerdem ist es ein erprobtes Schema und muß minutiös befolgt werden. Wenn Sie also das Zeichen bemerkt haben, gehen Sie dem Mann unauffällig nach, der in südlicher Richtung, downtown, an Ihrer Bank vorüberkommt. Sie haben in Ihrer Tasche eine halbe Zigarette, von der Sorte Pall Mall, die man auch drüben kriegt, die sich aber im Format von den amerikanischen Zigaretten unterscheidet. Die nehmen Sie heraus, wenn Sie den Partner erreicht haben, und fragen ihn: »Haben Sie Feuer, bitte?« – Darauf antwortet der Mann: »Nein, ich habe die andere Hälfte.« – Mit diesen Worten zeigt er Ihnen eine halbe Zigarette der gleichen Sorte, Pawl Mawl, man spricht es drüben Päll Mäll aus. Alles weitere ergibt sich dann nach dem Ermessen des Partners. Ist das klar?

WOLTERS *mit einer forcierten Lustigkeit* Hier, dritte Bank uptown, erster Freitag im Monat und im Falle von Störung am jeweils folgenden, neben dem Papierkorb. Links Tennisball, rechts London Times. Partner zwei Bücher unterm Arm, reibt mit zwei Fingern rechter Hand dreimal linken Nasenflügel, passiert downtown. Nachgehen, halbe Pawl Mawl, pardon Päll Mäll – aus der Tasche, Frage nach Feuer –

BUSCHMANN »Haben Sie Feuer, bitte?«

WOLTERS »Haben Sie Feuer, bitte.« Antwort: »Nein, die andere Hälfte.« Dann Umarmung, Kuß, und gemeinsamer Rundtanz um die Freiheitsstatue unter Absingen der Internationale.

BUSCHMANN *ohne Humor* Sollten Sie von New York weg versetzt werden, so gibt Ihnen der Partner einen neuen Treffpunkt an, in der Nähe Ihres Bestimmungsorts. Und noch eins: Keiner von beiden nennt seinen Privatnamen. Sie sind 2 K 96 – der Partner 2 K 97. Memorieren Sie das.

WOLTERS *macht eine Notiz.*

BUSCHMANN Seien Sie vorsichtig mit dem Material und tragen Sie nie etwas Schriftliches bei sich, heben Sie keine Notizen auf, die sich auf Ihre Kontakte und Treffpunkte beziehen. Sie müssen alles im Kopf behalten.

WOLTERS Nicht ganz leicht, ich habe ein völlig durchlässiges Gedächtnis, wenn es sich nicht um die Berechnungszahlen der Lichtgeschwindigkeit handelt –

BUSCHMANN Dann trainieren Sie es. Jedenfalls keine schriftliche Notiz über Datum, Zeitpunkt, Ort einer Kontaktnahme, das ist Zentralbefehl.

WOLTERS Jawohl, Herr Kommissar.

BUSCHMANN Alles klar?

WOLTERS Alles ganz klar.

BUSCHMANN Ja, dann können wir die Sitzung aufheben – für heute. *Er bleibt sitzen, schaut vor sich hin* Für heute ist gut. Erinnern Sie sich – was heute für'n Tag ist?

WOLTERS Natürlich. Genau heute vor drei Jahren.

BUSCHMANN Stimmt.

WOLTERS Der Todestag des kleinen Friedländer. Ich mußte immer dran denken. Aber von Ihnen wundert's mich, offen gesagt.

BUSCHMANN So, wundert Sie? Wissen Sie, Wolters – ich

stamme nämlich von niedersächsischen Kleinbauern ab, später Linienoffiziere. Bauern und alte Soldaten neigen bekanntlich im Höchstmaß zur Hysterie. Wolters, ich glaube, wir werden uns nicht wiedersehen.

WOLTERS Die Wahrscheinlichkeitsrechnung spricht allerdings dagegen. U-Boote, Minen, Messerschmidts – und dazu noch Ihr Frontauftrag.

BUSCHMANN Das – ist es nicht. Als ich nach Spanien ging, wußte ich genau, daß ich wiederkomme. Ebenso vor Verdun und in Flandern, seinerzeit. Ich habe auch jetzt keine Angst davor. Nein – die Kugel ist nicht für mich gegossen. Es ist etwas anderes – ganz was anderes –, das ich auf mich zukommen spüre – ohne daß ich es sehen kann – wie ein dunkles Licht.

WOLTERS Ein dunkles Licht?

BUSCHMANN Ich meine nichts Mystisches damit. Es kann eine ganz reale Ursache haben. Ich wäre nicht der erste.

WOLTERS Das – meinen Sie? Aber was sollte man Ihnen anhängen? Bei Ihren Verdiensten? Ein Mann von der alten Garde, Bolschewik bis in die Knochen – obwohl – vielleicht gerade deshalb...

BUSCHMANN *zuckt die Achseln* Wir haben uns selbst dazu bekannt, nichts als Stoff zu sein – Futter der Entwicklung, Plankton im Ozean –, nun werden wir halt verdaut; verschluckt, verdaut, und der Rest als Gewölle ausgespien, wie sich das gehört. Was können wir sonst verlangen? Es geschieht dir nach deinen Werken.

WOLTERS Jetzt fange ich an, mir Sorgen um Sie zu machen. Sie denken, Buschmann! Das kann Sie ins Schliddern bringen. Früher habe ich Sie eher für einfältig gehalten.

BUSCHMANN Jeder hat seine eigene Art von Einfältigkeit. Das ist wohl der kleine, saubere Rest, der von der Kinderzeit noch geblieben ist. Sehen Sie – ich habe keinen Freund, weder männlichen noch weiblichen Geschlechts. Seit Weltkrieg eins nicht mehr. Die Liebschaften – da ist man einander am fremdesten, deshalb macht es ja Spaß. Und man darf sich niemals verraten. Nie das Visier hochklappen. Nie – vertrauen. Erinnern Sie sich, wie Sie mich hier um Zigaretten angeschnorrt haben – auf dieser Bank?

WOLTERS Ich habe Sie nicht genau um Zigaretten angeschnorrt.

BUSCHMANN *mit leichtem Lachen* Vielleicht war es anders. Aber ich habe Sie immer gemocht.

WOLTERS *ohne ihn anzuschauen* Eins ist mir völlig klar: daß ich mit keinem Menschen mehr wirklich reden kann, wenn Sie gegangen sind. Nicht über das, was mich am meisten kümmert. Daher heute mein ›Selbstgespräch‹. Es gibt keine Chance mehr, sich jemals zu eröffnen. Jedes Wort ist versagt. Es werden Formeln sein, die man austauscht – oder Lügen. Alles andere – was man denkt, fühlt, wahrhaftig meint – und warum, warum man so handeln muß –, das heißt es von jetzt ab: verschweigen.

BUSCHMANN Ja, Wolters – wir haben uns, jeder auf seine Art, in die Wüste begeben – ohne Dromedar. Dafür sind wir der Treibstoff im Motor einer unaufhaltsamen Entwicklung –

WOLTERS Nun reden Sie nicht schon wieder Gips und Stukkatur. Sie zeigten gerade einen Schimmer von Menschlichkeit.

BUSCHMANN Das müssen Sie geträumt haben. Liegt mir nicht. *Er steht auf* Wir wollen uns hier verabschieden und nicht gemeinsam in die Stadt gehen. Viel Glück, 2 K 96. Machen Sie's gut, und vergessen Sie nichts.

WOLTERS Danke, Buschmann. Leben Sie wohl. Und – *Er schluckt, schüttelt ihm die Hand.*

BUSCHMANN Vergessen Sie nichts.

WOLTERS Kommt nicht in Frage. »2 K 96 – 2 K 97...!« *Er geht rasch, indem er das Zeichen mit den zwei Fingern der rechten Hand auf dem linken Nasenflügel macht.*

BUSCHMANN *zögert einen Augenblick, dann setzt er sich wieder, schaut unter sich. Die Sonne ist fast gesunken. Zwei Militärpolizisten kommen langsam von der Seite. Bleiben stehen, beobachten ihn. Dann tritt einer von ihnen zu der Bank.*

ERSTER MP Kann ich Ihren Ausweis sehen?

BUSCHMANN *fährt auf, faßt sich sofort, lächelnd* Aber gewiß, mein Herr. Bitte sehr.

Erster MP schaut hinein. Der andere ist dazugetreten, sieht ihm über die Schulter.

ZWEITER MP Diplomatenpaß. Zurückgeben.

ERSTER MP Verzeihen Sie, mein Herr – aber Sie sehen so aus – wie ein Soldat. *Gibt ihm den Paß zurück.*

ZWEITER MP *lachend* Wie ein durchgebrannter Soldat.

BUSCHMANN Durchgebrannt?

ERSTER MP Oder ein Kriegsgefangener. Die laufen auch manchmal weg.

BUSCHMANN Weglaufen – nein. Das gibt es nicht.

ZWEITER MP War nicht so ernst gemeint, Herr. Aber Sie sollten besser zu einer Subway-Station gehen. Es sind feindliche Staffeln angesagt – wir werden jeden Moment Vorwarnung haben. Die Bunker im Park sind nicht so empfehlenswert.

BUSCHMANN Vielen Dank, meine Herren. Ich gehe schon.

ERSTER MP Wie's Ihnen beliebt natürlich.

BUSCHMANN Guten Abend. *Geht.*

ERSTER MP *ihm nachschauend* Wenn der ein Diplomat ist...

ZWEITER MP Was geht es dich an, der Paß war in Ordnung. Nur keine Scherereien. *Sie entfernen sich.*

Dunkel.

Zweiter Akt

Fünfte Szene

Bank im Central Park West, New York City, Hochsommer 1943. Neben der Bank ein hoher Drahtkorb mit der Aufschrift: »Waste-Paper«. Dicke Laubmassen, staubgrün und hitzewelk. Vor einem dunstigen Hintergrund, projektionshaft, die entfernten Umrisse der Hochhäuser. Auf der Bank sitzt ein Bum – eine besondere Spielart des Taugenichts oder Tagediebs –, der sich vom Tramp, Hobo oder Loafer dadurch unterscheidet, daß er sich weder das Vagabundieren noch das Faulenzen zum Beruf macht, sondern einfach keinen Beruf hat, der ihm zusagt, oder für den er paßt, sei es aus Mißgeschick oder aus eigener Laune.

Natürlich hat er auch kein Geld, sonst wäre er kein Bum. Vom arbeitslosen Mineur über den entlassenen Seemann oder Filmstatisten bis zum depressiven Intellektuellen können sich alle möglichen Menschenarten hinter einem Bum verbergen. In diesem Fall ist es schlichtweg ein Bum. Er trägt ein offenes Sommerhemd mit kurzen Ärmeln – Dungarees, von denen das eine Hosenbein bis übers Knie aufgeschlitzt ist, so daß man den Sockenhalter auf der nackten weißen Wade sieht, und Segeltuchschuhe. Seinen Rock hat er zu einem Päckchen zusammengefaltet und ihn sich als Kopfkissen auf die Banklehne gelegt. Er scheint zu schlafen, sein Gesicht ist gerötet, seine Augen sind geschlossen, der Mund steht etwas offen, die Hände hängen herab.
Wolters kommt von der Seite. Er trägt eine lockere Sportjacke über einem Seidenhemd und helle Flanellhosen. In der linken Hand hält er, etwas krampfhaft, einen Tennisball. In der rechten eine Nummer der London Times. Er steuert geradewegs auf die Bank zu – stockt, als er des Bums ansichtig wird. Einen Augenblick zögert er, dann setzt er sich, mit aller Vorsicht, um den Bum nicht zu wecken, auf das äußerste Ende der Bank.
Er schaut kurz zu dem Bum hin, um sich zu überzeugen, daß er schläft – dann schaut er nervös in die Zeitung, offenbar ohne zu lesen. Der Bum öffnet ein Auge, dreht es Wolters zu.
Wolters schaut auf, erschrickt.

BUM, *ohne eine Miene zu verziehen oder seine Haltung zu ändern* Tiger oder Giganten?

WOLTERS Wie bitte –?

BUM »Tiger« oder »Giganten« hab ich gesagt. Auf wen tippen Sie?

WOLTERS Sie meinen – im Baseball?

WOLTERS Wollen Sie mich veräppeln? Im Käsestemmen vielleicht! Ich wette einen Wurstzipfel gegen eine Gasfabrik: Di Maggio schafft's wieder mal. Wenn ich einen Wurstzipfel hätte, ich habe grad keinen. Aber ich hab einen Freund, der wettet 'ne Stange Gold, und wenn er gewinnt, bin ich beteiligt. Ich hab immer so einen Freund, und ich bin immer beteiligt, verstehste? Das Dumme ist – die meisten sind jetzt bei dem

Stinksockenverein – will sagen: bei der Armee. Das verwickelt die Transaktionen. Der Kommiß ist beschissen. Hab ich recht?

WOLTERS Nun ja – ich –

BUM Ich sage: der Kommiß ist beschissen – und mir können Sie glauben, ich weiß Bescheid. Ich war nämlich nie dabei, beim Militär, und mich kriegt auch keiner dazu, das wäre das letzte. Wozu brauchen wir denn ein Militär? Nur für die gottverdammten Ausländer, die wollen uns da hineinziehen – warum? Weil wir reich sind, und wertbeständig. Schauen Sie mich an! Ich würde mein Geld nicht in Kriegsanleihe anlegen – nicht für hundert Prozent. Diese Sauhunde da drüben – die sollen uns gefälligst – bedaure, Mister, ich meine nicht Sie persönlich. Woher kommen denn Sie?

WOLTERS Jetzt grade von England – aber ursprünglich –

BUM Ursprünglich – ursprünglich kommt jeder von irgendwoher. Da brauchen Sie sich nicht zu genieren. In dieser Stadt hier, da treten sich jetzt die Ausländer schon auf den Hühneraugen herum. Ich sage immer: arme Luders. Die kennen sich hier nicht aus. Passen Sie auf, Mister, ich weiß, wo man ein kaltes trockenes Bier kriegt – das beste Bier in Manhattan – ich weiß Bescheid, ich kenne Miss Rheingold persönlich!

WOLTERS Miss Rheingold?

BUM Können Sie deutsch? Dann müssen Sie wissen, was Rheingold heißt – hier heißt es: ein Helles. Das dunkle nennt man Bock. Was halten Sie davon?

WOLTERS Ich weiß nicht – im Augenblick würde ich lieber –

BUM Okay, okay, wie Sie wollen, hier herrscht kein Bierzwang, ich wollt Ihnen nur einen Gefallen tun, wir können ja später gehn – wenn Sie lieber erst ein bißchen von dieser stikkigen, dumpfigen, miefigen Frischen-Luft im Park hier schöpfen wollen. Ich hab keine Eile – keine geschäftliche Konferenz mehr heute abend. Guter Witz, was? *Lacht.*

WOLTERS *gezwungen mitlachend* Wirklich sehr komisch.

BUM Gar nichts wirklich sehr komisch dabei. Ich bin ein Bum – falls Sie wissen, was das ist. Kein schwerer Junge, kein Kunde, kein Lude, kein Ganove – das sind alles Berufstätigkeiten. Ein Bum hat keine Berufstätigkeit – oder aber, er übt sie nicht aus, entweder weil er nicht will, oder weil er nicht kann, ganz egal. Denken Sie ja nicht, ein Bum wäre arbeitslos. Er hat nicht reüssiert, das ist alles. Was mich anlangt – ich bin als Bum geboren und als Bum erzogen. Ein gelernter Bum, wenn Sie wollen. Ich hab keine Papiere – und ich brauch auch keine, die würden mich nur komplizieren, wenn Sie das verstehn. Vielleicht war mein Vater ein Millionär, ich hab ihn zufällig nie kennengelernt. Das einzige, was ich von mir selber weiß: ich bin achtunddreißig. Genau über der Dienstpflicht. Und ich denke, ich bleib achtunddreißig. Das ist ein sauberes Alter für einen Mann mit Selbstrespekt: nicht zu jung, nicht zu alt. Hier ist ein freies Land, heißt es, hier wird der Mensch frei geboren, also kann er sich wohl auch sein Alter aussuchen, wie es ihm paßt – oder nicht?

WOLTERS Prinzipiell, könnte man sagen –

BUM Prinzipiell – das hat man auch nur da drüben. In England vielleicht. Junge Junge – ich möcht nicht in England leben, und wenn sie mich dort zum Lord Schatzkanzler machen würden. Die nehmen es nicht leicht, da drüben. Hier können Sie's leicht nehmen, verstehen Sie das? Yessir, so lebt man hier. Ich sage Ihnen: es gibt kein besseres Land in der ganzen Welt, und ich weiß, was ich sage: ich war nie woanders – und mich bringt keiner hier weg. Da bin ich lieber ein Bum hierzuland als woanders ein König oder ein Fürst oder sogar ein Bankdirektor! Wollen Sie mir das glauben?

WOLTERS Gewiß, ich will Ihnen das glauben – obwohl, nach allem, was ich gehört habe, die ökonomischen Bedingungen in diesem Land ja auch nicht so –

BUM Was sagen Sie da? Hier gibt's gar keine ökonomischen Bedingungen. Kennt man hier gar nicht, haben wir nie gehabt! Hörn Sie zu, Mister, wenn ich arbeiten will, dann geh ich halt arbeiten, und wenn ich privatisieren will, dann privatisiere ich – das ist der ganze Trick.

WOLTERS Die Kriegsindustrie schafft zweifellos Arbeit und Brot für jedermann – aber dann, wenn's vorbei ist – Sie erinnern sich wohl an die Zeit der Wirtschaftsdepression – gar nicht so lange her –

BUM Ich meinerseits befinde mich gerade jetzt mitten in einer tiefen Wirtschaftsdepression. Das macht die Hitze, wissen Sie. Ich mag keine schwitzenden Menschen nicht, und ich mag mich selber nicht, wenn ich schwitze. Daher neige ich im Sommer zu einer mehr intellektuellen Beschäftigung. Leider gibt es zu viele Intellektuelle in dieser Stadt. Viel zu viele davon. Sind Sie ein Künstler, vielleicht?

WOLTERS Nicht gerade.

BUM Sie sehn so aus, finde ich. Ich hab nie einen Künstler aus der Nähe gesehn, keinen richtigen, meine ich, nur einmal beim Zirkus Ringling in der Extremitätenschau.

Eine Frau mit einem dicken Buben geht vorüber. Der Bub trägt einen nassen Badeanzug und hat eine Stullenbüchse umgehängt.

FRAU Darling, ich hab dir gesagt, du sollst dein Sandwich essen – du mußt dein Sandwich essen, bevor wir rudern gehn –

BUB Ich hab keine Lust zum Essen.

FRAU Darling, du mußt essen – jeder Mensch muß essen!

BUB *wickelt widerwillig sein Sandwich aus* Warum? Kannst du mir sagen, warum?

FRAU Warum – Darling – man muß halt essen!

BUB Verdammter Dreck! *Schmeißt sein Sandwich in den Papierkorb.*

FRAU Oh, Darling, laß doch die häßlichen Ausdrücke, ich bitte dich!

Sie verschwinden.

BUM *ist aufgestanden* Was die Leute so wegschmeißen! Verschwendung. Wissen die nicht, daß wir in einem Kreuzzug begriffen sind! *Er fischt das Sandwich aus dem Korb, klappt es auseinander* Scheibenkleister! Ich esse nichts Süßes! *Er wirft es zurück* Ich bin ja nicht direkt hungrig – aber ich könnt was vertragen. Hackepeter, zum Beispiel. Das Dumme – die Fleischrationierung. Buletten und Frikadellen, die kriegt man überall, aber ich hab was dagegen, ich bin da sehr wählerisch. Kann nie wissen, was drin ist, verdorbenes Schweinefleisch und Virusse und Bandwurmeier und all das Zeug – macht mich krank, wenn ich dran denke. Ich sage immer, die Gesundheit geht über alles – deshalb bin ich für Hackepeter. Und ich kann Sie zu einer Kneipe führen – da können wir einen kriegen – erstklassig – ohne Fleischmarken – keine Luxuspreise – anständiger Betrieb – dritte Avenue – Wirt ist'n Freund von mir. Kommen Sie mit?

WOLTERS Ich fürchte, ich –

BUM Ja zum Teufel, was fürchten Sie denn?

Wolters antwortet nicht, denn in diesem Moment erscheint Jurew, ein Apparatschik, von der Seite. Er ist ein durchschnittlich aussehender untersetzter Mann mit breiten Backenknochen und kleinem Schnurrbart, trägt einen normalen hellen Konfektionsanzug aus dünnem Sommerstoff, rosa Hemd mit Fliegenschlips und einen Panama-Strohhut. Die linke Hand hat er in die Hosen- oder Rocktasche gesteckt und zwei Bücher mit auffälligen Umschlägen unter den Arm geklemmt. Während er vorübergeht, wobei er es vermeidet, Wolters anzusehen, hebt er wie absichtslos die rechte Hand und fährt sich mit zwei Fingern dreimal über den linken Nasenflügel, als wollte er sich einen Schweißtropfen wegwischen. Verschwindet in gleichmäßiger Gangart, nach der andern Seite.

BUM Ich sage, es gibt nichts zum Fürchten in dieser Welt – alles ganz natürlich, Leben, Tod und Verkehrsunfälle – man muß nur auf sich aufpassen – und man darf sich nicht übereilen. Nie hinter etwas herlaufen! Keine Hast – kein Gedrängel – keine Atemnot – keinen Schweiß. Das ist mein Rezept, und ich sage Ihnen, damit kommt man am weitesten.

WOLTERS *ist aufgestanden, ungeduldig* Ich muß jetzt gehen –

BUM Okay, Mister, ich gehe mit. Wenn Sie keinen Hackepeter wollen und kein Bier, dann zeige ich Ihnen eine kleine gemütliche Bar mit Radiomusik und allem – wir können da einen heben – was Ihnen recht ist – sogar was Narkotisches – ich meine 'ne richtige Chloroformspritze – oder meinetwegen auch Coca-Cola, wenn Sie das Zeug mögen – ganz egal –

WOLTERS Ich bedaure, mein Herr –

BUM *ist auch aufgestanden, hält ihn am Ärmel* Nennen Sie mich nicht »Mein Herr«, das geht gegen meine Selbstachtung, ich möchte sagen, gegen meine Überzeugung. Ich bin kein Herr, wenn ich ein Bum bin – wissen Sie – ich glaub nicht an Ehre, nur an Ehrlichkeit. Lassen wir doch den ganzen Herrn- und Mister-Schwindel, nennen Sie mich Jack – wollen Sie?

WOLTERS Ja, gern – aber lieber ein andermal –

BUM Das ist auch so'n Schwindel. Ein andermal, das ist immer ein Schwindel. Es gibt keine andere Zeit als die, in der wir leben – hab ich recht? Ich meine: jeden Moment davon. Von der Zukunft zu reden – das ist Käse für mich. Morgen ist ein anderer Tag, und an einem andern Tag sind Sie und ich vielleicht ganz zwei andere Leute. Heut haben wir uns getroffen, und das hat was zu bedeuten. Wie heißen Sie mit Vornamen?

WOLTERS Entschuldigen Sie bitte – ich bin in Eile – *Versucht, sich loszumachen, dabei entfällt ihm der Tennisball und entrollt in Richtung des Papierkorbs – er versucht, ihn aufzuheben, aber der Bum kommt ihm zuvor, indem er den Ball mit dem Fuß aufhält, ohne den Ärmel von Wolters Rock freizugeben.*

BUM Sehn Sie mal – ich will ja nicht aufdringlich sein – ich versuche doch nur, Ihnen ein bißchen zu helfen. Wenn Sie keine Zeit haben, dann haben Sie keine Zeit und damit basta. Aber Sie sollen nicht denken, daß ich Sie hier melken möchte, oder denken Sie das vielleicht? Das sollten Sie nicht. Damit würden Sie mir weh tun.

WOLTERS *versucht, den Tennisball unter der Sohle des Bum, der den Fuß draufgestellt hat, hervorzuziehen, wobei ihm sein Zeitungsblatt entfällt* Bitte lassen Sie mich jetzt weg –!

BUM, *ihn loslassend* Klar – klar – ab dafür, wie Sie wollen. *Die Zeitung aufhebend, nach der Wolters nervös greift, was dem Bum Gelegenheit gibt, seine Hand zu fassen* Man soll immer nur tun, was man will – jeder von uns – das ist meine Philosophie – aber man soll nie einem andern weh tun. Ich bin ein Bum, aber ich bin sehr feinfühlig. Sehr, sehr empfindsam. Vielleicht bin ich deshalb ein Bum ... Ich fühle immer, was ein anderer Mensch sich wünscht – sogar wenn er es selbst nicht weiß – dafür hab ich die Nerven. Aber ich kann keiner Fliege was zuleid tun. – Ihre Zeitung, mein Herr.

Wolters will ohne Zeitung und Tennisball in Richtung des verschwundenen Apparatschik entfliehen, doch im selben Moment kommt dieser von der andern Seite, nach der er abgegangen ist, zurück – geht wieder in der gleichen unauffälligen Weise an der Bank vorbei und wiederholt womöglich noch unauffälliger sein Geheimzeichen mit den Fingern auf dem Nasenflügel.

BUM *hat in die Zeitung geschaut* Ach so, eine Londoner, die brauchen Sie nicht mehr, steht sowieso nichts drin, nichts von den Tigern und Giganten, mein ich – *Wirft das Blatt in den Papierkorb* Aber hier ist Ihr Ball! *Wirft den Ball in die Luft, fängt ihn mit der andern Hand auf und reicht ihn mit einer jongleurhaften Bewegung Wolters hin.*

WOLTERS *hat sich beim Wiedererscheinen Jurews rasch wieder auf den Rand der Bank niedergesetzt und nervös in seine Rocktasche gegriffen, aus der er jetzt, ohne es zu bemerken, im Aufstehen die in der Mitte durchbrochene halbe Pall Mall-Zigarette herausnimmt* Vielen Dank – den brauche ich auch nicht mehr... *Will fort.*

BUM Was soll ich damit, ich spiele nie Tennis – nicht mal Golf... Aber verzeihn Sie mir, Mister – wenn Sie schon wegmüssen –, bitte lassen Sie mir Ihre zerbrochene Zigarette da – es ist mir peinlich, darum zu bitten, aber ich hatte seit Wochen nichts zu rauchen, und ich bin einfach ausgehungert darnach – bitte! *Er greift nach der halben Zigarette.*

WOLTERS, *die Zigarette rasch in seiner Tasche verschwinden lassend* Es tut mir furchtbar leid – aber das ist unmöglich!

BUM, *ihn wieder am Ärmel fassend* Unmöglich? So was hab ich noch nie gehört – was kann Ihnen dran liegen – eine zerbrochene Zigarette – Sie schmeißen sie weg – Sie rauchen ein Dutzend in einer halben Stunde, und für mich ist es Medizin – da ist nicht recht von Ihnen, Mister. Das ist nicht die Art, wie man sich hierzuland benimmt.

WOLTERS Ich – ich kann's Ihnen nicht erklären – ich brauche – ich muß unbedingt – hier! Bitte! *Er hat in die andere Tasche gegriffen, eine Banknote herausgezogen, steckt sie dem Bum in die Hand, reißt sich los, rennt in der Richtung des wieder verschwundenen Apparatschik davon.*

BUM Was! Zehn Daller?! Mensch, sind Sie närrisch? Hee – Mister! Mister! Sie haben sich geirrt! *Er glättet den Schein, steckt ihn in die Tasche. Dem verschwundenen Wolters nachschauend* Armer Kerl. Scheint schwer nervös zu sein. Diese Ausländer... *Dunkel.*

Sechste Szene

Wohn- und Empfangsraum eines neugebauten Hauses in der ›Atomstadt‹ Las Mesas, New Mexico, Frühsommer 1945.

Die rückwärtige Wand des Raumes besteht fast völlig aus Glas – wie ein riesiges, ungeteiltes Fenster spiegelt sie den Himmel über der Hochlandwüste. Davor ein großer Tisch und Stühle aus schwarzgrün getöntem Gußeisen, die Tischplatte gleichfalls aus blankem Glas, Sessel und Stühle mit geflochtenen Sitzflächen, von bequemer und hübscher Machart. Überhaupt wirkt der Raum, obwohl ihm etwas Improvisiertes anhaftet, durchaus persönlich und angenehm. Ein enormes Aquarium für tropische Fische mit wirbelnden Luftbläschen und wehenden Wasserpflanzen wäre sein luxuriösester Gegenstand.

Nikolas Löwenschild sitzt am Kopfende des Tisches, neben ihm sein Pudel Leukippos, ein großer, gepflegter Hund mit einem etwas überheblichen Gesichtsausdruck. Er läßt die Augen nicht von seinem Herrn. Auf seiner andern Seite sitzt Dorothy Fitch, eine kleine quickstraffe Person, und läßt die Augen, die in einer feuchten Dauerekstase glosen, nicht von ihrem Herrn, obwohl ihre Hände unausgesetzt mit Stenografieren, Bleistiftspitzen, Ordnen von Papieren und dergleichen beschäftigt sind. Sie trägt ein strenges Kostüm von uniformartigem Zuschnitt.

Löwenschild selbst ist ein großer, gepflegter Herr, Mitte der Sechzig – sein markantes Gesicht zeigt im Gegensatz zu dem seines Hundes einen eher bescheidenen, freundlich-selbstvergessenen Ausdruck. Er trägt einen kleinen Spitzbart und spricht mit leicht baltischem Akzent.

Auf den Stühlen und Sesseln verteilt sitzen einige jüngere Herren der staatlichen Forschungsstation, darunter Jean-Marie Merminod und Frederick Schiller Lee, Löwenschilds Assistenten, der letztere ein Negerabkömmling irgendwelchen Grades, sowie Angus Fillebrown und Kristof Wolters. Sämtliche Herren sind dem sommerlichen Klima entsprechend leicht und leger gekleidet, einige rauchen, die ganze Versammlung macht einen privaten, ungezwungenen Eindruck.

LÖWENSCHILD, *offenbar eine Instruktion beendend, legt ein Blatt nieder und nimmt seine Hornbrille ab* Das dürfte alles sein, was ich den neu hinzugekommenen Herren über unsere hiesige Arbeitsmethode mitzuteilen hätte. Grundsätzlich wird sie sich von der des Manhattan-Districts kaum unterscheiden. Der spezielle Unterschied besteht darin, daß wir hier alles noch einmal nachzukauen haben, was andernorts schon verdaut ist, um es dann experimentell zu erhärten. Wie allgemein bekannt, sind unsere bisherigen Experimente, man darf wohl sagen, Erfolge, durchweg auf dem so teuren – ich meine unserm Herzen so teuren – U-Isotop aufgebaut, wie war doch rasch die Massenzahl, Leukippos?

LEUKIPPOS Hau – Hau –
Hau – Hau – Hau –
Hau – Hau – Hau – Hau – Hau –

LÖWENSCHILD Richtig, 2 – 3 – 5. – Von jetzt ab werden wir uns jedoch dem Produkt unserer unheiligen Zeugung zuwenden, benannt nach dem Gott der Unterwelt und des verruchten Reichtums – Leukippos, darf ich um die Massenzahl bitten?

LEUKIPPOS Hau – Hau –
Hau – Hau – Hau –
Hau – Hau – Hau – Hau...

LÖWENSCHILD Danke, Leukippos, bemühen Sie sich nicht weiter, es macht einige Herren nervös – ich weiß es schon wieder: 2 – 3 – 9. Mehr brauche ich Ihnen, meine Herren, die Sie mit allen schweren Wassern gewaschen sind, jetzt nicht zu sagen. Sie werden bald Gelegenheit haben, an einem der Experimente teilzunehmen, mit denen wir die westliche Wüste unsicher machen. Miss Fitch, habe ich etwas vergessen?

MISS FITCH *mit einer Stimme, als trage sie Kochrezepte vor* Die militärgesetzlichen Bestimmungen, über Geheimhaltung und Kodifizierung, die im Falle einer Übertretung anhängigen kriegsgerichtlichen Strafmaße, An- und Abmeldepflicht für alle privaten Ausgänge, militärische Paßvorschrift, Verbot der Beförderung und des Empfangs unzensurierter Briefschaften, Verbot unangemeldeten Waffenbesitzes, Verbot alkoholischer Getränke innerhalb des Compounds, Verbot des unbefugten Betretens oder Verlassens der durch Stacheldraht begrenzten –

LÖWENSCHILD Das genügt, Miss Fitch. Die Geheimhaltung ist für die betreffenden Herren eine Selbstverständlichkeit, es wäre beleidigend, sie daran zu gemahnen. Den Rosenkranz der Verbote finden Sie in –

MISS FITCH Verordnungsblatt US Army Nr. 8615 Absatz B Artikel 19 bis 23. Zusätzliches Merkblatt und Sonderverordnung Nummer –

LÖWENSCHILD Gut, Miss Fitch. Bitte erinnern Sie mich daran, daß ich das nächstens auch einmal lese. – Ich denke, wir können jetzt – *Ein Baby beginnt draußen zu schreien* Miss Fitch, seit wann haben wir ein Kind im Hause?

MISS FITCH *wird rot* Ich habe keine Ahnung! Ich werde sofort –

FILLEBROWN *steht auf, sehr verlegen* Ich bitte um Entschuldigung – aber Precious, meine Frau – sie mußte unbedingt zum Friseur, sie ist seit drei Wochen angemeldet, es sind ja viel zu viele Damen auf einen Schönheitssalon, und sie versicherte mich, Junior würde bis mindestens sieben Uhr schlafen –

LÖWENSCHILD Miss Fitch, würden Sie die Güte haben, den jungen Mister Fillebrown zu – m – indoktrinieren.

MISS FITCH *degoutiert* Ich will es versuchen.

FILLEBROWN Man muß nur den Wagen ein bißchen hin und her schuckeln und vielleicht etwas singen dazu –

LÖWENSCHILD *lächelnd* Kosakenlieder?

MISS FITCH Das denn doch lieber nicht. *Sie geht wütend hinaus. Das Schreien verstummt allmählich.*

WOLTERS *hat Fillebrown erstaunt angesehen, leise* Seit wann, Fillie? Gratuliere!

FILLEBROWN *mit einer verzweifelten Geste* Später –

LÖWENSCHILD *mit einem erleichterten Ausdruck, nachdem Miss*

Fitch gegangen ist Die Herren aus New York und Chicago werden vermutlich denken, sie seien hier in eine Narrenburg geraten. Aber leben Sie erst einmal ein paar Jahre – ich hoffe, es kommt nicht dazu – in einer geschlossenen Anstalt – und auf den Umgang mit Ihresgleichen beschränkt... Man greift dann zu sonderbaren Ventilen und Exzentrizitäten, um sich sein geistiges Gleichgewicht zu bewahren. Sofern man ein solches zu besitzen glaubte... Nun, ich denke, wir können dieses kleine Verständigungs-Meeting jetzt aufheben – Miss Fitch hat auf der Terrasse ein paar Erfrischungen vorbereitet, ich hoffe, es stößt sich niemand an einer begrenzten Übertretung des Verbots alkoholischer Getränke innerhalb des Compounds.

Es wird gelacht, einige klatschen Beifall, man steht auf. Während des Folgenden entfernen sich die meisten nach der Seite, wo die Terrasse zu denken ist...

MISS FITCH *kommt zurück, zu Löwenschild im Ton einer Meldung* Ich habe ihn deponiert.

FILLEBROWN *stürzt auf sie zu* Wo – beim Friseur?

MISS FITCH Im Militärkindergarten, gleich neben dem PX. Hier ist die Nummer.

FILLEBROWN Im Militärkinder –

MISS FITCH Melden Sie sich bei Capt'n Fletcher. Sie wird Ihnen sagen, wie lange die Rotation dauert.

FILLEBROWN Rotation –?

MISS FITCH Durch die Spiel- und Sportanlagen, das geht automatisch. Sie müssen sich am Ausgang in Linie stellen.

FILLEBROWN Verfluchter Saustall! *Er stürzt hinaus.*

MISS FITCH *schüttelt den Kopf, geht auf die Terrasse. Löwenschild bleibt.*

WOLTERS, *der vergeblich versucht hat, mit Fillebrown zu sprechen, wendet sich zu den Assistenten* Ich wußte gar nicht, daß Fillie verheiratet ist! Wir haben uns zwei Jahre nicht gesehen.

MERMINOD *mit gelangweilter Stimme und französischem Akzent* Gratulieren Sie ihm nicht. Er wird schon wieder geschieden.

WOLTERS Weshalb denn, um Gottes willen?

MERMINOD Sie kennen Precious noch nicht, sonst brauchten Sie nicht zu fragen.

WOLTERS Precious –

MERMINOD Die Kostbarkeit. Park Avenue Girl, Millionärstochter, progressiv erzogen. Was wollen Sie?

WOLTERS Und das Kind?

MERMINOD Das bleibt natürlich bei der Mutter; das heißt: bei ihm. *Er geht lächelnd hinaus.*

WOLTERS *bleibt etwas betreten beim Aquarium stehen, betrachtet die Fische.*

LÖWENSCHILD *tritt zu ihm* Interessieren Sie sich dafür?

WOLTERS Wie ein Kind für den Zoo – ich verstehe nichts davon.

LÖWENSCHILD Wer versteht etwas von Picasso, oder von Klee – man findet sie trotzdem schön. Ich glaube, das wahre Interesse an den Dingen ist das eines Kindes für den Zoo. Setzen Sie sich doch. Sie haben hier noch keinen persönlichen Anschluß gefunden, außer Fillie?

WOLTERS Ich habe mich noch nicht sehr bemüht.

LÖWENSCHILD *setzt sich neben ihn, betrachtet ihn aufmerksam. Sie sind jetzt allein* Haben Sie einen besonderen Grund dazu?

WOLTERS Wozu?

LÖWENSCHILD Mir kommt vor, Sie wünschen keine Bekanntschaft.

WOLTERS *zuckt die Achseln* Ich bin erst drei Tage hier.

LÖWENSCHILD Was war es nur – was ich Sie fragen wollte... etwas ganz Bestimmtes, jetzt habe ich es vergessen, Leukippos, Sie wissen es auch nicht. *Zu Wolters* Können Sie mir nicht helfen?

WOLTERS *etwas beunruhigt* Ich? Wieso?

LÖWENSCHILD Sie können gar nicht Gedanken lesen? Sonderbar.

WOLTERS Können Sie es denn?

LÖWENSCHILD Das kann jeder, wenn er will. Es ist eine Taktfrage, wie weit man damit geht.

WOLTERS *lächelnd* Dann heißt es, vor Ihnen auf der Hut zu sein.

LÖWENSCHILD Aber nein, nur vor meiner Sekretärin. – Jetzt

weiß ich es wieder: warum haben Sie mich vorhin so überlegen angelächelt?

WOLTERS *erleichtert* Ach so – ja, weil ich Sie meinerseits gern etwas gefragt hätte.

LÖWENSCHILD Nämlich?

WOLTERS Tun Sie es immer mit dem linken Fuß?

LÖWENSCHILD Sie sind ein guter Beobachter, das hätte ich von einem Mathematiker nicht erwartet. Ja, er bellt, sooft ich die linke Fußspitze bewege. Aber dennoch gibt er mir manchmal die Antwort. Es kommt vor, daß mir eine Zahl erst einfällt, wenn ich sie mit dem Fuß taktiere.

WOLTERS Vielleicht haben Sie Ihr Gedächtnis in den Füßen?

LÖWENSCHILD Keineswegs, ich habe ein Hundegedächtnis. Es stellt sich ein über den geschöpflichen Wechselstrom oder so ähnlich, ein unerforschtes Gebiet. Haben Sie Hunde gern?

WOLTERS Das wäre eine Idee.

LÖWENSCHILD Sie sollten sich einen Pudel anschaffen. Leukippos wird nächstens Vater. –

WOLTERS Einen Pudel kann ich mir als geborener Deutscher nicht leisten. Die sind mit Zitaten behaftet, gegen die kein Insektenpulver hilft.

LÖWENSCHILD Ich verstehe – des Pudels Nucleus... Vielleicht nehmen Sie einen Scotch?

WOLTERS Scotch-Terrier?

LÖWENSCHILD Ich meine jetzt einen mit Soda.

WOLTERS Oh – danke, sehr gern.

LÖWENSCHILD Miss Fitch! *Fitch flitzt herbei* Zwei Pudel bitte –

MISS FITCH *unbeeindruckt* Sie meinen zwei Scotch.

LÖWENSCHILD Sehen Sie? Gedankenlesung. Was für traurige Esel würden aus uns, wenn wir nicht blödeln könnten! Das bewahrt uns vorm Schlimmsten. Es gibt nichts Schlimmeres als gelehrte Esel.

WOLTERS Denken Sie an jemand Bestimmtes dabei?

LÖWENSCHILD Kaum, die Wahl ist zu schwer.

MISS FITCH *mit einer ziemlich weit geleerten Flasche, zwei Gläsern und einem Syphon* Der letzte.

LÖWENSCHILD Dann müssen wir neuen besorgen.

MISS FITCH Nicht mehr so einfach. Die Wache macht Stichproben und kontrolliert die Wagen.

LÖWENSCHILD Vielleicht bitten wir Mr. Wolters, er sieht so unverdächtig aus. Ihn wird man nicht kontrollieren.

MISS FITCH *geht.*

WOLTERS Glauben Sie?

LÖWENSCHILD Ich glaube, Sie könnten mir helfen.

WOLTERS Mit dem Scotch?

LÖWENSCHILD Ist er Schotte? Der Name klingt nicht danach.

WOLTERS Sie sprechen von Ketterick?

LÖWENSCHILD Sie machen stupende Fortschritte.

WOLTERS Aber – was könnte ich dabei tun?

LÖWENSCHILD Er ist die größte Potenz, der ich je begegnet bin. Und er glaubt nur an Gewalt. Ich finde keine Verständigung mit ihm.

WOLTERS Schließlich sind Sie der wissenschaftliche Leiter dieser Station – nicht er.

LÖWENSCHILD Das ist es ja gerade.

WOLTERS *nickt.*

LÖWENSCHILD Wir brauchten einen Katalysator.

WOLTERS Ich bezweifle, daß ich mich dazu eigne.

LÖWENSCHILD Ich weiß es nicht. Sie genießen ein unbegrenztes Vertrauen, bei jedem, der mit Ihnen zu tun hatte. Ich sollte Ihnen wohl ein paar Worte gesagt haben über Ihr Verdienst an dem Ergebnis von Chicago – aber das wissen Sie selbst. Mich beeindruckt an Ihnen, daß Ihr Gesicht nicht lügen kann.

WOLTERS *schaut zu Boden.*

LÖWENSCHILD Verzeihen Sie, das mag Ihnen peinlich sein. Vielleicht stimmt es auch nicht. Aber man vertraut manchen Menschen instinktiv, und man hat manchmal recht.

WOLTERS *zuckt die Achseln.*

LÖWENSCHILD Selbst Ketterick, der ja damit nicht sehr freigebig ist, setzt Vertrauen in Sie, er würde Ihnen Dinge sagen, die er mir aus wissenschaftlicher Eifersucht verschweigt. Natürlich haßt er Sie auch. Er haßt jeden.

WOLTERS Mit Ausnahme seiner Frau.

LÖWENSCHILD Ich möchte sogar das in Frage stellen. Vielleicht liegt da ein Schlüssel zu seiner Aggressivität. Ein alternder Mann sollte sich nie mit einer Person assoziieren, vor der er nicht zugeben will, wenn er Leibweh hat. Sonst nimmt er auch außerhalb des Schlafzimmers eine zu stramme Haltung an.

WOLTERS Vielleicht weiß Ketterick gar nicht – was er andern antut.

LÖWENSCHILD Jeder Mensch weiß alles. Glauben Sie mir das.

WOLTERS Das ist ein furchtbares Wort.

LÖWENSCHILD Es ist wahr.

WOLTERS Das würde dann sogar – bei einer schlechten Tat – die Zubilligung des guten Glaubens entkräften.

LÖWENSCHILD Man kann sich belügen. Aber man weiß zuinnerst, ob man recht oder unrecht glaubt. Das Gewissen kommt nicht von außen her. Man hat es im Leib.

WOLTERS Auf Ketterick bezogen –

LÖWENSCHILD Wir sprechen jetzt nicht mehr von Ketterick.

WOLTERS Nein.

LÖWENSCHILD *steht auf, geht umher* Ich sollte darüber nicht reden. Wir stehen hier einer ungeheuerlichen Verantwortung gegenüber. Deshalb müßten wir alle ganz eng zusammenrükken. In kurzer Zeit werden Sie doch davon erfahren. Die Bombe ist herstellbar – und sie wird hergestellt. Es handelt sich nur noch um den Mechanismus der Auslösung.

WOLTERS Die Anwendung – ist jetzt wohl kaum mehr zu befürchten? Nach der Kapitulation, und der Zerstörung Deutschlands –

LÖWENSCHILD *schweigt, mit einem geplagten Ausdruck. Dann setzt er sich wieder, zieht seinen Stuhl nahe zu Wolters heran, schaut ihm ins Gesicht* Sie sollten sich nicht so quälen.

WOLTERS Ich?

LÖWENSCHILD Ich kann verstehen, daß Sie sich manchmal wie ein Verräter vorkommen.

WOLTERS Was – was meinen Sie damit?

LÖWENSCHILD Sie sprachen von der Zerstörung Deutschlands. Dort müssen jetzt alle bezahlen, was ein Teil verschuldet hat. Es muß furchtbar sein – jetzt, in der Stunde der Vergeltung –, auf der andern Seite zu stehen.

WOLTERS Sie sind der erste, der daran denkt.

LÖWENSCHILD Ich empfinde es selbst ein wenig – obwohl ich schon mehr als dreißig Jahre hier bin und dieses Land als das meine betrachte. Der Abstammung nach bin ich Deutscher und Russe – doppelt belastet. Man trägt mit am Unglück seiner Völker.

WOLTERS *gequält* Es hilft nichts. Was man getan hat, macht keiner mehr ungeschehen.

LÖWENSCHILD Was man nach dem Gesetz seines Herzens tut, steht außer Schuld. Nur wer Vertrauen bricht, ist verworfen. Sie haben Ihr Land und Ihre Seele nicht verraten.

WOLTERS *hart, böse* Ich habe kein Land, und keine Seele.

LÖWENSCHILD *nach einer Pause – leise* Dann sei Ihnen Gott gnädig.

Dunkel.

Siebente Szene

Ein Tennisplatz in Las Mesas. Großer Himmel, in der Ferne die kahlen, grellfarbigen Kuppen vulkanischer Gebirge. Im Vordergrund ein durch Stufen erhöhter weißgestrichener Sitz, wie er bei Wettspielen vom Preisrichter benutzt wird. Es ist gegen Abend, am 6. August 1945. Wolters und Hjördis, Jean-Marie Merminod und Precious Fillebrown haben gerade ein Doppelspiel beendet. Miss Fitch sitzt auf dem Richterstuhl. Die Herren sind im üblichen Tennisdreß, Hjördis in kurzem, weißen Rock und leichter Sportbluse, Precious in den knappsten Shorts, mit denen sie ihre aufreizend gute Figur zur Schau stellen kann. Miss Fitch trägt ihr bekanntes Kostüm. Wolters ist braun gebrannt, er scheint straffer unbd kräftiger geworden.

MISS FITCH Game! Vier zu Null für Wolters-Ketterick.

PRECIOUS *schmollend* Sie schlagen uns immer! Ich spiele nicht mehr mit Ihnen! Warum müssen wir immer verlieren, Jean-Marie?

MERMINOD Ich will es Ihnen sagen, schöne Precious: weil die andern besser sind. Sie spielen kokett, und ich unaufmerksam.

PRECIOUS Wieso spiele ich kokett, das ist eine Frechheit, und warum passen Sie nicht auf?

MERMINOD Weil Sie sich bei jedem Hops Ihrer bestrickenden Reize bewußt sind, und weil ich von Ihren Reizen bestrickt bin.

PRECIOUS Ich will aber außerdem gewinnen. *Stampft mit den Füßchen.*

MERMINOD »Außerdem« ist süß. *Er küßt ihre Hand.*

WOLTERS *schlägt einen Ball übers Netz* Wollen Sie Revanche?

MISS FITCH Bedaure bremsen zu müssen, es ist zu spät. Wir sollten uns umziehen, und Mr. Wolters hat noch eine dienstliche Besorgung zu machen.

WOLTERS Das hat Zeit, der gewisse Laden in Santa Fé öffnet erst am Abend.

HJÖRDIS Ach so, die Party... Wann fängt es denn an?

MISS FITCH Professor Löwenschild erwartet die Gäste ab sechs zu Cocktails.

HJÖRDIS Wir kommen später, mein Mann arbeitet bis acht.

MISS FITCH Kommen Sie nicht zu spät, es gibt eine Überraschung!

PRECIOUS Da muß ich mich eilen! Was soll ich anziehen, Jean-Marie, Mauve-schulterfrei oder Altgold mit schwarzen Spitzen?

MERMINOD Noch weniger.

PRECIOUS Sie Gauner. Kommen Sie, ich bringe Sie mit meinem Chrysler. *Zu den andern* Ihr bleibt doch noch?

WOLTERS *amüsiert* Wie Sie befehlen, Mrs. Fillebrown. Wir schlagen noch ein paar Bälle, ja?

HJÖRDIS Natürlich. *Sie geht auf die andere Seite des Netzes.*

MERMINOD Und Miss Fitch?

MISS FITCH *beleidigt* Danke, ich kann zu Fuß gehn.

PRECIOUS Sind ja nur drei Minuten! Kommen Sie doch. *Sie zieht Merminod mit sich fort.*

MISS FITCH *zu Wolters* Drehen Sie um sieben das Radio in Ihrem Wagen auf, wenn Sie unterwegs sind, es gibt eine Sensation. Und lassen Sie sich nicht erwischen. *Sie geht.*

WOLTERS *ruft ihr nach* Keine Sorge!

HJÖRDIS Was meint sie damit?

WOLTERS Ich soll für Löwenschilds Gesellschaft ein paar Flaschen Whisky besorgen. Er hat sich in den Kopf gesetzt, daß ich so harmlos aussehe.

HJÖRDIS Hoffentlich denkt der Wachtposten das auch. Was soll ich allein auf der Party, mir graust schon davor. Und was kann das für eine Sensation sein, mit der sie winkt?

WOLTERS Ich nehme an, Löwenschild wird zu seinem Fünfundsechzigsten das Kriegsverdienstkreuz bekommen – und die Fitch wird es tragen... Oder sonst eine Ehrung von oben. Es wäre an der Zeit.

HJÖRDIS Das wird böses Blut geben.

WOLTERS Bei Ketterick?

HJÖRDIS Bei wem sonst?

WOLTERS Ich glaube – er hat böses Blut.

HJÖRDIS Wollen Sie ihn damit verdammen, oder entschuldigen?

WOLTERS Ich weiß nicht. Wenn jemand seine Haut so hart macht, kommt man auf den Verdacht, daß er darunter sehr verletzlich ist.

HJÖRDIS Wer wagt es schon, ihn zu verletzen. Er verletzt nur die andern! Was fällt ihm ein, mir das Klavier abzusperren! Plötzlich stört es ihn bei der Arbeit!

WOLTERS Wir hätten nicht so lange von der Toccata sprechen sollen, gestern abend. Nicht vor ihm.

HJÖRDIS Weshalb nicht, wenn wir sie gerade gehört haben? Sollen wir daraus ein Geheimnis machen?

WOLTERS Für ihn ist Musik ein Geheimnis. Es macht ihn krank, wenn wir in einer Fachsprache reden, die er nicht versteht.

HJÖRDIS Jetzt sind Sie es, der ihn verteidigt.

WOLTERS Werfen Sie mir das vor?

HJÖRDIS Ach – manchmal könnt ich ihn umbringen.

WOLTERS Dann lieben Sie ihn noch.

HJÖRDIS Wir wollten noch ein paar Bälle schlagen. *Sie tritt vom Netz zurück, dem sich beide genähert hatten.*

WOLTERS Das war eine Frage, Hjördis.

HJÖRDIS Wer gibt?

WOLTERS Warum weichen Sie mir aus? Warum sagen Sie nicht einfach: Ja oder Nein?

HJÖRDIS Muß man denn alles sagen? Achtung! *Schlägt einen Ball hinüber.*

WOLTERS *nimmt den Ball, schlägt ihn mit aller Kraft aus dem Feld, wirft seinen Schläger weg.*

HJÖRDIS Kristof! Was ist denn plötzlich?

WOLTERS Plötzlich! *Mit einem verzweifelten Humor* Plötzlich, nach sieben Jahren, ganz plötzlich nach einer Ewigkeit – da fiel der Vogel plötzlich von der Stange und war plötzlich tot. Denn einmal stirbt der schönste Vogel. Nein, Hjördis, ich bin nicht verrückt geworden. Aber ich kann nicht mehr. Adieu.

HJÖRDIS Und ich, Kristof? – Laß mich doch jetzt nicht allein.

WOLTERS *ganz verwandelt, mit einem scheuen, fast ungläubigen Lächeln* Hjördis – war das deine Antwort?

HJÖRDIS Ja, Kristof. Ja.

WOLTERS *nimmt sie in die Arme.*

HJÖRDIS *nach einer Weile, leise* Ich hab dich lieb.

WOLTERS *birgt sein Gesicht an ihr.*

HJÖRDIS Komm. Setz dich neben mich.

Sie setzen sich auf die Stufen des Hochsitzes, er etwas tiefer als sie, so daß sein Kopf bei ihrer Brust ist, verschränken die Hände.

HJÖRDIS Mir fällt das ganz kalt auf die Seele.

WOLTERS Was, Hjördis?

HJÖRDIS Daß du mir all diese Jahre – geopfert hast... Und ich habe das einfach angenommen – als ob ich's nicht wüßte, und habe es doch gewußt.

WOLTERS Was für ein wunderbares Wort: geopfert! Da wär ich nie drauf gekommen – daß ich geopfert habe – dir geopfert,

Hjördis, wie einer mykenischen Gottheit... Denk dir – ein Rauch kräuselt empor – ein kleiner Blutquell rieselt auf den Stein – ein Krug neigt sich zur Erde. Etwas verrinnt – Zeit – Leben – und es war nicht umsonst, nicht verloren: denn es wurde geopfert!

HJÖRDIS Du schwärmst, weil du glücklich bist. Aber ich – mir ist, als ob ich dir etwas schulde.

WOLTERS Ich schwärme nicht, ich kann gar nicht schwärmen, ich bin Ne-o-po-sitivist, wenn du weißt, was das ist... Aber schau – daß es in dieser sturen pedantischen Rationalistenschaukel – doch etwas gab – jenseits von aller Logik, und reiner als jede Zahl – und von keiner trivialen Erinnerung getrübt... Ein spinnwebzarter Faden, der niemals abreißt – im dunkelsten Labyrinth... Glaubst du noch immer, daß du mir etwas schuldest?

HJÖRDIS Hast du wirklich nie – andere Frauen gekannt? Das erschreckt mich fast.

WOLTERS O doch, früher – in der versunkenen Zeit. Aber das blieb ohne Spur. Erst war ich Christ, da war es Sünde – dann war ich Sozialist, da war es Freizeitgestaltung... Das floß nur ab, und nahm keine Formen an. Und dann warst du.

HJÖRDIS Und nie eine andere mehr?

WOLTERS Nie eine andere mehr.

HJÖRDIS *zieht seinen Kopf an ihre Brust, biegt seine Stirn zurück, so daß sie ihm ins Gesicht sehen kann* Ich habe oft gedacht, in der letzten Zeit – etwas ist los mit dir... Du bist nicht mehr derselbe – du kamst mir vor wie einer – der einen Absprung sucht – irgendwohin – wie jemand, der aus seiner Haut heraus möchte –

WOLTERS Und wie! Die paßt mir ja längst nicht mehr... Aber allein kriegt man sie nicht herunter... *Plötzlich aufspringend* Du – Hjördis – weißt du was? Wir sollten weg von hier – weit weg – am besten gleich – sofort – heute noch –

HJÖRDIS Und wohin?

WOLTERS Ich weiß nicht, meinetwegen ans Ende der Welt, das ist gar nicht so weit – nur fort, aus der ganzen Verstrickung heraus, fort von allem, was gewesen ist – zu sich selbst, ins Freie!

HJÖRDIS Das heißt: zu entfliehen.

WOLTERS Nenne es so, wenn du willst. Entfliehen, ausbrechen, Gott weiß wohin – wo man ein anderer Mensch würde, unter anderen Menschen!

HJÖRDIS Man wird kein anderer Mensch, wenn man wegläuft. Das hieße ja auch: sich selber weglaufen. So geht das nicht, Kristof.

WOLTERS Wie sonst – wenn man das Netz nicht zerreißt? Dann bleibt man drin hängen.

HJÖRDIS Könntest du denn so einfach deine Sachen im Stich lassen, deine Aufgabe, deine Freunde, deinen Arbeitskreis? Das wäre fast wie Verrat.

WOLTERS Verrat – – das ist auch nur ein Wort.

HJÖRDIS Nein, Kristof, das ist ein Fluch. Das würdest du mitschleppen, wie eine halb zerbrochene Kette an deinem Fuß, glaubst du das nicht selbst?

WOLTERS *gequält, mehr zu sich* Wer am Ersaufen ist, hat keine Angst vor Schnupfen.

HJÖRDIS Aber ich kann nicht entfliehen.

WOLTERS Du? Ja – gewiß – Ketterick –

HJÖRDIS – sei er wie er sei, aber ich war seine Frau. Und ich bin es noch, wenn auch nicht mehr im Herzen. Es muß zu einem Ende kommen, zwischen ihm und mir, in dem Achtung und Würde ist.

WOLTERS Sonderbar...

HJÖRDIS Verstehst du das nicht?

WOLTERS O doch, natürlich – aber ich wollte etwas anderes sagen. Ich habe soeben eine Entdeckung gemacht.

HJÖRDIS Nämlich?

WOLTERS Ich hasse Ketterick nicht mehr! Ich kann ihn nicht mehr hassen.

HJÖRDIS Du hast keinen Grund mehr dazu.

WOLTERS Nicht nur deshalb. Es ist etwas anderes. Ich glaube – mein Haß ist aufgebraucht. Vielleicht –

HJÖRDIS Vielleicht –?

WOLTERS Vielleicht darf ich jetzt, endlich – *Er verstummt.*

HJÖRDIS *legt die Arme um seinen Hals* Lieben – das ist Vertrauen. Das ganze, volle Vertrauen – in den andern, in sich selbst, in die Welt. Das gab es niemals – zwischen Ketterick und mir. Das habe ich nie vorher gekannt. *Sie schauert ein wenig.*

WOLTERS, *ihr über Hals und Arme streichend* Was hast du?

HJÖRDIS Wenn die Sonne weggeht, kommt immer ein kalter Hauch.

WOLTERS *läßt sie los, holt eine weite flauschige Jacke, die auf der Netzstange hing* Hier – zieh meine Jacke an. *Er legt sie ihr um die Schultern, sie schlupft hinein.*

HJÖRDIS Du wirst sie selbst brauchen, in deinem offenen Wagen. Du mußt doch jetzt in die Stadt.

WOLTERS Ja, ich muß, ich muß – ich kann unsern Nikolas nicht sitzenlassen... Aber ich will noch nicht. Ich will noch nicht von dir fort.

HJÖRDIS Du, Kristof, weißt du was? Ich könnte mitkommen.

WOLTERS, *als habe er nicht gehört* Ich will noch nicht von dir fort.

HJÖRDIS *wieder ganz frei und heiter* Du – ich fahre mit!

WOLTERS *verwirrt* Du? Wohin?

HJÖRDIS Nach Santa Fé natürlich! Es wird herrlich – die großen Kehren, über die wilde Felswüste hinunter, in den riesigen Abendhimmel hinein.

WOLTERS Das geht nicht, Hjördis.

HJÖRDIS Warum nicht, ich habe Zeit!

WOLTERS Ketterick – ich kann nicht bis acht zurück sein, es wird länger dauern.

HJÖRDIS Dann wird er warten. Er merkt das kaum. Wenn wir vorbeifahren, laß ich ihm eine Nachricht an der Tür.

WOLTERS *mit leiser Stimme* Hjördis, ich bitte dich, es ist unmöglich.

HJÖRDIS Unmöglich? *Sie lacht* Erst will er ans Ende der Welt mit mir, jetzt reicht's nicht für dreißig Meilen.

WOLTERS *mechanisch* Achtunddreißig!

HJÖRDIS Was ist los, Kristof? Wenn bei dir der Motor abstirbt, will sagen der Humor –

WOLTERS *nach einem hektischen Nachdenken* Es ist wegen Löwenschild, es ist ihm peinlich, wenn es jemand weiß, ich habe ihm fest versprochen, niemanden mitzunehmen...

HJÖRDIS Wie schade... Aber – wenn du's versprochen hast – und das wirklich so ernst nimmst –

WOLTERS *etwas erleichtert* Gerade ihm gegenüber, er ist so gut zu mir... Du weißt nicht, wie schwer mir das wird.

HJÖRDIS So tragisch ist es nun auch wieder nicht. Wir werden noch oft miteinander in den Abendhimmel fahren, wenn die Berge brennen.

WOLTERS Leb wohl, Hjördis.

HJÖRDIS Hier, nimm deinen Rock. *Will ihn ausziehen.*

WOLTERS Ich hab einen Mantel im Wagen. Deine Haut war so kalt – ich brauch die Jacke nicht.

HJÖRDIS Bestimmt nicht?

WOLTERS Sicher nicht – doch, nur das Geld, das steckt, glaub ich, in der Tasche. Wenn ich das vergessen hätte –

HJÖRDIS Dann hieße es: ohne Cash kein Whisky, und wir wären alle trockengelegt, heute nacht. Wo steckt es, rechts oder links?

WOLTERS Das ist zuviel verlangt, von meinem physikalischen Gedächtnis. Du fühlst es schon.

HJÖRDIS *greift in eine Tasche* Hier ist nichts – doch! – Nein, das ist nur ein Zettel. *Sie hat einen Zettel herausgenommen.*

WOLTERS *erschrickt* Gib ihn her! *Greift hastig danach.*

HJÖRDIS *hält im Scherz den Zettel in die Höhe* Ein Geheimnis?

WOLTERS Ach Unsinn – Arbeitsnotizen – Zahlen – etwas – Wichtiges –

HJÖRDIS Die Superformel womöglich? Die große Unbekannte? Laß mich sehn – *Sie will auf den Zettel schauen.*

WOLTERS *unbeherrscht* Gib den Zettel her! *Will ihn ihr entreißen.*

HJÖRDIS, *ihm ausweichend, lachend, flieht hinter das Netz* Jetzt will ich wissen, was da drauf steht – wenn du so angibst deswegen! Vielleicht ist's gar keine Formel – vielleicht steht das geschrieben: »Hjördis, ich liebe dich!«, was du doch nie über die Lippen –

WOLTERS *hat aufgegeben, steht regungslos.*

HJÖRDIS *hat auf den Zettel geschaut. Ihr Gesicht wird starr. Nach einer Weile liest sie, mit einer farblosen, unbeteiligten Stimme* »6. August halb acht abends, Santa Fé, Treffpunkt Bank am Rondell gegenüber der Trinidadkirche.«

WOLTERS *schweigt.*

HJÖRDIS *mit der gleichen unbeteiligten Stimme* Ist heut der 6. August?

WOLTERS Ja.

HJÖRDIS Wen triffst du dort?

WOLTERS Das kann ich dir nicht sagen.

HJÖRDIS *faltet den Zettel zusammen, glättet ihn mit einer nervösen Langsamkeit zwischen ihren Fingern* Dann war das alles nicht wahr.

WOLTERS *schweigt mit einem Ausdruck, mit dem man ein nicht mehr abwendbares Unglück herankommen sieht.*

HJÖRDIS Dann war das alles gelogen.

WOLTERS Das mit Löwenschild – ja, das war eine Ausrede. Ich konnte nicht anders –

HJÖRDIS Das mit Löwenschild – das meine ich nicht. Ich meine alles – was du vorher gesagt hast.

WOLTERS, *wie von einem Hieb getroffen* Hjördis! Das glaubst du nicht! Das kannst du nicht glauben!

HJÖRDIS Glauben... Hast du als Kind einmal erlebt, daß man dir sagte, es ist ein Engel im Zimmer, der putzt den Baum, und jeder Stern, den er dran hängt, den hat er vom Himmel mitgebracht. Und aus Versehen läßt jemand die Tür offen. Und da ist der Hausknecht, und die Küchenmagd, und sie treiben Gemeines miteinander, und schütten die blechernen Sterne aus einem Pappkarton. Dann glaubst du nie mehr denen, die das gesagt haben. Was solltest du denen noch glauben!

WOLTERS *leise* Ich habe die Wahrheit gesagt.

HJÖRDIS Wen triffst du in Santa Fé?

WOLTERS Das hat nichts damit zu tun.

HJÖRDIS Für dich vielleicht. Nicht für mich.

WOLTERS Mit dir und mir – hat das nichts, gar nichts zu tun.

HJÖRDIS Aber mit deinen Worten. Und Worte, solche Worte, in einem solchen Augenblick, die wiegen schwer, wie Gold, wenn sie echt sind, und wenn sie unecht sind, dann wiegen sie nichts. Dann sind sie tödlich. Ich hatte sie nicht von dir verlangt. Ich habe keine Entsagung von dir gefordert. Das hätte nichts geändert zwischen uns. Jetzt ändert es alles.

WOLTERS Was für ein Wahnsinn, Hjördis! Denkst du, ich treffe dort irgendeine Frau – und hätte dir das verschwiegen?! Glaubst du, ich bin nicht bei Sinnen?

HJÖRDIS Es ist mir gleich, wen du triffst. Es geht mich nichts mehr an. Vielleicht bist du nicht bei Sinnen, vielleicht bin ich es nicht – *Sie spricht jetzt in heftigster Erregung* – ich weiß nichts mehr, ich will nichts mehr wissen! Ich könnte mit einem Mörder leben, wenn ich ihn liebe, aber nicht mit einem, der lügt – der lügt, aus seinem Herzen heraus!

WOLTERS *preßt die Hände auf seine Ohren, schreit* Still, still, still, still, still!! *Beide schweigen, es wird einen Augenblick völlig still.*

HJÖRDIS *mit ruhiger Stimme* Warum schreist du so! Hast du mir etwas zu sagen?

WOLTERS *schüttelt den Kopf.*

HJÖRDIS Es ist auch nichts zu sagen. Du hast vorher zu viel gesagt, ohne Not, ohne Scham. Das läßt sich nicht mehr ändern.

WOLTERS Nein, Hjördis, so ist es nicht.

HJÖRDIS Sondern?

WOLTERS Ich kann es dir nicht erklären. Ich kann es nicht.

HJÖRDIS Du mußt es nicht. Behalte dein Geheimnis. *Mit bewußter Grausamkeit* Du brauchst es mir nicht zu »opfern«!

WOLTERS Hjördis – ich weiß – das ginge fast über Menschenkraft – aber ich bitte dich – ich bitte dich, Hjördis – kannst du mir trotzdem – vertrauen?

HJÖRDIS Wenn du mir nicht vertraust?

WOLTERS *nach einer Pause* Du hast recht. Ich verdiene nicht dein Vertrauen. Ich habe es verwirkt.

HJÖRDIS *läßt mit einer knappen Bewegung seine Jacke zu Boden fallen, die sie noch um die Schultern trug – geht.*

WOLTERS *bückt sich langsam, hebt die Jacke auf.*

Dunkel.

Achte Szene

Der gleiche Raum bei Löwenschild wie in der vorletzten Szene. Es ist spät in der Nacht, bereits gegen Morgen des 7. August 1945. Draußen ist es noch dunkel, erst allmählich beginnt hinter der großen unverhüllten Glaswand die Frühdämmerung.

Der Raum ist aus indirekten Lichtquellen hell erleuchtet. Einige dicke Wachskerzen auf schmiedeeisernen Trägern sind fast heruntergebrannt. Benutzte Teller, Bestecke, Büfettplatten, Gläser und Flaschen, ganz oder halb geleerte Mokkatassen und überfüllte, noch schwelende Aschenbecher deuten auf eine späte Nachtgesellschaft, deren Teilnehmer sich nur vorübergehend entfernt haben: man hört ihr Stimmengewirr aus einem andern Raum, in dem jemand Klavier spielt, und zwar jenes alte ukrainische Kosakenlied von den heranziehenden und vorübertrabenden Reitern, das in Amerika unter dem Titel ›Gesang der Roten Armee‹ im Schwange war. Ein paar nicht ganz nüchtern klingende Stimmen versuchen, die Melodie mitzusingen. – Das Aquarium leuchtet phantastisch. Mitten im Zimmer steht ein großer Radioapparat.

Tsebaya, ein junges Indianermädchen, hochgewachsen, mit ebenmäßigen ruhigen Gesichtszügen, ist damit beschäftigt, die Teller und Platten wegzuräumen.

HJÖRDIS *kommt herein, in einem Abendkleid von einfacher Eleganz* Sie sind noch auf, Tsebaya?

TSEBAYA Ich bin schon auf. Das ist meine gewohnte Zeit.

HJÖRDIS Wenn es noch dunkel ist?

TSEBAYA Wenn noch nicht Tag ist und nicht mehr Nacht.

HJÖRDIS Sie hatten nicht viel Schlaf heute. Ich sah Sie nach Mitternacht in der Küche.

TSEBAYA Das macht keinen Unterschied. Um diese Stunde wachen wir immer auf.

HJÖRDIS Jeder, in Ihrem Volk?

TSEBAYA Nur die Frauen. Die Männer und Kinder mögen länger schlafen. Die Mädchen beginnen damit, wenn die Reife kommt.

HJÖRDIS Der Arbeit wegen?

TSEBAYA Man macht sich dann etwas zu tun. Es gibt immer etwas. Aber es hat einen andern Grund.

HJÖRDIS Das erste Licht.

TSEBAYA *nickt* Man muß es erwarten, wie die Erde wartet: wenn es noch nicht zu sehen ist, nur zu fühlen. Dann ist das Licht noch kalt, und hat eine böse Kraft – deshalb müssen die Frauen wachsam sein, um ihre Fruchtbarkeit zu bewahren. Später wenn die Sonne kommt, darf man dem Licht vertrauen.

HJÖRDIS Weil es dann wärmt und wachsen macht.

TSEBAYA Weil es dann gut ist. Auch die Nacht ist gut. Vor Tag wird das Böse mächtig.

HJÖRDIS Glaubt ihr, daß Gut und Böse von den Geistern kommt?

TSEBAYA Man soll davon nicht sprechen. Wir glauben, was uns die Patres lehren in der Mission, wir gehen in ihre Kirche, und wir haben sie gern.

HJÖRDIS Aber die alten Lehren sind stärker in euch.

TSEBAYA Sie sind nicht sehr verschieden. Auch als Christ weiß man von guten und bösen Geistern außer uns und soll ihre Namen ohne Not nicht nennen. Wir hatten auch eine Verheißung in alter Zeit, und manche glaubten, daß die Erfüllung nahe ist.

HJÖRDIS Daß ein Heiland kommt?

TSEBAYA Ein neues Geschlecht. *Sie tritt näher zu Hjördis* In meinem Pueblo haben sie das gewaltige Licht gesehen, vor einigen Wochen, in der Morgenfrühe, und den Donner gehört aus der Wüste. Manche denken, das sei das verheißene Zeichen gewesen. Aber wir, die wir hier bei euch leben, wissen, daß es nicht so ist.

HJÖRDIS Woher wißt ihr das?

TSEBAYA Weil wir die Männer kennen, die es entzündet haben. *Mit Humor* Sie kennen sie besser als ich.

HJÖRDIS *lächelnd* Und es sind keine Götter.

TSEBAYA Es sind nicht die, welche kommen sollen.

HJÖRDIS Warten Sie, ich helfe Ihnen. *Sie fassen gemeinsam ein großes Tablett und tragen es auf einen Abstelltisch an der Seite. Inzwischen hat das Klavierspiel im andern Raum aufgehört, das Durcheinander der Stimmen wird lauter. Herein kommen Angus Fillebrown, ziemlich schwankend, und Miss Fitch, in tief dekolletierter Toilette, die ihn stützt.*

FILLEBROWN *fast heulend* Nein – es kann nicht sein. Es ist nicht wahr, es ist nicht möglich! Es darf nicht wahr sein! Sagen Sie, daß es nicht wahr ist!

MISS FITCH Beruhigen Sie sich doch, Fillie! Nehmen Sie es nicht so tragisch. Das ist schon mehr Männern passiert. Sie sind noch jung.

FILLEBROWN *mit schwerer Zunge* Was meinen Sie? Wovon – wovon sprechen Sie denn?

MISS FITCH Sie müssen Precious nehmen, wie sie ist. Sie paßt gar nicht zu Ihnen.

FILLEBROWN Pre – Precious? Wer ist Precious? Kenne ich nicht. Nie gehört. Nie gesehen.

MISS FITCH Ja, warum heulen Sie dann?

FILLEBROWN *in neuer Verzweiflung* Es ist nicht wahr! Das ist alles Lüge! *Er ruft nach rückwärts* Verleumder! Schandmäßiger Verleumder!

MISS FITCH *sachlich* Wer hat wen verleumdet?

FILLEBROWN Löwenschild, Merminod – und – und die alle – die die diese traurigen Reaktio – haben Sie nicht gehört? Sie behaupten, daß die Russen, in Berlin – das kann doch nicht wahr sein! *Wild* Das ist nicht wahr! *Zu Fitch, voll Entsetzen* Denken Sie doch – wehrlose Frauen, sagen sie – aus dem Volk, sogar aus dem Prole – *Mühsam, feierlich* Proletariat!

MISS FITCH Aber das weiß doch jeder. Was stellen Sie sich so an!

FILLEBROWN *starrt sie an* Sie glauben das auch?

MISS FITCH Es sind halt Soldaten.

FILLEBROWN *schreiend* Soldaten der Freiheit! Kämpfer der Menschlich – Menschlich – Menschlich – *Er beginnt wieder zu heulen und versucht gleichzeitig, die vorher gespielte Melodie zu singen.*

MISS FITCH *streng* Kommen Sie auf die Terrasse, Sie brauchen frische Luft. *Zu Tsebaya* Könnten Sie bitte noch etwas starken Kaffee machen. Recht viel, am besten. *Ab mit Fillie.*

TSEBAYA Das Wasser kocht in der Küche.

HJÖRDIS Ich komme mit. *Sie will mit Tsebaya, die ein Tablett voll leerer Tassen trägt, hinausgehen, bemerkt aber Ketterick, der hereinkommt und sich suchend umblickt.*

HJÖRDIS Suchst du mich?

KETTERICK Sie sagten, du seist gegangen.

HJÖRDIS Ich wollte eben gehn. Willst du noch hierbleiben?

KETTERICK Ich muß noch.

HJÖRDIS Weshalb?

KETTERICK Ich habe Löwenschild beleidigt – du warst ja dabei, als man ihm zu seinem Kriegsorden gratulierte. Er ist nicht der Mann, der sofort zurückhaut, aber das bohrt jetzt in ihm. Was bleibt mir da übrig, als zu warten, bis er seine Chance hat, mir vor den andern eins auszuwischen.

HJÖRDIS Ich hätte dir so viel Fairneß gar nicht zugetraut.

KETTERICK *amüsiert* Da hast du vollständig recht. Mir liegt nichts an seinem Seelenfrieden, und mir ist dieses Kinderfest zuwider. Aber es hat ein Interesse für mich.

HJÖRDIS Deine Umgebung kennenzulernen?

KETTERICK Ich habe selten Gelegenheit dazu. Es war mir bisher auch nicht wichtig. Ich hatte nichts im Sinn als den Krieg gegen Deutschland – und der ist vorüber. Jetzt treten wir in ein Stadium ein, das gefährlicher ist. Man erkennt keine Fronten mehr. Im Frieden kann jeder dein Feind sein. Du mußt genau wissen, wer hinter dir steht. Sonst schießt man dich in den Rücken.

HJÖRDIS Wieso vertraust du mir überhaupt? Könnte ich nicht auch ein Feind in deinem Rücken sein?

KETTERICK Wie kommst du auf die Idee, daß ich dir vertraue? Das wäre absurd. Einer Frau vertraut man nicht auf Parole. Man behält sie im Auge, das heißt: man hält sie gefangen.

HJÖRDIS Und du hältst mich für gefangen.

KETTERICK Es gibt viele Arten von Haft. Man kann eine Frau anhalftern wie ein Pferd, man kann sie am Fußkettlein auf dem Handschuh tragen, mit einer Blendkappe überm Kopf, man kann einen elektrischen Draht um ihre Weide ziehen, man kann sie einschließen wie eine Kostbarkeit, es kommt aufs gleiche heraus. Die meisten Männer bemühen sich, das zu vertuschen. Ich denke, dir ist es bekannt.

HJÖRDIS Wenn du das für eine Fessel hältst: ich habe Mitleid mit dir.

KETTERICK Du versuchst, mich zu schlagen. Aber es trifft nicht mehr. Aus Mitleid würdest du nicht bei mir bleiben. Auch nicht aus Gewohnheit. Nur aus Not.

HJÖRDIS Du weißt es also.

KETTERICK Ich kann es berechnen. Es ist die natürliche Konsequenz unserer Charaktere. Schon deine Liebe zu mir war eine Art von Not. Man muß abziehen, was sich verbraucht.

HJÖRDIS Das schlimmste ist, daß ich dich respektiere. Selbst wenn du mich abstößt, habe ich Achtung vor dir.

KETTERICK Weil ich die Wahrheit sage?

HJÖRDIS Weil du nicht lügst.

KETTERICK Dazu habe ich keine Zeit.

HJÖRDIS Bedeutet es dir noch etwas, wenn ich bei dir bleibe?

KETTERICK Warum fragst du das?

HJÖRDIS Ich möchte dich einmal schwach sehen.

KETTERICK Wie siehst du mich sonst? Hältst du Gewalt für Stärke? *Plötzlich außer Fassung* Ich brauche dich, Hjördis!

HJÖRDIS Ich bleibe.

KETTERICK *wieder wie sonst, etwas spöttisch* Aus Not?

HJÖRDIS Aus Not.

KETTERICK Das ist eine verläßliche Formel. Not bindet.

HJÖRDIS Oder zerbricht.

KETTERICK *streckt zaghaft die Hand nach ihr aus. Hjördis birgt für einen Augenblick ihr Gesicht an seiner Schulter.*

PRECIOUS *kommt rückwärts trippelnd aus dem Nebenraum, in einem Hauch von Abendkleid mit prätentiösem Schmuck, zieht Merminod an den Händen mit sich – exaltiert* Ich will aber tanzen! Ich will! Wenn Filie zu betrunken ist, um zu spielen, haben wir ja das Radio.

MERMINOD Es ist zu spät, man kriegt keine Stationen mehr.

PRECIOUS Im Osten ist jetzt schon Tag, vielleicht kriegen wir New York oder Washington, man muß nur herumsuchen!

FREDERICK SCHILLER LEE, *Löwenschilds zweiter Assistent, ein Halb- oder Viertel-Neger mit sehr heller Hautfarbe, Brille, kluger Stirn und angenehmen Zügen, kommt mit dem Testpiloten Roy, einem großen, gutaussehenden jungen Mann in Uniform, mitten im Gespräch* – kann ich mir nicht vorstellen, wie man bei solchen Geschwindigkeiten ohne Gefäßstörungen davonkommt.

ROY Die Dinger sind ja auf Druckausgleich konstruiert. Und vorher wird man genug in der Testschaukel herumgeschwungen, bis man weiß, was man aushalten kann. Bei mir ist noch nichts geplatzt.

Löwenschild ist mit Wolters hereingekommen, auch Miss Fitch und der ziemlich ernüchterte Fillebrown kommen von der Terrasse. Die Gesellschaft verteilt sich über den Raum, während Tsebaya Kaffeemaschine und Mokkatassen hereinbringt. Die Herren sind im schwarzen oder weißen Tuxedo.

LÖWENSCHILD *in bester Form* Ich danke Ihnen, Tsebaya, das ist eine schöpferische Idee. Die freundliche Ureinwohnerin, als deren Gäste wir uns hier alle betrachten dürfen, hat uns mit frischem Kaffee versorgt –

MISS FITCH Weil ich ihn bestellt habe.

LÖWENSCHILD Das macht den Kaffee nicht schlechter. Und wenn ich nicht irre, hat Kristof noch ein paar Flaschen in seinem Chevrolet draußen –

MISS FITCH Als Reserve.

LÖWENSCHILD Dies ist die Stunde der verlorenen Reserve, der eisernen Rationen und des letzten Aufgebots. Für den Rest dieser Nacht stünde es uns schlecht zu Gesicht, der Ökonomie zu frönen. Ich wäre sehr traurig, wenn etwas übrigbliebe.

PRECIOUS Ja, ich brauche noch was, wir brauchen alle noch was, die Herren kriegen schon kalte Füße. Wir haben sowieso die halbe Nacht von Champagner leben müssen, und ich vertrage doch keinen Champagner, ich mag nur Scotch und Wodka.

MISS FITCH Das lag an Mr. Wolters, er hat uns warten lassen.

MERMINOD Wirklich, Kristof, das war nicht schön von Ihnen. Was ist Ihnen nur eingefallen, so spät mit dem Whisky zu kommen, wenn unsere Precious keinen Sekt verträgt!

WOLTERS *nervös* Ich sagte Ihnen ja, ich hatte eine Reifenpanne, und dann mußte ich stundenlang in der Garage warten, von wegen Sonntag.

HJÖRDIS *vom Tisch her, wo sie Kaffee einschenkt* In welcher Garage?

WOLTERS Texaco. Warum?

HJÖRDIS *unbetont* Falls jemand Ihre Angaben in Zweifel ziehen sollte.

WOLTERS Ich gehe die Flaschen holen. *Geht hinaus.*

MERMINOD *zu Hjördis* Seien Sie unbesogt, die Angaben von Kristof Wolters wird niemand in Zweifel ziehen. Dazu ist er viel zu pedantisch. Den können Sie mit tausend Dollar in der Tasche nach Reno oder Las Vegas schicken, und er würde sich an keinen Spieltisch verirren, geschweige denn in die Straße der Roten Laternen, wenn er einen Auftrag hat.

PRECIOUS Aber Sie würden sich verirren, was, Jean-Marie?

MERMINOD Wenn ich nichts vorhätte, was mir kostbarer wäre, kleine Kostbarkeit.

PRECIOUS *begeistert* Was für ein hundsgemeiner Kerl Sie sind!

LÖWENSCHILD *am Tisch* Also? Wer hält die Bank?

PRECIOUS Nein, nicht mehr pokern heute nacht, dabei gewinne ich immer, und ich kann Geld nicht ausstehn!

LÖWENSCHILD Welch noble Passion, Madame. Aber bedienen Sie sich bitte, solang der Kaffee noch heiß ist.

Auf seine einladende Geste setzen sich die meisten zu Tisch, er selbst sitzt am Kopfende, Ketterick gegenüber.

Es tritt ein plötzliches, unbeabsichtigtes Schweigen ein, in das hinein man das Dröhnen eines Flugzeugmotors von draußen hört.

ROY B-29. Zirka dreitausend Fuß hoch.

Alle lauschen einen Moment auf das Geräusch des sich rasch entfernenden Flugzeugs.

LEE Ein Geschwader?

ROY Nein, das war eine einzelne. Die werden seit Wochen auf Einzelflug trainiert. Für besondere Zielmission.

KETTERICK Hm. Was für Art von Mission?

ROY Das weiß man nicht.

KETTERICK Es ließe sich denken. Oder hoffen.

ROY Sie meinen, der Kleine Junge?

PRECIOUS Was für ein Kleiner Junge?

MERMINOD Nicht der Ihre, Precious.

KETTERICK Es ist kein Geheimnis, in diesem Kreis. Das Nähere versteht sie doch nicht. *Zu Precious, aber Löwenschild anschauend* Eine gewisse Sache, die wir hier konstruiert haben, wird von den Armeeleuten, die damit zu tun haben, der »Kleine Junge« genannt. In der Hoffnung, daß er sich als ein kleiner Herkules bewährt.

LÖWENSCHILD Ich schlage vor, das Thema zu wechseln.

KETTERICK Warum? Alle Väter reden gern von ihren Babies, und können es nicht erwarten, bis sie sie laufen sehn. Wir brauchen uns des unseren nicht zu schämen. Es ist überraschend viril und hat eine Bullenstimme.

LÖWENSCHILD *ruhig* Ich protestiere.

KETTERICK Wogegen?

LÖWENSCHILD Gegen die Frivolität, mit der Sie von einer Sache sprechen, die für uns alle der Gegenstand schwerster Sorgen und Befürchtungen ist.

KETTERICK Finden Sie es frivol, den Sieg zu wünschen?

LÖWENSCHILD Darauf habe ich keine Antwort.

WOLTERS *ist mit den Flaschen hereingekommen, stellt sie auf den Tisch, öffnet eine und schenkt sich ein hohes Glas voll, ohne mit Wasser zu mischen.*

KETTERICK Ich habe nur eine Befürchtung: daß man auch höheren Orts zu feige ist.

LEE Ich glaube nicht, daß man Professor Löwenschilds Standpunkt als Feigheit bezeichnen darf. Es ist kaum einer unter uns, der ihn nicht teilt. Aber es sind einige unter uns, die im Feuer gestanden haben.

LÖWENSCHILD Danke, Fred. Ich nehme das nicht persönlich. Und ich zweifle nicht, daß jeder anständige Mensch so denken muß wie ich.

KETTERICK Können Sie das präzisieren – was jeder anständige Mensch zu denken hat?

LÖWENSCHILD Ich proklamiere hier keinen Gedankenzwang. Ich halte es nur für natürlich, daß jeder, der an unserm Experiment teilgenommen hat, und sich daher über die Folgen klar sein muß, von ganzem Herzen wünscht, es möge nicht zur Verwendung kommen.

FILLEBROWN *sehr bleich, aber nicht mehr betrunken* Das darf nicht sein! Es wäre ein Verbrechen.

KETTERICK *herrisch* Schweigen Sie! – Ich halte das für vollkommen unnatürlich. Für mich sind das pfäffische Skrupel, verantwortungslos und verlogen.

LÖWENSCHILD Erklären Sie das bitte.

KETTERICK Wem eine Waffe in die Hand gegeben ist, mit der er auf einen Schlag die Welt ins rechte Lot bringen kann, und er zögert, sie anzuwenden, der ist nicht wert, daß er am Leben bleibt.

LÖWENSCHILD Sie denken, das rechte Lot kann durch eine Massenvernichtung hergestellt werden?

KETTERICK Wodurch sonst? Die Menschheit hat von jeher nur Gesetze respektiert, die mit Blut geschrieben waren. Jeder bedeutende Einschnitt in der Weltgeschichte ist durch eine Massenvernichtung markiert.

LÖWENSCHILD Weshalb waren Sie dann gegen Hitler? Nur weil er ein Deutscher war?

KETTERICK Nein, weil er ein Narr war. Ein Derwisch, ein wild gewordener Schwätzer. Der alte Heide im Kreml ist keiner. Wenn der das Ei in den Krallen hielte, das wir hier gebrütet haben – dann hätten wir ausgeschwätzt.

LÖWENSCHILD Deshalb müssen wir Gott danken, daß es nicht in solchen, sondern in behutsameren Händen ist.

KETTERICK Dieser hypokritische Dank war immer nur Zeitverschwendung. Im Gebet, im Schlaf, und in der Liebe ist der Stärkste wehrlos. Es wäre besser, zu handeln.

LÖWENSCHILD Man handelt oft stärker, wenn man eine Tat unterläßt.

KETTERICK Nein. Man muß sie doppelt tun. Wenn Sie mich fragen –

LÖWENSCHILD Ich frage Sie nicht.

KETTERICK Ich antworte trotzdem, nicht Ihnen, sondern den stummen Fragen der jüngeren Leute, die man durch antiquierte Humanität verwirrt. Ihr habt das Leben noch vor euch. Soll das Gemantsche und Genudel ewig weitergehn, dem ihr schon eure besten Jahre geopfert habt?

MERMINOD Und was ist Ihr Rezept dagegen?

KETTERICK Wenn ich die Macht hätte – aber ich habe sie nicht.

LEE Was wäre dann Ihre Devise?

KETTERICK Das will ich Ihnen sagen. Die erste auf Tokio. Die zweite auf Moskau. Heute noch. Und dann – reiner Tisch. *Schweigen.*

PRECIOUS *nach einem Augenblick* Aber wieso –

FILLEBROWN *legt die Hand auf den Arm* Bitte –

PRECIOUS *verstummt.*

LÖWENSCHILD Möchte einer der Herren etwas darauf erwidern?

FILLEBROWN Ich – nein. Es hat keinen Sinn.

KETTERICK *lacht.*

ROY *langsam, jedes Wort überlegend* Ich bin Armeepilot. Ich führe Befehle aus, ohne zu fragen. Das versteht sich von selbst. Aber nur innerhalb eines von der Volksvertretung gebilligten Krieges. Hier hat die Befehlsmacht ihre Grenzen. Sir Elwins Devise, ob gut oder schlecht, scheint mir die eines Diktators zu sein. Das gibt es nicht, bei uns.

KETTERICK Nein, das gibt es nicht. Wir sind lammfromm und fingerzahm. Deshalb kann sich der alte Heide eins grinsen und uns bequem in die Tasche stecken. Leider ist er der einzige, heutzutag, der seiner Stunde gewachsen ist. Gestern hatten auch wir in England noch einen starken Mann. Er hat seinen Krieg gewonnen, zum Dank hat man ihn abgesetzt. Aber selbst er hat eine zentrale Schwäche. Er glaubt an die Zivilisation.

LÖWENSCHILD Nicht nur das. Er hat Herz und Gewissen. Darum gehört ihm die Liebe und die Verehrung, die Ihnen, Sir Elwin, trotz all Ihrer Verdienste, versagt werden muß.

KETTERICK Sie sprechen ein verfrühtes Epitaph. Auf Liebe und Verehrung lege ich keinen Wert. Ich habe nicht die Macht, den Gang der Dinge zu bestimmen. Ich kann auch eure Gehirne nicht umkrempeln. Aber in meinem Bereich lasse ich nicht locker. Ich spüre da eine Aufweichung, die unsere Grundlagen zerstört. Ich rieche Verrat! – und ich werde jeden, der sich der Subversion schuldig macht, um Hals und Kragen bringen!

LÖWENSCHILD Ich bedaure, daß Sie diese Drohung für nötig halten. Mir scheint sie hier, im Kreis meiner Gäste, ebenso überflüssig wie abgeschmackt.

KETTERICK Wollen Sie mich zurechtweisen?

LÖWENSCHILD *zuckt die Achseln.*

HJÖRDIS *steht auf* Ich möchte gehen.

KETTERICK Ja, es ist spät. *Mit einer knappen Verbeugung ins Leere* Gute Nacht. *Zu Hjördis* Ich lasse den Wagen an. *Er geht rasch hinaus, ohne jemanden anzuschauen. Niemand rührt sich.*

HJÖRDIS *tritt zu Löwenschild* Leben Sie wohl, Nikolas, und seien Sie von Herzen bedankt, für den Abend. *Sie streckt ihm die Hand hin.*

LÖWENSCHILD, *ihre Hand küssend* Ich hoffe, Sie kommen bald wieder. Sie wissen ja, mein Klavier ist nie abgesperrt, und meine Haustür auch nicht.

HJÖRDIS *lächelnd* Auf Wiedersehn. *Sie geht, den andern zunikkend.*

WOLTERS, *der sein Glas geleert hat und es wieder füllt, nach einer Weile, mit belegter Stimme* Jetzt hab ich die Flaschen gebracht, und muß alles allein trinken.

LÖWENSCHILD, *wie aus Gedanken auffahrend* Ja bitte, Miss Fitch – ich denke, wir haben jetzt etwas nötig.

PRECIOUS Also ich verstehe nicht –

FILLEBROWN *legt ihr wieder die Hand auf den Arm* Bitte –

PRECIOUS, *seine Hand abschüttelnd* Nein, ich sehe nicht ein, warum ich nicht mitreden soll, ich gehöre ja schließlich auch zur intellektuellen Jugend. Weshalb will Sir Elwin Moskau vernichten? Die Russen sind doch unsere Verbündeten – und der Kommunismus ist hochmodern. Ich war neulich auf einer Gesellschaft in Beverly Hills, ich kann sagen, soziale Auslese, bis auf die Filmstars natürlich, und auch von denen keiner unter mindestens zehntausend die Woche – also lauter Leute von Rang. Und was meinen Sie, außer ein oder zwei Langweilern waren wir alle begeisterte Kommunisten!

LEE Ein kindliches Vergnügen!

PRECIOUS *beleidigt* Sagen Sie das nicht. Man gibt sogar Geld dafür aus.

LEE Schlimm genug.

FILLEBROWN *mit verlegenem Lachen* Nun, das führt uns nicht weiter. Unser Problem hat weniger mit Politik zu schaffen, mehr mit Menschlichkeit. Die Frage ist: sind wir, als die geistigen und technischen Urheber, nicht verpflichtet, etwas zu tun? Ich meine – den Militärs entgegenzuwirken, bevor eine Entscheidung gefallen ist – durch – durch ein Manifest an unsre Regierungen zum Beispiel, eine gemeinsame Proklamation, ein Telegramm an den Präsidenten oder so – *Zu Löwenschild* Darüber wollten wir gern Ihre Meinung hören.

LÖWENSCHILD Solang wir im Krieg stehen, hätte das keinen Sinn, und käme uns auch nicht zu.

ROY Richtig. Wer die Jungens hat sterben sehen, will nur, daß es rascher aufhört. In die höchste Verantwortung können wir uns nicht einmischen. Wenn es geschehen muß, muß es geschehen. Wir müssen dann alle bereit sein, es durch Leistungen wiedergutzumachen.

LÖWENSCHILD *nickt* Durch Leistungen. Vielleicht auch durch Leiden.

MERMINOD Ist das nicht alles Sache der force majeure?

FILLEBROWN Das ist wohl immer die bequemste Entschuldigung.

MERMINOD Sie verstehn mich nicht. Ich kann es auch schwer verständlich machen. Aber als ich bei jenem Experiment, auf das wir hier anspielen, und das seltsamerweise den Decknamen Dreifaltigkeit trug, der Vorschrift gemäß auf den Knien lag, um das Gesicht gegen Explosionsdruck und Blendung zu schützen, konnte ich nicht unterlassen, den Kopf etwas früher als erlaubt aus den Armen zu heben und hinaufzuschauen. Da hatte ich – bitte lachen Sie jetzt nicht – so etwas wie eine Erscheinung. Inmitten einer farbigen Aura, die ich genau zu kennen glaube – nämlich von Grünewalds Isenheimer Altar –, barst eine Flut von Licht aus dem Himmel, die – die nichts mehr Irdisches hatte. Und wir alle – Generäle, Monteure, Naturforscher, Technologen – lagen davor im Staub, wie die Jünger bei der Verklärung. Seit diesem Augenblick – habe ich den Verdacht, daß hier Kräfte im Spiel sind, die außerhalb unserer Lenkung stehn. Auch wenn wir selbst es waren, die den Verschluß der Geisterflasche aufgeschraubt haben. Das – meinte ich mit der force majeure.

FILLEBROWN Ich wußte nicht, daß Sie Mystiker sind. Ich jedenfalls könnte mich – angesichts einer Weltgefahr – bei einer poetischen Deutung nicht beruhigen. Ich muß gestehen, daß ich – *Zu Löwenschild* – darf ich ganz offen reden!

LÖWENSCHILD Das wissen Sie doch.

FILLEBROWN *plötzlich in großer Erregung, immer noch sehr bleich* – daß ich schon früher – schon in England drüben – manchmal auf die Idee gekommen bin – ob man nicht eigentlich die Pflicht hätte – ich meine, falls es nicht gegen jeden Ehrbegriff ginge, ein Spion zu sein – ob man nicht Rußland hätte von unseren Plänen unterrichten müssen – um – um des Wohles der Menschheit willen –. *Er zittert fast, wischt sich den Schweiß* Mit diesem Gedanken hab ich mich sehr geplagt –.

WOLTERS *sitzt, auf sein Glas gebeugt, als höre er nicht zu. Trinkt häufig.*

LÖWENSCHILD Das waren schlechte Träume, Fillie. Es ist gut, daß Sie sich ihrer entledigt haben. Sie sollten sie vergessen.

WOLTERS, *ohne aufzuschauen* Der Ehre wegen?

LÖWENSCHILD Ob eine Handlung ehrenhaft ist oder nicht, hängt nur davon ab, ob sie gut oder schlecht ist. Diese aber wäre nicht nur schlecht gewesen, sondern verrucht.

FILLEBROWN Und warum?

LÖWENSCHILD Wenn das geschähe – dann wäre uns die letzte Hoffnung genommen, den Umfang unseres Wirkens zu beschränken, und nach Beendigung des Krieges in friedliche Bahn zu leiten. Solang eine solche Geißel nur in einer Hand ist, mag es gelingen, diese Hand zu besänftigen, das heißt: durch Kontrolle zu binden. Schwingt man sie auf zwei Seiten – wird sie zum Gegenstand des Wettrüstens und der mutuellen Bedrohung – dann wächst die Gefahr ins Unaufhaltsame. Dann hätte man wirklich den bösen Geist aus der Flasche gelassen.

MERMINOD Glauben Sie denn, daß eine solche Entwicklung auf die Dauer geheim bleiben kann?

LÖWENSCHILD Es bleibt nichts geheim, was gedacht und gewußt wird auf der Welt. Aber welcher Mensch dürfte den Zeitpunkt bestimmen? Ein Jahr, zwei, oder drei – sie können eine Brücke bauen oder einen Abgrund aufreißen. Da einzugreifen – das wäre ein Schicksalsfrevel, wie er seit Urzeiten den Fluch auf Geschlechter herabrief.

ROY Außerdem wäre es ganz einfach ein gemeiner Verrat. Selbst in Gedanken wird man nicht zum Judas.

FILLEBROWN *entsetzt* Zum Judas?

WOLTERS Der hat doch seinen Herrn wohl um des schnöden Lohnes willen verraten.

LÖWENSCHILD Er trug den Verrat in der Seele – und widerstand ihm nicht. Er brach das Vertrauen, damit verwarf er sich selbst. Den Lohn, die Silberlinge, mußte er dann nehmen, wie das Siegel auf einen Pakt. Und damit kaufte er sich den Strick.

WOLTERS *vor sich hin* Wie das Siegel auf einen Pakt.

FILLEBROWN Sie hatten recht. Es waren schlechte Träume. Ich möchte sie wegscheuchen – aber jetzt sind sie aufgestört wie ein Dohlenschwarm. Das Vertrauen – gewiß, man darf es nicht brechen. Aber darf man denn Vertrauen haben – in eine Welt, die sich vor lauter Gegensätzen selbst nicht kennt?

LEE *ist aufgestanden, lehnt sich leicht und lässig an die seitliche Wand* Ich will Ihnen etwas erzählen, das beruhigt Sie vielleicht. Ich heiße Frederick Schiller Lee. Mein Großvater war als Sklave geboren. Bis zur Befreiung lebte er im Besitz eines Tonnage-Barons, der Voltaire und Rousseau las und die Marotte hatte, seine Sklaven, die für ihn zur Familie gehörten, humanistisch zu bilden. Mein Großvater arbeitete bei ihm als Bibliothekar. Nach seiner Freilassung durfte er sich einen Namen wählen, und er nannte sich nach den Männern, die er am höchsten verehrte: dem deutschen Freiheitsdichter Frederick Schiller, und dem amerikanischen General Lee, der gegen die Sklavenbefreier gekämpft hatte. Für Europäer ist das wohl paradox. Für Amerikaner vermutlich gar nicht so unverständlich. Der Name wurde traditionell in unserer Familie. Auch mein ältester Sohn heißt wieder so. Denn wir glauben an das Paradox Amerika, wir lieben es, und wir haben das Vertrauen, daß aus dem freien Spiel der Gegensätze das Schöne und Fruchtbare geboren wird in dieser Welt. Und dafür lohnt es sich, grade zu stehn, – auch wenn man manchmal vor Wut oder Schmerz aus seiner farbigen Haut fahren möchte. Ja – das war alles. *Er langt eine Gitarre hinter sich von der Wand herunter und beginnt, leise Akkorde zu schlagen.*

LÖWENSCHILD *ist aufgestanden, tritt zu Lee, ihn kurz umarmend* Dank, Freddy. Nein, hören Sie nicht auf, was ich noch sagen möchte, geht nur mit Musik. Fillie hat uns hier die Vertrauensfrage gestellt – Frederick hat sie beantwortet. Es gibt etwas, woran wir glauben, worauf wir vertrauen dürfen – auch in unserer Welt der erschütterten Fundamente – das ist die Lauterkeit eines Menschen. Ihr Namenspatron, Frederick Schiller, hat es »die Treue« genannt. Bescheiden wir uns damit – versuchen wir das, in unsrem kleinen Kreis – zu leben. Es ist ein gutes, warmes Licht, am Ende eines abgekühlten Festes. Und jetzt – bitte – *Mit einer weiten, einladenden Bewegung*

PRECIOUS – wollen wir tanzen! *Sie klatscht in die Hände.*
LÖWENSCHILD *mitklatschend* Jawohl!
MERMINOD Freddy! The Nuclear Blues!
LEE Aber mitmachen, bitte!
Er schlägt einen Akkord über alle Saiten und beginnt, von Merminod assistiert, der auf einer leeren Flasche die Blasinstrumente markiert

»Pi-Meson, My-Meson,
Positron, Zyclotron,
Diffusion, Explosion –
  Was bleibt davon –
  Was bleibt davon?
Ein – klei – ner
Massenrest,
Der sich nicht fassen läßt.
Ein kleiner Massenrest
Beim Elektronenfest –
Ein kleiner Massenrest
Und gar kein Sinn –
  Ja gar kein Sinn
Steckt da noch drin –
  Steckt da noch drin.
Ja – gar – kein – Sinn,
Daß ich ein Kern – o – Kern – o – Kern – o – Kern –
  o Kernbeißer bi – i – in.«

LEE UND MERMINOD *abwechselnd, mit Stakkatobegleitung und Schlagzeugparodie*

»Denn – fragst – du – als – Po – si – ti – vist,
So – schimpft – man – dich – gleich – Ni – hi – list,
Fragst – du – gar – me – ta – phy – sisch,
So – sagt – man – was – fragt – der – so – müs – sig!
  Drum:
Pi – Meson, My – Meson,
Positron, Zyclotron –«

MISS FITCH UND PRECIOUS *haben einander tanzend umfaßt und singen mit*

»Pi – Meson, My – Meson –«

MISS FITCH *läßt Precious los und springt Löwenschild an, während Precious zu Roy übergeht*

»Positron, Zyclotron –«

Achtung auf die Gläser! Im Nebenzimmer ist ausgeräumt!

»Diffusion, Explosion – –«

Sie tanzt mit ihm hinaus. Alle verschwinden, von Lee mit der Gitarre begleitet, in den Nebenraum, von wo Musik und Stimmen gedämpft weitergehen. Nur Wolters und Fillebrown bleiben zurück.

WOLTERS *tritt zu Fillebrown, der auf einen Stuhl gesunken ist* Ist Ihnen schlecht, Fillie? Kann ich was für Sie tun?

FILLEBROWN Nein, danke, nur ein bißchen schwindlig. Ich sollte wohl noch etwas frische Luft schöpfen. Gehen Sie ruhig hinüber.

WOLTERS Warten Sie, ich komme mit.

FILLEBROWN Es ist aber wirklich nicht nötig. Löwenschild wird Sie vermissen. Er will alle um sich haben.

WOLTERS, *sein Glas füllend* Er hat alle ins Paradies eingeladen, aber wer den verbotenen Apfel schon gefressen hat – der trinkt besser noch was. *Zu Fillebrown* Scotch, Bourbon oder Wodka?

FILLEBROWN Um Gottes willen, für mich nur noch Sodawasser! Ich glaube, ich war vorher nicht ganz nüchtern. Ich habe eine dunkle Erinnerung, als hätte ich ein Glas Wodka ins Aquarium gegossen... Ob das den Fischen schadet?

WOLTERS Nicht anzunehmen, bei der Wassermenge. *Trinkt.*

FILLEBROWN Seien sie vorsichtig, Wolters, Sie sind das auch nicht gewohnt. Plötzlich kippen Sie um. Sie wollten uns heimfahren.

WOLTERS Keine Sorge. Es hilft mir nichts.

FILLEBROWN Wie meinen Sie das?

WOLTERS Es macht mich höchstens klarer.

FILLEBROWN Seien Sie froh. Bei mir genügen zwei Schluck, und alles versinkt im Nebel

WOLTERS Nebel. Das wäre gut. Aber das Licht, das Licht geht nicht aus. Ich glaube, in der Hölle wird es nie dunkel.

FILLEBROWN Das versteh ich nicht...

WOLTERS Da muß einer in mir sein, der trinkt nicht mit. Der kann nicht betrunken werden. Der schläft auch nicht. Der sitzt hellwach am Steuer und fährt euch alle heim.

FILLEBROWN Und der, der all das Zeug gesoffen hat?

WOLTERS Das ist ein anderer. Vielleicht ist er betäubt, vielleicht wird er morgen krank sein. Ich kenne ihn kaum.

FILLEBROWN *etwas beunruhigt* Das würde einen Psychiater interessieren...

WOLTERS Danke. Das fehlt mir noch.

FILLEBROWN Finden Sie nicht, daß Löwenschild recht hat? Es wäre verrucht gewesen. Das mit dem Judas, das hat mir zugesetzt... Gott sei Dank hab ich es nicht getan.

WOLTERS Es wird schon hell draußen.

FILLEBROWN Ja, bald kommt die Sonne.

Sie gehen auf die Terrasse. Miss Fitch und Precious kommen vom Nebenraum, wo die Gitarre aufgehört hat.

PRECIOUS *zum Radio laufend* Ich probiere es, jetzt muß etwas kommen –. *Sie dreht dran herum, zu Miss Fitch* Hören Sie? Da kommt was! Das muß New York oder Chicago sein! Da kommt doch Musik!

MISS FITCH Klingt eher wie Mexico.

PRECIOUS Nein, nein, das ist New York!

Das Radio schrillt plötzlich auf und wird von ihr sofort eingestimmt, man hört jetzt einen Bariton zu tropischer Instrumentenbegleitung: »Ay – ayay – ahh –!«

MISS FITCH La Conga! *Sie klatscht in die Hände, ruft* Hereinkommen! Alle hereinkommen!

PRECIOUS *während von nebenan Löwenschild und alle andern, von der Terrasse her Wolters und Fillebrown erscheinen, trällernd* »La Conga La Conga La Conga!« Come on, boys! Wir machen die Liebesschlange und kriechen durchs ganze Haus! Ich führe! *Sie drängt sich mit rhythmischen Schoßbewegungen vor die Männer* Hinten anschließen, bitte!

MISS FITCH Nein, ein Herr muß führen, sonst kommen wir vor lauter Gewackel nicht vom Fleck!

LÖWENSCHILD Nicht ich! – sonst kommt es auf, daß ich mein Haus nicht kenne. Kristof! Zur Strafe für unentschuldigte Abwesenheit!

WOLTERS *mit forcierter Lustigkeit* Vorsicht, ich bin der Sündenbock, ich renne mit euch in die Wüste!

MISS FITCH Nein, in den Keller hinunter und unterm Haus hindurch!

WOLTERS Meine Damen und Herren! Haben Sie Mut? Ich führe Sie den Pfad, von dem's keine Umkehr gibt! Wer mir nachfolgt – lasciate ogni speranza!

Er hat sich an die Spitze gesetzt, die ganze Gesellschaft schließt sich ihm an, wobei jeder die nächst vordere Person mit beiden Händen an der Taille hält. Miss Fitch ist die erste hinter ihm und dirigiert die Richtung.

STIMMEN *mit der Musik singend* »Ay – ayay – ahhh – !«

Alle entfernen sich im Tanzschritt. Der Raum bleibt leer. Das Radio schmettert weiter. Mitten im Takt bricht es plötzlich ab. Nach einer kurzen Stille hört man

DIE STIMME EINES ANSAGERS Achtung. Achtung. Wir unterbrechen die Sendung. Bleiben Sie an Ihrem Empfangsgerät. Wir bringen eine wichtige Nachricht.

Achtung. Achtung. Wir bringen eine Meldung aus Washington. Wir unterbrechen die Sendung. Verlassen Sie nicht Ihr Gerät.

Es bleibt eine Sekunde still. Die Bühne ist immer noch leer.

Achtung. Achtung. Der Presse-Sekretär des Weißen Hauses meldet aus Washington: Präsident Truman, der auf dem US-Kreuzer ›Augusta‹ von der Konferenz in Potsdam zurückkehrt, hat soeben durch Funkspruch vom mittleren Atlantik folgende Nachricht bekanntgegeben: Vor sechzehn Stunden wurde von einem amerikanischen Flugzeug eine einzelne Bombe auf die Stadt Hiroshima, ein bedeutendes japanisches Armeezentrum, abgeworfen.

Diese Bombe hat mehr Explosivkraft als 20000 Tonnen

TNT. Ihre Zerstörungsgewalt ist über zweitausendmal so groß als die der stärksten bisher angewandten Sprengbomben. Es handelt sich um eine Atombombe.
Die Stadt Hiroshima ist unter einer mehr als zehntausend Meter hohen Rauchwolke verschwunden. Man rechnet mit ihrer vollständigen Vernichtung.
Tsebaya ist zu Beginn der Meldung langsam hereingekommen. Sie steht regungslos zwischen dem Radio und der Glaswand, schaut in das immer stärkere Licht des Sonnenaufgangs, als ob es ihre Augen nicht berühre. Es ist ungewiß, ob sie die Stimme hört. Noch während des Textes verdunkelt sich die Bühne.

Neunte Szene

Bank im Greenpark, London, im Herbst des gleichen Jahres. Später, dämmriger Nachmittag. Schwarzer Nebel. Schwacher Laternenschein. Wolters und Jurew – beide in Mantel und Hut, im Nebel kaum kenntlich, gehen vor der Bank auf und ab. Sie sprechen mit gedämpften Stimmen, da man Herannahende nur auf wenige Schritte sehen würde – schauen einander nicht an.

JUREW Sie haben die letzten drei Zusammenkünfte nicht eingehalten. Ich habe umsonst hier gewartet. Wie begründen Sie das?

WOLTERS Es war mir nicht möglich abzukommen. Seit unserer Rückkehr nach England arbeiten wir unablässig an der Einrichtung der neuen Laboratorien, in Berkshire. Es wäre aufgefallen, wenn ich mich absentiert hätte.

JUREW So. Haben Sie nicht das vorletzte Wochenende in London verbracht?

WOLTERS Das war eine Sitzung der metallurgischen Gesellschaft. Ich –

JUREW Die war um sechzehn Uhr dreißig zu Ende. Warum sind Sie dann nicht hierher gekommen?

WOLTERS *nach kurzem Zögern* Weil ich keinerlei Informationen zu bringen hatte, die von irgendwelchem Interesse wären.

JUREW Es hat, noch vor Rückberufung Ihrer Gruppe aus den USA, eine Geheimbesprechung stattgefunden, der Sie beigewohnt haben. Es handelte sich um die geplante Konstruktion einer Wasserstoffbombe.

WOLTERS Woher wissen Sie das?

JUREW Ich frage. Sie antworten.

WOLTERS *etwas lauter.* Das ist nicht der Ton, in dem wir bisher zu verkehren pflegten.

JUREW Die Abwicklung unseres Verkehrs hängt von Ihrem Verhalten ab.

WOLTERS Es wurde damals nichts besprochen, was nicht heute in jeder Zeitung steht.

JUREW Es war Ihre Pflicht, die Tatsache zu melden. Sie wissen, was Nichterfüllung bedeutet.

WOLTERS Ich kann keinen Sinn darin sehen, einen Komplex anzuschneiden, zu dem ich keinerlei weiteren Zugang habe. Die Hydrogenforschung –

JUREW Den Sinn zu bestimmen, überlassen Sie der Zentrale. Sie haben nur zu erfüllen.

WOLTERS Da ist nichts mehr zu erfüllen. Diese Sache bleibt auf Amerika beschränkt. Sie müssen sehen, Ihre Informationen von dort zu bekommen. Ich kann Ihnen hier nichts mehr nutzen. Ich möchte –

JUREW Beschränken Sie sich auf Beantwortung meiner Fragen. Sind Sie über den Plutonmeiler in Cumberland informiert?

WOLTERS Still – hören Sie nichts?

JUREW *bleibt stehen.*

WOLTERS *lauschend* Jetzt hat es aufgehört –

JUREW *flüsternd* Was war es?

WOLTERS Als ob jemand hinter uns her ginge – tapp tapp tapp – immer in meinem Schritt –

JUREW Es werden Ihre eigenen Schritte gewesen sein. Man hört sie oft, im Nebel.

WOLTERS *schaudernd* Und ein leises Pfeifen, von unten, als ob's aus der Erde käme, oder von – *Seine Zähne schlagen aufeinander.*

JUREW Vielleicht gibt es Ratten hier.

WOLTERS Können wir nicht in ein Pub gehen, wo man etwas zu trinken kriegt? Ich kenne ein paar, die ganz leer sind um diese Zeit.

JUREW Das ist nicht vorgeschrieben. Wir brauchen nicht mehr lang.

WOLTERS In Santa Fé waren wir auch in der Bar.

JUREW Santa Fé ist nicht London. Beantworten Sie meine Frage.

WOLTERS Welche Frage?

JUREW Konzentrieren Sie sich, bitte. Ich fragte nach dem Plutonmeiler in Cumberland.

WOLTERS Sie meinen in Windscale?

JUREW Genau.

WOLTERS Ich hatte bis jetzt nichts damit zu tun.

JUREW Wirklich nicht? Denken Sie nach.

WOLTERS Wieso – worüber?

JUREW Denken Sie nach, bevor Sie mir eine Auskunft geben.

WOLTERS Mißtrauen Sie mir?

JUREW Wenn ich Grund dazu hätte, würde ich mich nicht mehr lange mit Ihnen unterhalten.

WOLTERS *mit nervösem Lachen* Wenn Sie mich liquidieren wollen, hier ist die beste Gelegenheit. Ein Schuß im Nebel... Sie haben gewiß einen Schalldämpfer auf der Pistole.

JUREW Lesen Sie Kriminalromane? Oder machen Sie sich die Gerüchte der Hetzpresse zu eigen?

WOLTERS Unsinn. Ich habe einen Witz gemacht.

JUREW Es war kein guter Witz. Bleiben Sie bei der Sache, wenn ich bitten darf.

WOLTERS Die verdammte Brühe... Die Atommeiler in England werden kaum zu militärischen Zwecken benutzt werden.

JUREW Das mag dahinstehen. Wir wünschen genaue Details über die Einrichtungen von Windscale. Sie müssen damit zu tun haben, denn Ihr neues Laboratorium wird nach dem dortigen Muster eingerichtet. Ich gebe Ihnen drei Wochen.

WOLTERS Dann wieder hier?

JUREW Um die gleiche Zeit.

WOLTERS Ich bin nicht sicher, ob ich – den Auftrag erfüllen kann. Ich –

JUREW Sie werden kommen. Dann werden wir sehn.

WOLTERS *fährt zusammen* Was ist das?

Man hört ein kratzendes, scharrendes Geräusch, das näher kommt.

JUREW *leise* Der alte Mann, der die Blätter zusammenfegt. Er kommt immer um diese Zeit.

Beide schweigen. Eine vermummte Gestalt, kaum zu sehen, erscheint mit einem Besen, schlurft mit gleichmäßiger Kehrbewegung vorüber – verschwindet.

JUREW Wir können jetzt abbrechen.

WOLTERS Ich habe ein kleines Anliegen – persönlicher Art. Können Sie mir die Adresse des Genossen verschaffen, durch den ich eingeführt wurde, und der hier mein erster Kontakt war? Ein gewisser Buschmann. Er wurde im Jahr dreiundvierzig nach Moskau berufen, in den Stab für Frontpropaganda. Ich möchte die Verbindung mit ihm wiederaufnehmen. Wir waren befreundet.

JUREW Das können Sie nicht.

WOLTERS Wollen Sie mir die Korrespondenz mit einem Genossen verbieten?

JUREW Dieser Genosse existiert nicht mehr.

WOLTERS Wieso – ist er gefallen?

JUREW Er hat sich als Verräter entpuppt. Es sind ihm Verbindungen mit früheren Trotzkisten nachgewiesen worden, die zum Klassenfeind übergelaufen sind.

WOLTERS Buschmann – unmöglich.

JUREW Er hat versucht, nach dem Westen zu fliehn.

WOLTERS Was – was ist mit ihm geschehen?

JUREW Das ist nicht unsere Sache. Er wird nicht mehr geführt.

WOLTERS Sind Sie ganz sicher, daß es sich um denselben – daß es sich nicht um einen Irrtum handelt?

JUREW Sie täten gut daran, ihn nicht mehr zu erwähnen.

WOLTERS *nach einem Augenblick* Dann – gute Nacht. *Er will gehen.*

JUREW *hält ihn am Ärmel fest* Halt. Warten Sie. *Er greift in die Tasche.*

WOLTERS *erschrocken* Sie haben gesagt, wir könnten abbrechen –

JUREW Sofort. Es ist noch etwas zu erledigen. *Er nimmt ein Kuvert heraus* Ich habe Ihnen Ihr Salair zu überreichen.

WOLTERS Ich nehme kein Geld, wissen Sie das nicht?

JUREW Es wurde Ihnen bisher gutgeschrieben. Sie haben Ihr Konto zu übernehmen. Wir sind keine Bank.

WOLTERS Ich brauche das nicht. Ich habe keine Verwendung dafür.

JUREW Das geht mich nichts an. Ich habe Befehl, es an Sie abzuführen. Verstehen Sie mich?

WOLTERS Und wenn ich es ablehne?

JUREW Das würde ich Ihnen nicht raten. Eine Ablehnung käme einer Auflehnung gleich. Sie haben es zu quittieren. Die Verwendung ist Ihre Sache.

WOLTERS Sie meinen – ich muß das nehmen – wie das Siegel auf einen Pakt?

JUREW Quittieren Sie. *Er steckt ihm das Kuvert in die Tasche, reicht ihm Block und Bleistift.*

WOLTERS Mit meinem Namen? Ist das nicht unvorsichtig?

JUREW Das lassen Sie unsre Sorge sein. Quittieren Sie jetzt. *Wolters schreibt.*

JUREW Danke. *Er geht ohne Gruß.*

WOLTERS *holt das Kuvert aus der Tasche, nimmt eine Banknote heraus. Das Kuvert flattert zu Boden.* Ich habe es genommen. Jetzt hab ich den Strick gekauft. *Er zerreißt die Banknote, wirft sie weg, rennt davon.*

Dritter Akt

Zehnte Szene

Büro im Verwaltungsgebäude einer staatlichen Versuchs- und Forschungsstation. England, Dezember 1949. Knappste Einrichtung, seitlich ein Schaltbrett mit komplizierter Apparatur. Durch das rückwärtige Fenster sieht man, im Dämmerlicht eines Wintertages, das fahlblaue

Glosen elektrischer Beleuchtungsanlagen von einem nackten, fabrikartigen Ziegelbau. In regelmäßigen Abständen signalartig aufflammend erscheint das Wort DANGER in großer, grellroter Leuchtschrift auf der Front des nur umrißhaft erkennbaren Gebäudes.
Heather Hodger, eine Reinmachefrau mittleren Alters, liegt neben einem Eimer auf den Knien und schrubbt den Fußboden.
Die Eingangstür wird geöffnet, ein Mann in Polizeiuniform läßt einen Herrn eintreten, der noch in Hut und Mantel ist. Er trägt eine dünne Ledermappe unterm Arm sowie, mit dem Griff über den Unterarm gehängt, einen straff gewickelten Regenschirm in schwarzem Überzug.

DER MANN Wenn Sie bitte hier warten wollen. Ich werde Sir Elwin sofort verständigen. Soll ich ihm sagen –
DER HERR Sagen Sie nur: Mr. Thomas Northon. Sonst nichts.
DER MANN *salutiert, schließt die Tür hinter sich.*
NORTHON *avanciert vorsichtig, wie über Glatteis, durch den frisch gescheuerten Raum, wobei er einen Bogen um Heather Hodger schlägt und seinen Hut abnimmt.* Guten Morgen.
HODGER Morgen, Herr. Sie brauchen hier nicht auf den Fußspitzen zu gehn. Man putzt nicht für die Ewigkeit. Ich bin gleich fertig.
NORTHON Bitte – Sie stören mich nicht.
HODGER Oh, Sie mich auch nicht, am Fenster ist es schon trokken. Aber legen Sie doch Ihren Mantel ab, das kann eine Zeitlang dauern. Der Chef blitzt im Heißen und muß erst aus der Haut fahren.
NORTHON *blickt sie fragend an.*
HODGER So, Sie sind nicht vom Bau. Hier hat man ja sonst nur mit Fachleuten zu tun. Ich wollte sagen, er arbeitet im radioaktiven Labor und muß seine Strahlenabschirmungsbrocken ausziehn, bevor er rüberkommt. Wundern Sie sich nicht über meine Bildung. Jeder Nachtwächter muß hier die Merkblätter auswendig lernen. Was das wirklich heißt, verstehe ich ebensowenig wie ein Irländer das Latünch in seiner Kirche. Lauter Geheimsprachen, und die Welt wird nicht klüger davon.

NORTHON *hat inzwischen seine Handschuhe abgestreift und seinen Shawl zusammengelegt, steckt beides in die Taschen seines Mantels, bevor er ihn auszieht. Er ist mit gepflegter Sorgfalt gekleidet. Alles an ihm wirkt korrekt und, mit Ausnahme seiner Augen und seiner Hände, fast konventionell. Sein Gesicht ist das eines kultivierten Herrn Mitte der Vierzig, der sich außerberuflich für Literatur interessiert, und den man sich, auch wenn er es wäre, nicht verheiratet vorstellen würde.*

HODGER *beobachtet ihn, wie er zum Fenster tritt und hinausschaut* Haben Sie Angst?

NORTHON *lächelnd* Das ist vielleicht etwas zu viel gesagt. Aber ganz heimelig fühlt man sich nicht, wenn man zum erstenmal hierher kommt.

HODGER Das machen die Polizisten. Wir haben zu viel Bewachung hier. Ich sage immer: einem Menschen, der ein gutes Gewissen hat, gruselt vor nichts so sehr wie vor der Polizei. Finden Sie nicht?

NORTHON *etwas betroffen* Schon möglich.

HODGER Wie das hier losging, mit den ersten Bauten und der Absperrung drum herum, da hat man bei uns im Dorf gesagt: das dauert nicht lange. Das fliegt alles in die Luft, und wir mit. Aber im nächsten Winter hatten wir einen Sturm, der hat unsre sämtlichen Dächer abgedeckt – den hatten die nicht gemacht. Und bei uns gibt es einen Drudenstein, in der Heide, da kann man nachts nicht vorbeigehen, ohne daß es einem kalt ins Genick fährt und man die Dörre kriegt, da hilft kein Doktor mehr. Warum soll ich mich dann vor dem da fürchten? *Sie weist auf das Schaltbrett.*

NORTHON Ist denn das so gefährlich?

HODGER Der Chef sagt: Wehe Ihnen. Der staubt das selber ab, damit nicht ein falscher Hebel bewegt wird. Drum putze ich ja hier, denn ich bin eine Vertrauensperson. Obwohl ich sonst nur privat gehe und nicht in die Büros. Die Herren kennen mich eben. Ich arbeite nur mit dem inneren Kreis.

NORTHON Das heißt, für Sir Elwin vor allem.

HODGER Bei dem nur zweimal die Woche, er hat ja die junge

Frau. Aber bei den Einzelherren, da bin ich jeden Tag. Besonders bei den Abteilungschefs, die ein eigenes Haus bewohnen.

NORTHON Ein ganzes Haus, für einen einzelnen Junggesellen?

HODGER Stellen Sie sich das nicht so großartig vor. Wenn bei Mr. Wolters jemand im Klo die Wasserleitung zieht, dann rauscht es im ganzen Schloß. Prefabs, Sie wissen wohl, aus Wellblech und solchem Zeug. So wie vergrößerte Kaninchenställe, ungefähr. Kennen Sie Mr. Wolters?

NORTHON Ich habe von ihm gehört.

HODGER Klar. *Mit einer Art von Stolz* Da werden Sie ihn auch kennenlernen – wenn Sie mit dem Chef zu tun haben. Der zieht ihn ja immer zu. Er ist hier der beste, sagt man, was den Kopf anlangt.

NORTHON *freundlich* Sie sprechen von ihm – wie von einem Sohn.

HODGER *antwortet nicht gleich, beugt sich herab, kramt ihr Putzgerät zusammen* Wie kommen Sie darauf?

NORTHON Nun – wie Sie das sagten, da lag so ein Stolz darin – oder kam mir das nur so vor –, wie wenn eine Mutter von ihrem Sohn erzählt.

HODGER *steht langsam auf* Meinen Sohn, den hab ich nicht mehr. Der ist in Belgien gefallen, im Jahr fünfundvierzig, in der letzten Schlacht mit den Deutschen. Und ich dachte damals, wenn ich einen Menschen treffe, der eine deutsche Mutter hat, dem spucke ich ins Gesicht, oder kratz ihm die Augen aus. Dann traf ich den Mr. Wolters. Der hat keine Mutter mehr. Keine deutsche, keine englische, überhaupt keine. Und ich denke: er soll es nicht merken, daß ich die Deutschen hasse. Das geht so eine Zeit. Jetzt denke ich: er soll es nicht merken, daß ich sie nicht mehr hasse. Ist das verrückt, Herr?

NORTHON Ich glaube nicht.

HODGER Er ist ja ungefähr so alt, wie meiner wäre.

NORTHON Und er erinnert Sie an ihn. Ich meine – Sie mögen ihn gern.

HODGER Mögen tut ihn wohl jeder, weil er immer vergnügt und munter ist. Das heißt, so sieht das aus. Aber manchmal, da ist er sehr traurig. Das weiß nur ich, weil ich nämlich schon komme, wenn er noch im Bett liegt. Aber er schläft nicht mehr, oft denk ich, er hat gar nicht geschlafen. Da hab ich so meine liebe Not mit ihm. Zehnmal kann ich dann sagen: Mr. Wolters, der Tee ist fertig. – Dreht er sich nur zur Wand – und man denkt, er kommt nie mehr hoch.

NORTHON Merkwürdig, nicht wahr – für einen jungen Menschen.

HODGER Ach, wissen Sie, heutzutage, da ist keiner so richtig jung. Die haben alle schon was mitgekriegt... Und wenn man sich vorstellt, was die hier so treiben, mit all ihrer Maschinerie, um etwas entzweizuschlagen, was man gar nicht sehen kann, und woraus die ganze Welt besteht, wie sie sagen, und womit sie die ganze Welt zu Mus machen können, eh man sich's versieht – das muß einem schon auf die Nerven gehn, oder nicht? *Sie nimmt den Eimer auf* Nichts für ungut, Herr, ich unterhalte mich gern ein bißchen. Hoffentlich habe ich Sie nicht gelangweilt.

NORTHON O nein – ganz im Gegenteil – das war alles sehr interessant.

HODGER Da kommt er schon. *Man hört rasche Schritte, Heather Hodger öffnet die Tür* Jesus, Sie haben schon wieder die Gummischuhe nicht ausgezogen. Sie schleppen uns doch noch mal kontaminösen Dreck in die Bude.

KETTERICK *noch draußen* Aber nein, Heather, das sind ja nicht die vom Heißen, die trag ich nur über die Straße.

HODGER Ausziehen müssen Sie sie doch, drin ist frisch gescheuert. – Tag, Herr. *Sie nickt Northon zu, geht – während Ketterick hereinkommt.*

NORTHON *hat während ihrer letzten Sätze einen Pfeifen- und Tabakbeutel aus der Tasche genommen und, wie in Gedanken, seine Pfeife gestopft, ohne sie anzuzünden. Jetzt steckt er alles wieder weg, geht Ketterick ein paar Schritte entgegen.*

KETTERICK *ist sichtlich gealtert. Er trägt einen Hörapparat. Seine Haltung und sein Tonfall sind weniger forciert als bisher* Mr. Thomas Northon? Guten Tag.

NORTHON Guten Tag, Sir Elwin. Erfreut, Sie kennenzulernen.

KETTERICK Meinerseits, Mr. Northon. Obwohl der Anlaß nicht gerade erfreulich ist. Ich wäre Ihnen lieber unter anderen Umständen begegnet.

NORTHON Das geht mir ebenso.

KETTERICK Wirklich? – Setzen Sie sich doch, bitte. – Ich denke mir, ein Mann Ihres Berufs muß eine gewisse Befriedigung dabei empfinden – auf der Fährte zu sein.

NORTHON Es kommt auf den Fall an. Auf den Menschen, meine ich. Und vor allem darauf, wohin die Fährte läuft.

KETTERICK Sie sind also noch nicht sicher?

NORTHON Vorsichtig ausgedrückt: ich bin mir nicht sicher, ob eine volle Aufklärung möglich ist. Der Tatbestand selbst kann nicht bezweifelt werden.

KETTERICK Ich habe Ihren Brief wieder und wieder gelesen. Er hat mir – ganz gegen meine Gewohnheit – schlaflose Nächte gemacht. Es ist eine so ungeheuerliche Idee, daß das wirklich geschehen konnte, jahrelang – und, wie Sie meinen, durch eine Person aus unserm engsten Mitarbeiterstab ... Halten Sie es für ausgeschlossen, daß da ein Irrtum vorliegt?

NORTHON Ich habe Ihnen das Material zur Einsicht mitgebracht. Es ist nicht sehr umfangreich. Aber es ist erdrückend.

KETTERICK Wie ist das aber zu erklären, daß Sie erst jetzt auf den Verdacht gekommen sind? Wenn ich nicht irre, ist der Absprung Gouzenkos schon drei Jahre her – und das hat doch wohl die Sache ins Rollen gebracht.

NORTHON Alle Spuren wiesen zunächst nach Amerika. Erst nach und nach wurde es immer deutlicher, daß die entscheidenden Informationen von einem Mitglied der britischen Kommission übermittel wurden. Das heißt: von einem Angehörigen Ihrer Gruppe, Sir Elwin. Wir wissen jetzt, daß die Kontakte hier in England begonnen haben – und bis vor kurzer Zeit hier fortgesetzt worden sind.

KETTERICK *hat sich auf die Lippen gebissen und die Finger zusammengekrampft. Jetzt läuft er plötzlich rot an, seine Faust fährt auf den Tisch nieder* Aufhängen, den Lump! Aufhängen!

NORTHON Erst haben, Sir Elwin.

KETTERICK Ach lächerlich! Der Kerl ist doch viel zu dumm, als daß Sie ihn nicht mit ein paar Kreuzfragen ins Bockshorn jagen können! Deshalb hätte ich ihm ja nie so was zugetraut! Ich habe ihn für viel zu wachsweich gehalten, für einen Hasen, der sich im Finstern nicht aus der Mulde wagt –. Ich habe sein Geschwätz nicht ernst genommen... Aber ich sage Ihnen, wenn ich's dem ins Gesicht schreie, dann sackt er zusammen, wie ein Häuflein Elend!

NORTHON Mit scheint, Sir Elwin, wir sprechen nicht von derselben Person.

KETTERICK Wieso, da kommt doch nur Fillie in Frage – oder – *Er starrt Northon an, der aufgestanden ist.*

NORTHON *hat seine Ledermappe geholt, öffnet sie, reicht Ketterick ein dünnes Aktenstück hin.*

KETTERICK *starrt immer noch Northon an, als wage er nicht, auf das Papier zu blicken* Sie wollen sagen, daß – ein anderer Name –

NORTHON Bitte, überzeugen Sie sich.

KETTERICK *schaut eine Zeitlang schweigend auf das Papier. Er ist blaß geworden. Er setzt zweimal zum Sprechen an und bringt keinen Ton hervor. Dann wendet er sich ab, stützt die Stirn in die Hand.*

NORTHON Wie Sie sehen, ist der Name zunächst auf einer Liste aufgetaucht, die man in Kanada bei einem Verhafteten gefunden hat. Das hätte noch nichts gesagt. Aber es genügte, um einen Verdacht zu erwecken. Wir haben Schritt für Schritt, Jahr um Jahr und Tag um Tag sein Leben nach rückwärts verfolgt, soweit es sich rekonstruieren ließ. Und die Verdachtsmomente häuften sich immer mehr, bis es uns zur Gewißheit wurde, daß es sich nur um ihn gehandelt haben kann. Zumal wir, durch ebenso gründliche Recherchen, alle anderen, die etwa in Frage gekommen wären, eliminieren konnten.

KETTERICK *bleibt unverändert.*

NORTHON Das kostete natürlich viel Zeit. Und ich ließ noch mehr Zeit verstreichen – da es am günstigsten gewesen wäre, wenn man ihn in flagranti, bei einer neuen Zusammenkunft hätte überführen können. Aber im letzten Halbjahr, seit wir ihn unter Beobachtung halten, hat er bestimmt keine mehr gehabt. Entweder ist er klüger als wir, und weiß, daß er unter Verdacht steht – oder ...

KETTERICK *schaut ihn an, noch ohne etwas zu sagen.*

NORTHON – oder es hat sich in ihm eine Sinnesänderung vollzogen. Beides würde die Aufklärung außerordentlich erschweren.

KETTERICK *nickt mechanisch.*

NORTHON Immerhin – man kann jetzt nicht länger warten. Ich bin von der Regierung beauftragt, die Sache auf jeden Fall ins reine zu bringen, bevor sie, etwa durch gleichlaufende Untersuchungen in Amerika, ins Blickfeld der Öffentlichkeit gerückt werden kann. In allen Einzelheiten des Verfahrens habe ich völlig freie Hand. Und ich kann Sie versichern, Sir Elwin, daß ich alle erdenkliche Vorsicht walten lassen werde, um Ihr Institut vor Schaden und Mißverständnissen zu bewahren.

KETTERICK *leise* Ich habe ihm vertraut.

NORTHON *schweigt, nimmt das Aktenstück zurück, versorgt es in seiner Mappe.*

KETTERICK *richtet sich schwerfällig auf* Wie kann ich Ihnen helfen?

NORTHON *schaut ihn nachdenklich an* Sie haben also selbst niemals irgend etwas Verdächtiges an ihm bemerkt?

KETTERICK Ich weiß es nicht. Ich habe ihm, in jeder Weise, mein volles Vertrauen geschenkt. In letzter Zeit –

NORTHON *wartet einen Augenblick* Bitte?

KETTERICK *mit der Hilflosigkeit eines Mannes, der sich Tränen verbeißt* Nein, das gehört nicht hierher. Das betrifft ganz private Beziehungen. Ich hätte ihn irgendeiner Form des Verrats, oder Betrugs, nicht für fähig gehalten.

NORTHON Es handelt sich hier auch um eine sehr verwickelte Form des Verrats. Um einen Verrat aus mißleiteter Überzeugung. Um einen Kurzschluß des Gewissens, eine Spaltung des persönlichen Rechts- und Ehrgefühls. Und nur von da ist eine Klärung möglich.

KETTERICK Ich verstehe eines nicht: wenn Sie von seiner Schuld überzeugt sind – und Tatsachen lassen doch wohl keinen

Zweifel daran –, warum verhaften Sie ihn nicht? Warum überstellen Sie ihn nicht einfach dem Untersuchungsrichter?

NORTHON Dazu fehlt, nach unsern Rechtsbegriffen, jede gesetzliche und moralische Grundlage. Die Verdachtsmomente liegen klar auf der Hand. Sie sind auch beweiskräftig, für den Augenschein, und für die menschliche Logik. Aber nicht für die gerichtliche Praxis. Es gibt keine Zeugen. Und es gibt, falls er leugnet, keinen direkten Gegenbeweis. Die einzige Lösung bestünde in einem Geständnis von seiner Seite.

KETTERICK Und Sie glauben, das von ihm erzwingen zu können?

NORTHON Nicht zu erzwingen. Jedenfalls nicht im üblichen Sinn. Ich werde in diesem Fall auf alle sogenannten kriminalistischen Methoden verzichten müssen. Ich bin entschlossen, das Mann zu Mann, Auge in Auge mit ihm auszutragen.

KETTERICK Ein schwieriges Unterfangen.

NORTHON Entscheidend ist dabei, daß ihm von keiner Seite, am wenigsten von der Ihren, irgendeine Art von Mißtrauen oder auch nur Veränderung im alltäglichen Verkehr bezeigt wird.

KETTERICK Das wird das Schwerste sein – soweit es mich betrifft.

NORTHON Es ist aber unerläßlich. Bedenken Sie, was dabei für Sie selbst, für das Prestige Ihrer ganzen Arbeitsgruppe auf dem Spiel steht. Ich meinerseits werde so weit gehen, jede Art von Beobachtung und Bewachung seiner Person von jetzt ab aufzuheben. Er darf nicht das Gefühl haben, unter irgendwelchen äußeren Druck gesetzt zu sein.

KETTERICK Aber der innere – ich meine, der Konflikt, in den er durch die doch notwendige Durchforschung von Ihrer Seite getrieben wird –, könnte ihn zu Schritten veranlassen, die ihn der endgültigen Überführung und der Gerechtigkeit entziehen.

NORTHON Sie denken an Flucht? Das wäre nicht ganz einfach. Man kann England heute in seiner Position nicht ohne gewisse Vorbereitungen verlassen.

KETTERICK *schaut ihn an* Ich dachte nicht daran.

NORTHON Der andere Ausweg – liegt allerdings im Bereich des Menschlichen. Ich kann mir darüber erst ein Urteil bilden, wenn ich einen persönlichen Eindruck von ihm habe. Aber ich glaube, wir müssen dieses Risiko auf uns nehmen. Es ist ja vor allem – das seine.

KETTERICK Welche Schritte planen Sie zunächst?

NORTHON Ich möchte Sie bitten, mir auf unauffällige Weise eine Begegnung mit ihm zu verschaffen. Am liebsten sofort. Wir können ihm sagen, es handle sich um Sicherheitsmaßnahmen ganz allgemeiner Natur, wie sie ja immer wieder routinemäßig durchgeführt und überprüft werden. Als Ihr Abteilungs-Chef und Stellvertreter kann es ihn kaum befremden, daß man ihn dabei zu Rate zieht. Alles Weitere muß ich ganz dem Augenblick überlassen.

KETTERICK *steht auf, tritt an das Schaltbrett, knipst eine Beleuchtung an, kontrolliert einige Meßgeräte, spricht dann in ein daneben angebrachtes Werktelefon* Station Mitte. Bitten Sie Dr. Wolters, er möge gleich mal zu mir rüberkommen. Bleiben Sie inzwischen auf einhundertachtzig, und überziehen Sie nicht. Ich schaue dann selber nach. *Er wendet sich zu Northon zurück* Es kommt Ihnen doch sicher darauf an, mit ihm ein Gespräch unter vier Augen zu haben.

NORTHON Allerdings. Und es wird nicht mit einem getan sein. Ich werde Sie von Fall zu Fall auf dem laufenden halten.

KETTERICK Das einzige, was ich in der Sache tun kann – ist, meine Zunge im Zaum zu halten.

NORTHON Nicht nur die Zunge, Sir Elwin.

KETTERICK Was noch, das Hirn, den Geist, die Gedanken? Es läßt sich verschweigen. Aber man kann nicht hindern, wenn's einem wie Phosphor aus den Augen funkt.

NORTHON Selbst ein Tiger kann die Lider senken, wenn Gefahr droht.

KETTERICK Gefahr. *Zum Fenster gewandt, im Rhythmus des Leuchtsignals* Gefahr. Gefahr. Gefahr. Ich glaubte, in meinen späteren Jahren, man könne umdenken. Man müsse umdenken – unter den Zeichen seiner Zeit. Aber es hilft nichts.

Der Mensch bleibt, der er ist. Die Welt bleibt, die sie ist. Und wer sich einlullt, dem graut ein bitteres Erwachen.

Schritte nähern sich.

NORTHON *wickelt seine Pfeife aus* Darf ich rauchen?

KETTERICK Bitte, natürlich.

WOLTERS *tritt ein. Er macht einen unbefangenen, fast beschwingten Eindruck* Sie haben mich rufen lassen, Sir Elwin? Wir haben gerade Experiment vierzehn überprüft. Es scheint über Erwarten gut zu gehen.

KETTERICK *lächelnd* Lassen Sie trotzdem den alten Praktiker mal an die Lupe. *Zu Northon* Es handelt sich um neuartige Versuche über die medizinische Anwendbarkeit der Radioaktivität. Also sozusagen die Verwandlung von Giftstoff in Heilstoff – worin unsere ganze alte Pharmakologie besteht. Das ist Dr. Wolters, Chef der Abteilung für theoretische Physik, Mr. Thomas Northon – einer der verdientesten Regierungsbeamten. Vielleicht haben Sie den Namen schon gehört.

WOLTERS *mit einer höflichen Verbeugung* Sehr erfreut, Mr. Northon. Doch, ich glaube, ich habe ihn in den Zeitungen gelesen. Im Zusammenhang mit dem Fall Joyce, oder Avery?

NORTHON Sie haben ein treffliches Gedächtnis. *Reicht ihm die Hand.*

WOLTERS *lachend* Ausnahmsweise.

KETTERICK Mr. Northon hat hier – im Rahmen des offiziellen Sicherheitsaktes – eine kleine Ergänzungskontrolle durchzuführen – immer mal wieder, möchte ich sagen, aber das muß wohl sein. Sie können ihm mit Detailauskünften besser behilflich sein als ich. Außerdem bin ich neugierig auf Nummer vierzehn. Auf Wiedersehen, Mr. Northon. Und guten Erfolg.

NORTHON Danke, Sir Elwin. Verzeihen Sie die Störung. Ich werde versuchen, die Herren nicht mehr lange von der Arbeit abzuhalten, die zweifellos interessanter und wichtiger ist.

KETTERICK *geht.*

WOLTERS *nimmt ein Zigarettenetui aus der Tasche, hält es mechanisch Northon hin.*

NORTHON Danke, ich bin versorgt.

WOLTERS Natürlich – Sie haben Ihre Pfeife. Das war eine Reflexbewegung. *Zündet sich eine Zigarette an* Wenn Sie mir sagen wollen, womit ich Ihnen dienlich sein kann?

NORTHON *hat sich gesetzt* Es handelt sich nicht nur um ein reines Routineverfahren, Mr. Wolters. Sonst hätte ich Sir Elwin und Sie nicht persönlich bemüht.

WOLTERS Ich dachte mir das. Sonst hätten Sie sich wohl auch nicht persönlich hierher begeben.

NORTHON Ich muß offen sagen – mich hat auch eine gewisse Neugier hierher gelockt. Es möchte wohl jeder gern einmal in den Topf gucken, in dem unser Wohl und Wehe gebraut wird.

WOLTERS Davon ist für den unkundigen Topfgucker, verzeihen Sie den respektlosen Ausdruck, auch bei gründlichem Hinschauen nicht viel zu bemerken. Das Wohl und Wehe liegt ja allein in der Anwendungsart gewisser Erkenntnisse, die auch heute noch nur den wahrhaft Eingeweihten zugänglich sind.

NORTHON Damit führen Sie mich auf meine berufliche Aufgabe zurück. Sie sind also gleichfalls der Meinung, daß auch heute noch, ohne Kriegszustand im direkten Sinn, die Geheimhaltung dieser Erkenntnisse ein Integral unserer nationalen Sicherheit bedeutet?

WOLTERS Solang es noch keine wirklich wirksame internationale Kontrolle der Atomforschung gibt – allerdings.

NORTHON So daß es eine berechtigte Sorge der Regierung ist, die unbedingte Zuverlässigkeit der verantwortlichen Personen garantiert zu wissen.

WOLTERS Soweit sich eine so vage Größe garantieren läßt. Sie haben es immer mit Menschen zu tun.

NORTHON Mit einer sehr kleinen Zahl von Menschen. Sie haben selbst von den wahrhaft Eingeweihten gesprochen.

WOLTERS Nun – die haben Sie wohl Stück für Stück in Ihrer Aktentasche.

NORTHON Ihre Namen, jawohl, und ihren Polizeirekord. Aber

nicht ihren Charakter, ihre Gesinnung, ihre heimlichen Gedanken. Und in diesem Punkt – hoffe ich auf eine gewisse Hilfe von Ihnen.

WOLTERS Halten Sie mich für besser informiert als die Geheimpolizei?

NORTHON Immerhin sind Sie bedeutend näher an der Quelle, vielleicht auch an der Wurzel.

WOLTERS *leichthin* Worauf wollen Sie hinaus, Mr. Northon?

NORTHON Auf das Ereignis vom letzten August. Das ist nun schon einige Monate her – aber Sie wissen, der offizielle Apparat arbeitet langsam.

WOLTERS Sie sprechen von der angeblichen Explosion einer Atombombe in der Sowjetunion.

NORTHON Sie wurde von vielen wissenschaftlichen Beobachtungsstellen einwandfrei registriert.

WOLTERS Ja, auch von der unseren.

NORTHON Weshalb benutzten Sie dann das Wort »angeblich«?

WOLTERS Ach – das kam mir nur so auf die Zunge.

NORTHON Ich bin selbst gegen die öffentliche Aufbauschung dieser Dinge.

WOLTERS Ganz richtig, deshalb habe ich vermutlich dieses Wort gebraucht.

NORTHON *lächelnd* Sie halten also auch mich für eine Person, die nicht alles zu wissen braucht.

WOLTERS Das kommt ganz darauf an, inwieweit Sie auf Grund des offiziellen Sicherheitsaktes berechtigt sind, klassifiziertes Material zur Kenntnis zu nehmen. Sie wissen, daß dazu eine spezielle persönliche Befugnis gehört. Auch für Geheimbeamte.

NORTHON Sie nehmen es sehr genau mit den Bestimmungen.

WOLTERS Man kann es nicht genau genug nehmen.

Beide schauen einander einen Augenblick vorsichtig an.

NORTHON Was ich Sie fragen will, ist weniger spezifiziert. Glauben Sie, ganz allgemein, daß die Russen imstande waren, eine Atombombe bereits jetzt auf Grund ihrer eigenen Forschungstätigkeit herzustellen? Oder kann das nur auf Grund von Informationen geschehen sein, die ihnen von außen her zugekommen sind? Das heißt, auf dem Weg der politischen Spionage.

WOLTERS Das ist schwer zu beantworten.

NORTHON Sie dürften sich wohl eine Meinung darüber gebildet haben.

WOLTERS *nach einer Sekunde Nachdenkens* Ich halte es nicht für ausgeschlossen, daß gewisse Ergebnisse unserer Arbeit während der Kriegszeit, in der ein reger Austausch zwischen den verbündeten Nationen bestand, dorthin durchgesickert sind.

NORTHON Durchgesickert – aber durch welche Kanäle? Wo waren die undichten Stellen? Sie wissen ja selbst, wie streng und gründlich die Geheimhaltung in unsern eigenen Ländern durchgeführt worden ist.

WOLTERS Da überfragen Sie mich.

NORTHON Zum Beispiel – innerhalb des Kreises Ihrer Kollegen. Erschrecken Sie nicht – ich verlange keine Angeberdienste von Ihnen. Es wäre ja denkbar, daß jemand in gutem Glauben, sogar in guter Intention, aus einer Art von Unvorsichtigkeit oder Harmlosigkeit, vertrauliche Daten und Fakten preisgegeben hat... Das muß nicht notwendig in verbrecherischer Absicht geschehen sein.

WOLTERS Haben Sie einen bestimmten Verdacht? Oder überhaupt Gründe zu einem Verdacht?

NORTHON Verdacht ist ein immanenter Bestandteil unseres Handwerks. Außerdem – könnte ich mich in die Lage und die Argumentation, die für eine solche Handlungsweise maßgeblich wären, durchaus hineindenken. Man kann ja nicht behaupten, daß unsere Seite der Welt vollkommen ist.

WOLTERS Wie meinen Sie das?

NORTHON Nun – in unsern demokratischen Ländern wechseln die Regierungen, der politische Kurs, die Machtansprüche – alles hängt von den Krisen und Schwankungen einer Kapitalwirtschaft ab, die notwendigerweise durch Gewinn und Verlust, das heißt nach den Interessen privilegierter Gruppen gesteuert wird. Die Sowjetunion verfolgt eine feste Linie, auf einer ethischen Grundlage aufgebaut, die den Völkern ermöglichen soll, ihr Schicksal selbst zu bestimmen und in gesicherten Lebensbedingungen, also in Frieden zu existieren. Wäre es nicht logisch, die stärkere Waffe in die festere Hand zu legen, statt sie dem Spiel des Zufalls zu überlassen?

WOLTERS Weshalb spielen Sie mir gegenüber den advocatus diaboli? Sie meinen doch nicht, was Sie da sagen.

NORTHON Ich versuchte, dem möglichen Gedankengang eines andern einen möglichst überzeugenden Ausdruck zu geben.

WOLTERS Dieser fiktive andere muß ziemlich naiver, um nicht zu sagen, infantiler Gedankengänge fähig sein.

NORTHON So glauben Sie nicht an die Berechtigung des Klassenkampfes?

WOLTERS Wer die Methoden der Sowjetunion in ihrer heutigen Praxis anschaut, muß wissen, daß von dem ethischen Kern des ursprünglichen Sozialismus nichts übriggeblieben ist. Mit Menschenverachtung, Zwangsarbeit und Großmachtpolitik wird man die Verdammten dieser Erde nicht erlösen. Höchstens ihr Sklavenheer ins Unendliche multiplizieren.

NORTHON Waren Sie immer dieser Meinung?

WOLTERS In meiner Jugend dachte ich natürlich anders.

NORTHON So hat sich dieser Gesinnungswandel bei Ihnen erst in jüngster Zeit abgespielt? Sie sind ja nicht gerade alt.

WOLTERS Ich möchte das nicht als einen Gesinnungswandel bezeichnen. Es gehen einem halt über manche Dinge die Augen auf.

NORTHON Aber die tiefere Überzeugung bleibt die gleiche. Das heißt, Sie würden es verstehen, wenn jemand so gedacht und dementsprechend gehandelt hätte.

WOLTERS Wie gehandelt?

NORTHON Mr. Wolters – ich muß Sie mit einer erschütternden Tatsache konfrontieren. Es besteht kein Zweifel darüber, daß die entscheidenden wissenschaftlichen Grundlagen für die Herstellung der Atombombe durch Verrat an die Russen geliefert worden sind.

WOLTERS Ich denke – man hat diese Spionagefälle schon aufgeklärt? In Kanada – und in den Vereinigten Staaten –

NORTHON Nein. Der eigentliche Verrat wurde von England aus, von einem englischen Staatsbürger durchgeführt, der auch in Amerika fortgesetzt für den russischen Geheimdienst gearbeitet hat.

WOLTERS Wissen Sie das genau?

NORTHON Ganz genau.

WOLTERS Und Sie suchen den Schuldigen hier? In unserer Mitte, sozusagen?

NORTHON Wo sonst? Es kann sich nur um einen der »wahrhaft Eingeweihten« gehandelt haben. Um einen unserer bestinformierten und fähigsten Wissenschaftler.

WOLTERS So steht also nun jeder von uns unter diesem Verdacht.

NORTHON Deshalb bin ich hier – und deshalb habe ich Sie um diese Unterredung gebeten. Es ist ein furchtbarer Gedanke, daß etwa auch Unschuldige solchen Vermutungen ausgesetzt sind. Aber solange wir keine Gewißheit haben, läßt sich das schwer vermeiden.

WOLTERS *etwas verstört* Das Schlimmste daran ist, daß im Falle der Aufdeckung – oder auch nur der öffentlichen Erörterung – unsere ganze Arbeitsgruppe hier – die eine wirkliche Gemeinschaft ist, in der einer zum andern gehört, und jeder seine Stimme spielt, wie in einem Orchester – einen furchtbaren Stoß erleiden würde. Das wäre kaum wiedergutzumachen.

NORTHON Es käme auf die Form der Aufklärung an.

WOLTERS *sieht ihn gespannt an* Wollen Sie damit sagen – es ließe sich – eine diskrete Form der Aufklärung denken? Das heißt, daß im Falle der Eröffnung durch einen einzelnen – unsere Zusammenarbeit hier, unser Werk, unsere Zielsetzung und unser Ansehen verschont bleiben kann?

NORTHON Möglicherweise – sofern sich das mit dem Gesetz und mit dem Schuldmaß dieses einzelnen vereinbaren läßt.

WOLTERS Das läge doch auch im höheren Interesse des Staates.

NORTHON Zunächst handelt es sich hier um das Recht. Dann um den Staat. Das höchste Interesse des Staates ist die volle Wahrnehmung des Rechts.

WOLTERS Gibt es nicht auch vor dem Recht so etwas wie die Berücksichtigung der besonderen Funktion und Bedeutung einer Person innerhalb ihres Kreises?

NORTHON Vor dem Recht ist jede Person gleichbedeutend.

WOLTERS *wieder völlig zurückhaltend und undurchsichtig* Ich glaube kaum, daß ich Ihnen helfen kann.

NORTHON Wirklich nicht?

WOLTERS Nein. Ich stehe da – vor einem vollständigen Dunkel.

NORTHON *in einem plötzlichen Entschluß* Mr. Wolters – ich will jetzt ein Blitzlicht in dieses Dunkel werfen. Vielleicht wird es für Sie dadurch mit einem Schlage erhellt. Haben Sie nicht selbst, in London, in New York, in Sante Fé und an anderen Orten, Zusammenkünfte mit Vertretern des russischen Geheimdienstes gehabt?

WOLTERS *schaut ihn mit dem Ausdruck völligen und unverhohlenen Erstaunens an* Ich –? Wie kommen Sie darauf?

NORTHON Ich bitte Sie, meine Frage zu beantworten. Hatten Sie nicht zu irgendeiner Zeit Zusammenkünfte und Kontakte mit dem Geheimdienst der Sowjetunion?

WOLTERS *mit einem seltsamen Lächeln* Ich glaube kaum.

NORTHON Ich bin im Besitz von Beweisen, aus denen es einwandfrei hervorgeht.

WOLTERS Welcher Art sind diese Beweise?

NORTHON *sehr ernst* Mr. Wolters – ich habe das Empfinden, daß wir in einigen Punkten einer Verständigung nahegekommen sind. Auch mir liegt das Schicksal Ihrer Arbeitsgemeinschaft am Herzen. Und – verstehen Sie bitte richtig – die Schicksalslast jenes einzelnen, um den es hier geht. Ich bin der Meinung, daß eine volle Aufklärung auch ihm – zu einer Entlastung verhelfen würde. Ich sage Ihnen die Wahrheit. Bitte, tun Sie es auch. Ich versichere Sie, daß aus einer Erklärung Ihrerseits in diesem Augenblick keine unmittelbaren Folgen gezogen würden – sondern nur nach der sorgfältigsten Erwägung aller damit zusammenhängenden Umstände. Haben Sie jemals solche Zusammenkünfte gehabt?

WOLTERS *wie vorher* Ich glaube kaum.

NORTHON *steckt seine Pfeife ein, geht langsam zu dem Stuhl, auf den er Mantel und Hut gelegt hat* Finden Sie nicht selbst, daß das eine sonderbare, etwas absurde Antwort ist?

WOLTERS *kalt* Auf eine sonderbare, etwas absurde Frage.

NORTHON *nimmt seinen Mantel – zu Wolters, der rasch zu ihm hintritt, um ihm beim Anziehen zu helfen, sehr liebenswürdig* Oh, vielen Dank. – Denken Sie nicht, wir sollten dieses Gespräch gelegentlich wiederaufnehmen?

WOLTERS *nachdenklich* Ich glaube, ich würde das begrüßen.

NORTHON Auf Wiedersehen, Mr. Wolters. Ich lasse von mir hören. *Reicht ihm die Hand.*

WOLTERS Auf Wiedersehen.

NORTHON *geht.*

WOLTERS *steht bewegungslos.*

Dunkel.

Elfte Szene

Schankraum eines kleinen Gasthauses an der Landstraße. Man sieht nur eine Ecke des Bartischs, über dem eine einzelne Lampe brennt, und die Glasscheibe der Eingangstür, an der das Regenwasser herabläuft. Sonst ist der Raum leer und dunkel. Auch draußen ist es fast dunkel. Es ist ein Nachmittag im Januar 1950. Wolters kommt hastig herein, von Northon in kurzem Abstand gefolgt. Beide tragen Regenmäntel und Hüte. Wolters wirft seinen Hut auf den Bartisch, setzt sich auf einen Hocker. Er atmet schwer. Northon tritt neben ihn.

NORTHON Ich bin überzeugt, es kann nur ein Zufall gewesen sein. Ein Junge mit seiner Steinschleuder – die wirken oft wie Geschosse. Oder ein unvorsichtiger Bauer auf der Jagd. Die gehen jetzt auf Krähen, oder Kaninchen.

WOLTERS Um diese Zeit? Und bei diesem Wetter?

NORTHON Wie soll man es sonst erklären?

WOLTERS Und mitten in meine Windschutzscheibe. Ich kann von Glück sagen, daß mir die Glassplitter nicht ins Auge gegangen sind. *Er wischt sich etwas Blut von der Wange.*

NORTHON Und ich, daß ich einen so sicheren Fahrer hatte. Hätten Sie das Steuer verrissen, dann könnte man uns beide jetzt unter den Trümmern herausklauben.

WOLTERS Ein sonderbarer Zufall, finden Sie nicht?

NORTHON Ein mit Absicht gezielter Schuß – hätte wohl besser getroffen.

WOLTERS Wir sind ziemlich rasch gefahren. Da kann der bestgezielte Schuß daneben gehn.

NORTHON Und wer – denken Sie – sollte ihn abgefeuert haben?

WOLTERS *schweigt.*

NORTHON *drückt auf eine Klingel an der Bar.*

Eine schmuddelige Kellnerin erscheint.

KELLNERIN Möchten Sie was?

NORTHON Das tut man gewöhnlich, wenn man in ein Wirtshaus geht. Zwei Gin, bitte.

KELLNERIN Erst um sechs.

NORTHON *blickt auf die Armbanduhr* Es ist ja gleich sechs.

KELLNERIN Noch vier Minuten. *Geht, an ihrem Haar nestelnd.*

NORTHON Verdammte englische Pünktlichkeit.

WOLTERS *grinsend* Jetzt scheinen Sie nervös zu sein.

NORTHON Und Sie schon wieder in Form.

WOLTERS Vielleicht habe ich einfach Pech gehabt.

NORTHON Inwiefern?

WOLTERS Nun – dann hätte man seine Ruhe.

NORTHON *kopfschüttelnd* Aber dann könnten Sie Ihr Konzert nicht mehr hören.

WOLTERS Stimmt, das wäre ein Jammer. Ob ich's noch schaffe?

NORTHON Bequem. Von hier bis London brauchen wir kaum eine Stunde. Sie können noch vorher essen.

WOLTERS Falls nicht wieder ein unvorsichtiger Bauer auf Krähen schießt.

NORTHON Was gibt es heute abend?

WOLTERS Die letzten Beethoven-Quartette. Ich habe sie lange nicht gehört.

NORTHON Das dürfen Sie nicht versäumen. Opus 135, das Lento assai. Damit könnte man in den Himmel gehn.

WOLTERS Na ja. Spielen Sie selbst irgend was?

NORTHON Nur Grammophon. Sie müßten mal einige meiner Platten hören. Gehn Sie allein ins Konzert?

WOLTERS *nickt.*

NORTHON Immer?

WOLTERS Früher bin ich oft mit Lady Ketterick gegangen. Wir haben auch viel zusammen musiziert. Seit ein paar Jahren hat das aufgehört.

NORTHON Darf ich fragen warum?

WOLTERS Das – tut nichts zu unserer Sache.

NORTHON Ich habe nicht um der Sache willen gefragt.

WOLTERS Verzeihen Sie. Man kann bei Ihnen nie wissen, weshalb Sie etwas fragen.

NORTHON Manchmal weiß ich es auch nicht. Das läßt sich alles schwer trennen.

WOLTERS *sieht ihn an* Fängt dieses Frage- und Antwortspiel nicht bald an, Ihnen langweilig zu werden?

NORTHON Ich finde, es wird gerade interessant.

WOLTERS Wir sind doch heute um keinen Schritt weitergekommen.

NORTHON Aber um einen Schuß.

WOLTERS Sie halten ihn also doch für – bedeutungsvoll.

NORTHON Nicht den Vorfall. Nur seine Wirkung auf Sie.

WOLTERS Es kann jeder Feinde haben. Da gäbe es tausend Gründe.

NORTHON Allerdings. Ein Beweis ist das nicht.

WOLTERS Es gibt eben keine Beweise. Sie sollten aufgeben, Northon.

NORTHON Und den Verdacht auf allen andern sitzen lassen?

WOLTERS Mich locken Sie doch nicht in die Falle.

NORTHON Haben Sie noch nicht bemerkt, Mr. Wolters, daß es mir nicht darauf ankommt, Sie in eine Falle zu locken oder zu überlisten?

WOLTERS Worauf sonst? Sie hoffen doch auf ein Geständnis von mir?

NORTHON Nur auf ein solches, das Ihrer eigenen Überzeugung

entspringt. Nämlich der, daß Sie gefehlt haben. Ein anderes hätte für mich keinen Sinn.

WOLTERS Wenn das ein Trick ist – ich meine, eine psychologische Untersuchungstechnik –, dann jedenfalls die raffinierteste, die Sie mir gegenüber anwenden können. Ich weiß selber nicht – ist es Fairneß, oder Jagdmethode?

NORTHON Fragen Sie einen richtigen Jäger, ob er darin einen Gegensatz erblickt.

WOLTERS Sie geben also zu, daß Sie Jagd nach mir machen?

NORTHON Ich habe einen Fall aufzuklären.

WOLTERS Wie kommt es, daß Sie mich nicht wie einen ›Fall‹ behandeln? Sondern eher – wie einen Menschen?

NORTHON Tue ich das?

WOLTERS Indem Sie mir Zeit lassen, zum Beispiel.

NORTHON Meine Antwort wird Ihnen trocken vorkommen. Weil ich ein britischer Beamter bin. Das heißt: die äußerste Treue zum Gesetz mit dem höchsten Respekt vor der Person und dem Recht jedes Einzelnen zu verbinden.

WOLTERS *fast enttäuscht* Ich bildete mir ein, es sei etwas wie Sympathie im Spiele.

NORTHON *lächelnd* Das zu äußern, wäre wieder nicht ganz der Stil eines britischen Beamten.

WOLTERS Ich kann heute sagen, ich liebe England. Obwohl es vor sechs keinen Gin gibt. Ich weiß nicht genau, was es ist, und ich weiß nicht, ob ihr es wißt, aber es ist etwas im Zusammenleben, im Miteinanderauskommen der Menschen, das mir einfach schön und richtig erscheint. Jetzt – möchte ich wirklich bleiben.

NORTHON *sehr ernst, der Tragik des Augenblicks bewußt* Ich kann Ihnen nicht sagen, wie schmerzlich ich es empfinde, daß Ihnen dieses Wissen nicht in einem früheren Stadium Ihres Lebens gekommen ist.

WOLTERS Sie glauben, es wäre zu spät?

NORTHON Ich bitte Sie, diese Frage sich selbst zu stellen. Und wenn Sie über die Antwort ganz klar sind – dann werden Sie auch meine Fragen beantworten.

WOLTERS *nach kurzem Schweigen* Ich dachte, man kann in der gemeinsamen Arbeit einen Ausgleich für alles finden. Für alles, was einem sonst im Leben fehlt. Oder – worin man gefehlt hat.

NORTHON *nachdenklich* Wenn Ketterick stürbe –

WOLTERS *schaut ihn erschrocken an* Wie kommen Sie darauf?

NORTHON Nun, er geht auf die achtzig, immerhin. Ich meinte – dann wären Sie vielleicht, trotz Ihrer Jugend, in seine Stellung aufgerückt. Man redet von Ihnen allgemein als Nummer zwei.

WOLTERS Schon möglich. Das wäre nicht ausgeschlossen.

NORTHON Gewesen.

WOLTERS Ja, ich weiß das schon. Sie halten es für zu spät. Aber wer sagt, daß Sie recht haben? Sie können sich irren!

NORTHON Worin? In den Tatsachen? Oder in Ihrem Charakter?

WOLTERS Nehmen wir an – nehmen wir an, jemand hat einen Mord begangen –

In diesem Augenblick ertönt irgendwoher ein gellendes Geschrei. Gleichzeitig erscheint die Kellnerin mit zwei Gläsern.

WOLTERS *fährt zusammen* Was ist das?

KELLNERIN Zwei Gin.

NORTHON *legt ihr das Geld hin* Wer schreit da so?

KELLNERIN Der Bengel. Der Sohn vom Wirt, meine ich. Er hat wieder den Stutzen weggenommen und herumgeschossen, nach Katzen, sagt er, direkt bei der Landstraße. Da verdrischt er ihn grade. Dankeschön. *Sie geht. Das Schreien hört auf.*

NORTHON *schaut Wolters an, hebt sein Glas* Gesundheit!

WOLTERS *mit leisem Lachen* Gesundheit. Das ist nicht ohne Humor. Eigentlich müßte mir der Papa Gastwirt meine Scheibe zahlen. Aber dann verdrischt er ihn noch mal. Ich bin froh, daß er still ist.

NORTHON Ein sonderbarer Zufall – trotzdem.

WOLTERS Was ist Zufall, was nicht? Das fragt man sich täglich, wenn man es mit sogenannten Naturgesetzen zu tun hat.

NORTHON Sie haben immer noch die Zahl h, die Sie zur Not als konstanten Faktor einsetzen können. Im Bereich der Seele gibt es keine solchen Faktoren.

WOLTERS Das heißt, da ist alles zappenduster.

NORTHON Falls man nicht an ein inneres Licht glauben will.

WOLTERS Davon ist physikalisch nichts bekannt. Ich wollte sagen –

NORTHON Ja?

WOLTERS Ob ein Mensch, der gemordet hat, es einfach vergessen kann und ruhig weiterleben, wenn er nicht entdeckt und zur Rechenschaft gezogen wird. Darin besteht das ganze moralische Problem.

NORTHON Das kommt darauf an, ob der Betreffende selbst diesen Mord für unrecht hält und als Verbrechen empfindet. Tut er das – dann erhebt sich die andere Frage.

WOLTERS *gespannt* Welche?

NORTHON Bis zu welchem Grad von Einsamkeit wird ein Mensch getrieben – der sich um einer begangenen Tat willen vor allen andern verstecken und verstellen muß.

WOLTERS Sie meinen, es gibt dann eines Tages für ihn keinen Ausweg mehr.

NORTHON Es gibt immer noch einen.

WOLTERS Wie würden Sie ihn formulieren?

NORTHON Die bewußte Selbstaufgabe. Das freiwillige Opfer.

WOLTERS So glauben Sie womöglich an den freien Willen?

NORTHON Jawohl.

WOLTERS Schauen Sie sich doch so ein Häuflein Mensch an. Nehmen Sie sich ein Schnittchen Zellgewebe, einen Krümel Hypophyse unters Mikroskop. Dieses Bündel von koordinierten Reflexen, Sekreten, Korpuskeln, Chromosomen – und wie das, Geschlechter und Geschlechter, auf der Erde herumschwappt, in jeder Triebregung und in jedem Gedanken von chemischen, elektromagnetischen, atomaren, kosmischen Einflüssen geängstigt, und von Geburt an im Zerfall begriffen – Wie soll so was zu einer eigenen freien Entscheidung fähig sein?

NORTHON Wenn Sie das denken, warum quälen Sie sich so mit Ihrem Gewissen?

WOLTERS Weil ich ein gottverfluchter Pfarrersohn bin, und es niemals loskriege.

NORTHON Sie täuschen sich. Das Gewissen hat nur bedingt mit Erziehung zu tun. Es steckt uns im Fleische – aber nicht wie ein Dorn. Es wird mit uns geboren und wächst mit uns, im Protoplasma, in den Zellen, in der Kernsubstanz. Ein anderes hätte keinen Wert. Nur dieses, das noch im Zerfall den Ausgleich herstellt – nach einer höheren Ordnung hin, einer Gesetzlichkeit, einer Harmonie. Man könnte auch sagen: nach der Wahrheit.

WOLTERS Ich weiß von keiner Wahrheit. Ich habe an jeder Gesetzlichkeit zu zweifeln gelernt. Ich kenne sie nur als den Fluch der Determination.

NORTHON Manche Ihrer Kollegen halten das Gesetzmäßige, Determinierte, für eine statistische Ordnung, die dem einzelnen Teil eine Art von mikrophysikalischer Freiheit läßt.

WOLTERS Das kann man nicht aufs Menschliche übertragen.

NORTHON Mir scheint der alte Gegensatz zwischen göttlicher Allmacht und menschlicher Willensfreiheit, zwischen der Vorbestimmtheit des Ganzen und dem freien Spielraum des Einzelwesens, ein bißchen weniger unbegreiflich, seit ich mich mit Physik beschäftige.

WOLTERS Seit wann tun Sie das?

NORTHON Seit einem Jahr ungefähr.

WOLTERS So lange lernen Sie schon an der Lektion? Nur, um mich eines Tages abfassen zu können?

NORTHON Vielleicht, um Sie eines Tages verstehen zu können. Das trifft es besser.

WOLTERS Sie werfen die Angel aus... Ich sehe den Blinker.

NORTHON Sie kennen die Bedeutung des Fischzugs.

WOLTERS Wenn ich mich innerlich in die Enge getrieben fühlte, pflegte ich drauf zu pochen, ich hätte keine Seele. Vielleicht war das Großsprecherei.

NORTHON Sie spüren den Haken.

WOLTERS Aber ich habe ihn noch nicht verschluckt. Ich schwimme noch um den Köder. Ich kann Ihnen ebensogut wieder wegschwimmen.

NORTHON Ich kann warten.

WOLTERS *springt plötzlich auf* Ich glaube – ich kann heute nicht in das Konzert. Ich habe keine Ruhe, um in den Himmel zu gehn. Ich muß – ich muß noch etwas in Ordnung bringen – *Er geht abrupt hinaus. Draußen springt ein Motor an, gleich darauf hört man das überhetzte An- und Davonfahren eines Wagens.*

NORTHON *bleibt ruhig sitzen, drückt auf die Klingel. Die Kellnerin erscheint* Bringen Sie mir einen Fahrplan, bitte. Die Züge nach London.

KELLNERIN Der Herr hat seinen Hut liegenlassen.

NORTHON Ich nehme ihn mit. Er wird zu mir kommen.

Kellnerin gibt ihm den Hut.

NORTHON *auf den Hut schauend* Er wird kommen.

Dunkel.

Zwölfte Szene

Kettericks Büro wie früher. Es ist Nacht, schon gegen Morgen des folgenden Tages. Der Raum liegt im Dunkel. Von draußen sieht man das ruckweise Aufflammen des roten Leuchtsignals DANGER. Im Rahmen des Fensters, nur schattenhaft erkennbar, steht Ketterick allein, starrt hinaus. – Nach einer Weile wendet er sich in den Raum, knipst eine Tischlampe an, nimmt den Telefonapparat auf, wählt eine Nummer.

KETTERICK London? – Kann ich mit – ah, Sie sind selbst am Apparat. Verzeihen Sie, Mr. Northon, daß ich Sie so früh herausklingele. Sie waren schon auf? Desto besser. Ich muß Ihnen eine Beobachtung mitteilen, die vielleicht Ihr sofortiges Handeln verlangt. *Er senkt unwillkürlich die Stimme* Ich sah heute nacht, als ich noch spät über die Straße ging, Licht in seinem Büro. Alle andern waren längst dunkel. Ich begab mich hierher in das meine, von dessen Fenster aus ich in sein Fenster schauen kann, es liegt schräg vis-à-vis. Natürlich habe ich bei mir kein Licht gemacht, so daß er sich nicht beobachtet fühlen konnte. Er saß an seinem Schreibtisch – und ordnete Papiere.

Wie jemand, der letzte Verfügungen trifft, kam mir vor. Ich ließ ihn nicht aus den Augen. Das hat – viele Stunden gedauert... Schließlich, vor kurzer Zeit erst, knipste er aus und ging. Ich begab mich sofort hinüber, ich bin im Besitz eines Hauptschlüssels für sämtliche Büros. Ich fand nur wissenschaftliche Papiere. Arbeitsdokumente – alle so angeordnet, wie man sie einem Nachfolger übergeben würde, auch mit entsprechenden Anweisungen versehen. Nein – nichts im Papierkorb, nichts verbrannt, keinerlei Anzeichen von irgendeinem Geheimnis. Er hat auch nichts mitgenommen und nichts entfernt. Als ich ging, hörte ich ihn zurückkommen. Ich verbarg mich vor ihm und begab mich wieder hierher auf meinen Posten. Aber er schien nur nach seinem Hut zu suchen, den er nicht fand. Dann ging er hinunter und stieg in sein Auto, das draußen geparkt war – fuhr rasch davon, Richtung Hauptstraße. Ich halte es für möglich, daß es sich um Flucht handelt. *Er lauscht einen Moment in den Apparat* Wie? Das ist sonderbar. Er muß Sie von seiner Wohnung aus angerufen haben. So ist er jetzt auf dem Weg zu Ihnen... Vielleicht – Ja, das müssen wir abwarten. Abwarten... Rufen Sie bitte zurück, wenn sich etwas ergibt... Nein, ich bleibe hier, im Büro. Guten Morgen. *Er legt den Hörer nieder, fährt sich über die Stirn. Dann rückt er einen Stuhl aus dem Lichtkreis der Lampe, setzt sich ermüdet, atmet schwer, läßt den Kopf auf die Lehne sinken. Die Tür wird leise geöffnet.*

HJÖRDIS *erscheint, in einem Mantel, den sie über ihr Nachtgewand geworfen hat. Sie hält eine kleine Handtasche an den Körper gepreßt. Späht in den Raum* Elwin! Bist du hier? – Ist jemand hier?

KETTERICK *antwortet nicht.*

HJÖRDIS *schaltet das Hauptlicht ein.*

KETTERICK *hat den Kopf erhoben, schaut sie an.*

HJÖRDIS Warum antwortest du nicht? Was hast du? Warum bist du allein im Dunkel? – Ich wurde wach und merkte, daß dein Zimmer leer war, und unbenutzt. – Ich rief die Zentrale an, aber man wußte von nichts. – Da nahm ich die Schlüssel zum Studio und zum Labor und ging, dich suchen. – Ich dachte, es könnte dir etwas zugestoßen sein. – So sprich doch! Oder – *Im Schreck* – kannst du nicht sprechen?

KETTERICK *mit einer harten, gepreßten Stimme* Seit wann?

HJÖRDIS Was meinst du –? *Sie tritt näher zu ihm.*

KETTERICK Seit wann? Ich will wissen, seit wann. Seit wann betrügt ihr mich?

HJÖRDIS Elwin – was –

KETTERICK *schreiend* Seit wann? Seit wann?!

HJÖRDIS *leise* Bist du krank? Soll ich einen Arzt rufen?

KETTERICK Zu früh. Du hast dich verrechnet. Du hofftest, mich mit einem Schlaganfall zu finden – der Sprache beraubt – ein hilfloses Wrack, das man in ein Säuglingsgatter sperren kann – schweig! Ich hab es dir angesehen. Aber du hast dich zu früh gefreut. Ich kann sprechen! Und ich will sprechen! Antworte mir. Seit wann betrügt ihr mich?

HJÖRDIS Ich habe gefürchtet, daß dir etwas passiert wäre. Ich fürchtete es öfters, in der letzten Zeit... Aber das ist schlimmer.

KETTERICK Ja, es ist unbequem. Du willst also leugnen?

HJÖRDIS Du solltest zu Bett gehn, und schlafen.

KETTERICK Ich bleibe hier.

HJÖRDIS Dann gehe ich.

KETTERICK Du bleibst. Du stehst mir Rede. Du bist im rechten Augenblick gekommen. Auch ich will jetzt Ordnung machen. Auch ich.

HJÖRDIS *mit einer großen Überwindung, rückt einen Stuhl neben den seinen, setzt sich, beugt sich zu ihm vor* Elwin, hast du mich das im Ernst gefragt? Ist das ein Gedanke, der in dir wohnt, mit dem du gelebt hast – oder ist es die Überreiztheit einer durchwachten Nacht, einer plötzlichen Verwirrung? So muß es doch sein...

KETTERICK Wer den einen Verrat beging, hat auch den andern begangen. Wer eines Betruges fähig ist, der ist ein Betrüger. Wer die Treue bricht, für den gibt's keine Treue.

HJÖRDIS Ich verstehe dich nicht.

KETTERICK Du kannst mir die Wahrheit sagen. Es wird ihm nichts mehr schaden. Er kommt nicht zurück.

HJÖRDIS Von wem sprichst du jetzt?

KETTERICK *fast flehend* Die Wahrheit, Hjördis. Die Wahrheit. Es ist das Letzte, was ich von dir will.

HJÖRDIS Was willst du hören? Sprich deutlich. Ich habe dir nie etwas anderes als die Wahrheit gesagt, auch wenn sie hart war. Ich habe dich nie geschont.

KETTERICK Du weißt nicht, von wem ich spreche?

HJÖRDIS Doch, ich weiß es. Aber ich weiß nicht, warum du es tust. Ich begreife nicht, was du ihm vorwirfst – und mir.

KETTERICK Du hast mich nicht geschont. Ich hielt das für ein Zeichen von Achtung. Du hast mir gesagt, daß du nur aus Not bei mir bleibst. Es war meine Schwäche, daß ich es annahm. Meine Schuld, daß ich euch vertraute. Ich glaubte, man könne seinen Frieden machen – mit sich selbst, mit der Welt. Das war Feigheit. Sie hat sich gerächt.

HJÖRDIS Ich will dir alles sagen. Ich wünschte mir oft, seit Jahren, von dir wegzugehn. Ich tat es nicht – weil ich dich nicht allein und einsam sterben lassen wollte. Ich sah dich verfallen – ich sah's mit an, ohne Haß, ohne Rache, ohne Mitleid. Ich wäre auch dann – allein geblieben.

KETTERICK *schweigt, ohne sie anzuschauen.*

HJÖRDIS Denn meine Liebe, die war gestorben. Ich selbst hatte sie umgebracht – erstickt und erdrosselt, wie eine Kindsmörderin. Ich habe Kristof geliebt, lang bevor ich es wußte, und nie einen anderen. Dir war ich verfallen – ich verfälsche das nicht, ich will es nicht verkleinern, ich bereue es nicht. Dann aber, als ich lieben konnte, lieben durfte – da hat mein Herz versagt. Heut noch trage ich diesen elenden Zettel bei mir, da, in meiner Tasche, in der meine Schlüssel sind, die immer bei mir ist, bei Tag, bei Nacht – dieses kleine verhexte Unding, mit dem ich alles zerstörte –

KETTERICK *schaut auf* Was für ein Zettel?

HJÖRDIS Eine Nichtigkeit. Für mich – die Verdammnis. Er hatte irgendeine Verabredung – weiß Gott mit wem, was geht es mich an –, und ich glaubte, er hätte mich belogen. Da stieß ich ihn zurück in die Hölle, statt ihm herauszuhelfen, und mich dazu. Jetzt hab ich mein Innerstes aufgerissen vor dir, Jetzt hab ich's gebüßt, jetzt werf ich es von mir. *Sie wirft ihre Tasche, mit klirrenden Schlüsseln, von sich weg, ohne hinzuschauen. Sie fällt vor Kettericks Füße. Ketterick beugt sich plötzlich vor, nimmt mit einer lautlosen Bewegung die Tasche auf, öffnet sie.*

HJÖRDIS *steht abgewandt am Fenster* Und jetzt laß mich gehn. Für immer.

KETTERICK *hat einen alten Zettel aus der Tasche genommen, entfaltet ihn, hält ihn sich dicht vor die Augen. Spricht halblaut* »6. August 45. Halb acht Uhr abends. Sante Fé –«. Das genügt. *Er steht auf, geht zum Telefon.*

HJÖRDIS *fährt herum* Was tust du?

KETTERICK *hat gewählt* Mr. Northon? *Er spricht hastig* Ich habe den Beweis. Jawohl, schriftlich, in seiner eigenen Hand, mit dem bekannten Datum. Ein schlüssiger Schuldbeweis, vor dem es keine Ausflucht gibt. Halten Sie ihn zurück, erwarten Sie mich, ich komme selbst. Ich fahre sofort. Ich komme, so rasch ich kann. *Er hängt ab.*

HJÖRDIS Elwin! Was heißt das? Was hast du vor? Was bedeutet das alles?

KETTERICK *geht rasch zur Tür.*

HJÖRDIS *tritt ihm in den Weg* Was ist mit dem Zettel? Gib mir den Zettel wieder!

KETTERICK *stößt sie beiseite, rennt hinaus, man hört seine Schritte treppab.*

HJÖRDIS Halt! Komm zurück! Ich bitte dich! Es ist Wahnsinn! Fahr nicht weg! Es ist Wahnsinn! Ich bitte dich! Ich bitte dich! *Dunkel.*

Dreizehnte Szene

Northons Arbeitszimmer in London, um dieselbe Zeit. Der Raum ist nicht groß, schwere Fenstervorhänge sind zugezogen, eine abgeschirmte Stehlampe brennt, so daß von der Einrichtung wenig zu sehen ist: ein Schreibtisch, ein paar Sessel, ein Grammophon mit Plattenschrank. Das Ganze erweckt den Eindruck von Geschmack und Wohnlichkeit. Northon, völlig angekleidet, aber mit Hausrock, bedient eine Teemaschine auf einem elektrischen Kocher. Wolters scheint eben eingetreten, er legt seinen Mantel ab.

WOLTERS Ich habe länger gebraucht, der Nebel – es war kaum durchzukommen.

NORTHON Ich habe mit dem Tee auf Sie gewartet. *Gießt ein.*

WOLTERS Das wird guttun – Ich muß mich entschuldigen, daß ich Sie gestern in der Kneipe so plötzlich sitzenließ.

NORTHON *lächelnd* Ich habe Ihren Hut mitgenommen.

WOLTERS Oh, danke. Ich war ein bißchen verwirrt – Ich hatte mich nämlich entschlossen, meine Stellung aufzugeben.

NORTHON *rührt in seinem Tee.*

WOLTERS Es ist nicht leichtgefallen. Ich hoffte immer noch, es ließe sich ein Modus finden... Aber solang ich unter diesem Verdacht stehe – ob er nun beweisbar ist oder nicht –, bin ich eine Belastung für das Institut. Ich denke, ich kann immer in irgendeiner Universitätsstellung unterkommen.

NORTHON *in seinen Tee schauend* Und was kann ich dabei tun?

WOLTERS Ich – wollte noch ein paar Fragen an Sie richten. Ich glaube, jetzt ist die Reihe an mir.

NORTHON Wie Sie meinen. Ich jedenfalls habe Sie nichts mehr zu fragen.

WOLTERS Heißt das, Sie haben resigniert? Sie begnügen sich damit, daß Ihre Frage ohne Antwort bleibt?

NORTHON *kühl* Das liegt bei Ihnen.

WOLTERS Also – ein letzter Gang.

NORTHON *zuckt die Achseln.*

WOLTERS *etwas verlegen* Sie sagten, daß Sie versuchen wollten, mich zu verstehen.

NORTHON *nickt.*

WOLTERS Wenn ich getan hätte, was Sie von mir vermuten – warum verurteilen Sie mich!? Was wäre Ihre Begründung für meine Schuld? Das wollte ich Sie bitten, mir zu sagen.

NORTHON Wir wollen voraussetzen, Sie hätten es nicht getan. Es handelte sich um einen andern, an dem uns beiden viel gelegen ist.

WOLTERS Ich könnte auch fragen: wie hätten Sie selbst gehandelt, in genau der gleichen Lage.

NORTHON Das kann man nicht sagen, von sich selbst. Es gibt nie die genau gleiche Lage, für verschiedene Menschen. Aber lassen Sie mich annehmen, ich hätte einen Sohn. Ich kann Ihnen sagen, wie ich wünschte, daß er gehandelt hätte.

WOLTERS Nämlich?

NORTHON Auch wenn er einer Überzeugung anhinge, die ich für verderblich halte, so könnte ich ihn dennoch respektieren, wenn er damit Ernst macht. Das heißt, ganz direkt gesprochen: wenn er wirklich glaubt, daß die Kommunisten eine bessere Welt machen, so muß er zu den Kommunisten gehn, mit allen Konsequenzen, auch für die eigene Person. Dann hätte er, in dieser Lage, eben nach Rußland gehört.

WOLTERS Damit hätte Ihr Sohn, von dem wir voraussetzen, daß er über bestimmte Fähigkeiten und Talente im Bereich der Wissenschaft verfügt, auf die volle Entwicklung seiner Kenntnisse – wie sie nur hier, auf dieser Seite der Welt möglich ist oder war –, also auf die Erfüllung seines eigentlichen Lebensziels und vielleicht sogar auf eine Art von Berufung – verzichten müssen.

NORTHON Er mußte bei aller Jugend wissen, welche Berufung für ihn die höhere ist. Er durfte nicht dazwischen herum lavieren und sich zum Verräter an der Sache erniedrigen, der er zu dienen vorgab.

WOLTERS Und wenn er es dennoch tat, weil er diese Sache für schlecht genug hielt, daß man ihr nur mit Schlechtigkeit begegnen kann?

NORTHON Dann würde ich ihm sagen: Du bist selbst schlecht

geworden. Du hast erbärmlich gehandelt. – Mit Söhnen spricht man sehr rauh.

WOLTERS Sie verlangen also auf jeden Fall ein offenes Bekenntnis. Sie geben eine taktische Situation, die ein geheimes erfordert, einfach nicht zu.

NORTHON Ein Bekenntnis, welcher Art es auch sei, gewinnt erst dann sittlichen Wert und menschliche Würde, wenn man bereit ist, das Martyrium dafür auf sich zu nehmen. Ich glaube, das ist das Entscheidende, bei jedem Bekenntnis.

WOLTERS Sind Sie denn bereit, es für das Ihre zu tun? Für Ihren Glauben an das, was Sie sittlichen Wert und menschliche Würde nennen?

NORTHON Es ist wohl möglich, daß das eines Tages von uns allen verlangt wird. Ich hoffe, dann nicht zu versagen.

WOLTERS Ist Ihnen nie der Gedanke gekommen, Sie könnten auf der Verliererseite stehn? Auf der, die endgültig vorbei ist?

NORTHON Selbst wenn das so wäre: dürfte dadurch mein Gefühl für Recht und Unrecht, für Gut und Böse tangiert werden?

WOLTERS Sie glauben doch nicht, daß Gut nur auf der einen, Böse nur auf der andern Seite zu suchen ist?

NORTHON In einer gespaltenen Welt müssen wir beides dort suchen, wo es am nächsten liegt. Das ist: in uns selbst.

WOLTERS Die Spaltung unserer Welt also halten Sie für ein Axiom?

NORTHON Ich will Ihnen sagen, wofür ich sie halte – es ist nicht die Meinung eines Politikers, oder eines Philosophen, nur eines Zeitgenossen. Ich halte sie für eine Tragödie, eine echte sogar – weil der Konflikt, auf dem sie beruht, durchaus unvernünftig, unnötig, außermenschlich und widersinnig ist. Spätere Geschlechter werden es nicht mehr verstehen, daß man sich um eine alleinseligmachende Wirtschaftsordnung stritt – so wie es uns nicht mehr begreiflich ist, daß man sich um den Unterschied zwischen »Das ist« und »Das bedeutet« die Schädel einschlug. All die Konflikte, um die es heute zu gehen scheint, haben nur ephemere Bedeutung. Zutiefst aber geht es immer um die Selbstentscheidung des Menschen, vor seinem Schicksal, und in seiner Seele.

WOLTERS Die Menschen durch äußere Maßnahmen, planmäßig, mit wissenschaftlicher Methodik, zu ihrem Glück zu zwingen – und neu zu überholen –, halten Sie für unmöglich?

NORTHON Schauen Sie hin. Der Zwang verewigt sich, das Glück bleibt in den Wolken. Und die Wissenschaft lebt nur aus ihrer eigenen Überholung. Was gestern aufklärend war, ist heute verdummend. Was heute eine Wahrheit ist, wird morgen Aberglaube.

WOLTERS Das Gute also – ließe sich nur im nächsten Umkreis vollziehn –

NORTHON Es läßt sich nur leben – und beginnt bei der eigenen Person. Der Mensch ist kein Gott, auch wenn er die mechanische Fernlenkung erfunden hat.

WOLTERS Ich dachte, wir müssen auch die moralische, die absolute, die ideologische Fernlenkung erfinden. Hat Gott das nicht länger uns selbst überlassen? Der Mensch denkt – und der Mensch lenkt.

NORTHON Finden Sie das nicht ein bißchen sehr arrogant?

WOLTERS Wollen Sie mich die Demut lehren?

NORTHON Das brauche ich nicht zu tun.

WOLTERS Sie denken, ich bin schon dort, wo es nicht mehr weitergeht...

Ein Summer schnarrt leise.

NORTHON Kristof, ich muß Sie auf etwas vorbereiten.

WOLTERS *mit einem erstaunten Lächeln* Jetzt haben Sie mich bei meinem Vornamen genannt –

NORTHON Ketterick ist hierher unterwegs. Er erklärt, einen schlüssigen Schuldbeweis gegen Sie zu haben.

WOLTERS Ketterick? – Was für ein Beweis sollte das sein?

NORTHON Er sprach von einem Datum – an dem wir, auf Grund anderer Indizien, eine entscheidende Zusammenkunft vermuteten.

WOLTERS In Sante Fé?

NORTHON Jawohl, in Sante Fé.

WOLTERS Das kann nicht sein...

NORTHON Was meinen Sie jetzt?

Der Summer schnarrt wieder.

WOLTERS Das kann nicht sein. Das kann nicht sein. *Er schlägt die Hände vors Gesicht.*

NORTHON *hat ein Haustelefon aufgenommen* Bitte? – Ja, ich komme hinaus. *Zu Wolters* Entschuldigen Sie mich einen Augenblick.

WOLTERS *bleibt in der gleichen Haltung. Northon geht hinaus. Wolters hebt nach einer Weile den Kopf. Sein Gesicht ist in Tränen. Er wischt sie ab, steht auf, tritt zum Fenster, zieht einen Spalt der Vorhänge auseinander. Trübes, nebliges Licht. Northon kommt zurück, bleibt an der Tür stehn. Wolters wendet sich zu ihm, wartet.*

NORTHON Sie haben Glück gehabt.

WOLTERS Der Beweis? Daran liegt mir nichts mehr.

NORTHON Ketterick ist tot.

WOLTERS *starrt ihn an* Tot?

NORTHON Sein Wagen hat sich in einer Kurve überschlagen. Der Tank ist in Brand geraten. Man kann nicht mehr feststellen, ob es des Nebels wegen passierte, oder ob ihn am Steuer eine Schwäche überkam. Er muß in rasendem Tempo gefahren sein.

WOLTERS *schaut unter sich.*

NORTHON Ich habe mit seiner Frau gesprochen. Sie hat versucht, ihn zurückzuhalten. Sie schien nicht zu wissen, worum es ging.

WOLTERS So hat sie ihn nicht geschickt.

NORTHON Glaubten Sie das?

WOLTERS Ich fürchtete es – für einen Augenblick. Für einen Augenblick – *Er setzt sich, schaut Northon an* Haben Sie Papier und Schreibzeug zur Hand?

NORTHON Wollen Sie einen Brief schreiben?

WOLTERS *schüttelt den Kopf, langsam* Ich glaube, daß ich schuldig geworden bin.

NORTHON *nach einer Pause* Soll ich Sie jetzt nicht allein lassen?

WOLTERS *fast mit Leichtigkeit* Nein. Ich habe nichts mehr zu bedenken. – Aber ich muß Sie um etwas anderes bitten.

NORTHON Ja?

WOLTERS Wenn ich – gesprochen habe – dann werde ich kein freier Mann mehr sein?

NORTHON Ich werde dann nicht mehr allein darüber verfügen dürfen.

WOLTERS Ich wollte Sie bitten, eine Botschaft von mir zu überbringen – mehr kann ich Ihnen jetzt nicht sagen – versprechen Sie mir das?

NORTHON Wenn es in meiner Macht steht, ganz gewiß.

WOLTERS Das genügt. – Sagen Sie mir noch eins. Was meinten Sie gestern mit dem »inneren Licht«?

NORTHON Ich meinte ein schwaches Flämmchen, das man unter den hohlen Händen bewahren muß. Doch es strahlt eine große Wärme aus.

WOLTERS Ich habe mein Leben lang im Strahl eines kalten Lichtes gestanden, das von außen kam, und mich mit einem inneren Frost erfüllte. Aber ein Augenblick – kann wie ein Feuer sein, in dem sich alles verwandelt.

NORTHON *hat einen Stoß Papier auf den Schreibtisch gelegt, nimmt seine Füllfeder heraus* Ich bin bereit.

Dunkel.

Vierzehnte Szene

Bank im Green-Park. Ein Januarnachmittag mit plötzlichem Vorfrühlingswetter. Hjördis sitzt auf der Bank, in einem dunklen Kostüm, das nicht als Trauerkleidung wirkt. Sie hat ein Buch bei sich, in dem sie nicht liest. Zwei Liebesleute gehen vorüber.

DER JUNGE MANN Wenn sie uns fünfzig Pfund bewilligen, können wir vier Wochen in Florenz leben.

DAS MÄDCHEN Florenz – wunderbar!

DER JUNGE MANN Wir essen in den kleinen Trattorien, der Wein kostet fast nichts –

DAS MÄDCHEN Schau, Schneeglöckchen!

DER JUNGE MANN Und die Forsythien schlagen aus.

DAS MÄDCHEN Und der Mond steht bei Tag am Himmel – wozu brauchen wir eigentlich nach Florenz?

DER JUNGE MANN Wir müssen reisen, Liebes, solang noch Frieden ist.

DAS MÄDCHEN Du glaubst – es kann wieder losgehn?

DER JUNGE MANN Wer weiß. In Korea schießen sie schon.

Sie verschwinden. Northon ist inzwischen erschienen, nähert sich der Bank. Er setzt sich, mit merklicher Schüchternheit. Hjördis nimmt ihr Buch auf, blickt hinein.

NORTHON *nach einem Zögern* Ich sehe wohl nicht aus wie jemand, der Damen im Park anspricht –

HJÖRDIS *schaut ihn befremdet an.*

NORTHON Aber Sie tun es, wollen Sie sagen... Verzeihen Sie mir, Lady Ketterick. Ich wollte Sie nicht durch eine direkte Anrede erschrecken.

HJÖRDIS Sie kennen mich?

NORTHON Ich habe eine Botschaft für Sie.

HJÖRDIS Bitte –

NORTHON Sie warten hier auf jemanden, der nicht kommen wird. Er hat mich beauftragt, Ihnen das zu sagen – da er nicht mehr imstande war, Ihnen eine andere Nachricht zukommen zu lassen.

HJÖRDIS *faßt im Schreck nach seinem Arm.*

NORTHON *rasch* Er lebt. Und er wird leben. – Aber er ist nicht mehr frei.

HJÖRDIS Ich hatte es fast erwartet. Als Ketterick wegfuhr, begann ich, den Zusammenhang zu ahnen.

NORTHON Er wollte nicht, daß Sie es durch die Zeitungen erfahren. Deshalb hat er Ihnen das Telegramm geschickt und Sie hierher gebeten.

HJÖRDIS Wird es lange dauern?

NORTHON Bestimmt nicht für immer. Eine Reihe von Jahren...

HJÖRDIS Wie viele, glauben Sie?

NORTHON Zehn vielleicht – wenn die Richter milde sind.

HJÖRDIS Seine besten Jahre.

NORTHON Vielleicht werden es wirklich seine besten sein. Ich glaube daran. Er ist noch jung.

HJÖRDIS *bedeckt ihre Augen mit der Hand.*

NORTHON Er selbst nahm das Schlimmste an. Er sagte trotzdem die Wahrheit. Ihm lag nur noch an einem: Sie sollen wissen, daß er die Wahrheit sagte – und daß zwischen ihm und Ihnen nie eine Lüge war. Das hat er mir aufgetragen.

HJÖRDIS *gefaßt* Ich danke Ihnen. – Ich kann jetzt nichts tun – als warten. Aber bitte, sagen Sie ihm eins – *Ihre Stimme bricht ab.*

NORTHON *wartet, nimmt seine Pfeife heraus.*

HJÖRDIS Sagen Sie ihm, daß ich ihm ganz vertraue.

NORTHON Das ist das Beste, was ich ihm sagen kann.

HJÖRDIS *sieht ihn an* Wer sind Sie? Warum tun Sie das für ihn?

NORTHON *einfach* Ein Freund.

HJÖRDIS Muß ihn nicht jeder verdammen? Verurteilen Sie ihn nicht?

NORTHON Ich verurteile seine Tat. Aber noch im Urteil – selbst in der Verdammung – kann Liebe sein.

HJÖRDIS Und wenn Liebe nach Schuld fragen würde, dann gäbe es auf der Erde längst keine Menschen mehr. *Sie steht auf, reicht ihm die Hand.* Leben Sie wohl.

NORTHON *hat sich mit ihr erhoben und seinen Hut abgenommen, drückt ihr die Hand und verneigt sich vor ihr, während sie geht. Dann setzt er sich wieder, steckt die kalte Pfeife zwischen die Zähne. Man hört das Näherkommen eines ballspielenden Kindes. Der Ball rollt auf die Bühne.*

STIMME DES KINDES Mein Ball! Mein Ball!

NORTHON *nimmt den Ball auf – wirft* Hier – fang!

Die Uhr schlägt eins

Ein historisches Drama aus der Gegenwart

Das Schaudern ist der Menschheit bestes Teil.

Goethe, ›Faust II‹

Personen

JÖRG HOLTERMANN, Fabrikant (über fünfzig)
GUDULA, seine Frau (vierzig und ohne Alter)
GERHARD, beider Sohn (achtzehn)
ISABEL, Gudulas Tochter (einundzwanzig)
GERLIND, Holtermanns Sekretärin (etwas älter)
TURO VON HEYDENKAMP, genannt ›Der Herr‹
WÄRRSCHOWEIT
SCHWEISSFUCHS } aus Turos »Goldener Horde«
GOKEL HERSHMAN
ILONKA, schwanger
MIEZE KUDLICH, gen. ›Zonenmieze‹, minderjährig
SLOPPY, amerikanischer Neger-Sergeant
DR. FLÜHVOGEL, Privatdozent
SCHOLLY der Biedermeier } Fremdenlegionäre
CAPORAL SCHNEBELI, gen. der alte Knochen
MILLEFLEURS } Animiermädchen im Café ›Zum Gelben Loch‹
SHING (Au Trou Jaune) in Hanoi
GERICHTSOFFIZIER (Capitaine) einer französischen Garnison
SCHWESTER AMBROSIA, Pflegerin (in Gudulas Gestalt)
ZWEI GENDARMEN
LEGIONÄRE

Das Stück spielt in den Jahren 1953 und 1954, in Deutschland, Indochina und in einer französischen Garnison.

I

Holtermanns Wohnung, neu ausgebaut, alt eingerichtet: Barockschrank, Barockleuchter, Barockmadonna, Barockspiegel usw. Seitlich ein Fenster mit gerafftem Gobelin und Chintz. Ein paar barocke Sessel oder Stühle, ein Ziertisch mit einem großen Bouquet dunkelroter Rosen, daneben brennt eine Schmuckkerze. Holtermann, Gudula.

HOLTERMANN Wenn man bedenkt, die Zeiten ohne Kohle, ohne Strom ohne Dach überm Kopf. Und jetzt! Keine zehn Jahre, ich hör noch die Bomben krachen... Keine acht nach dem Krieg, keine fünf nach der Währung, und keine drei – na, lassen wir das.
Späht zum Fenster hinaus.

GUDULA *die Rosen zählend* Achtunddreißig?

HOLTERMANN Und dabei bleibt's! Bis zum nächsten Dutzend!

GUDULA *lächelnd* Von mir aus kann man ruhig wissen, daß ich vierzig geworden bin.

HOLTERMANN Nein, bleib vom Fenster weg! Noch nicht hinausschauen, es gibt eine Überraschung! *Ruft* Isabel!

STIMME ISABELS Ja, Pappi, ich lauf schon runter.

HOLTERMANN Vielleicht bist du enttäuscht... Vielleicht hättest du dir ganz was anderes gewünscht – ach was, ich quaßle ja! Ich freue mich einfach, ich freue mich unsinnig, daß man endlich deinen Geburtstag wieder richtig feiern kann – so richtig, weißt du – wie in der guten alten Zeit!

GUDULA *wiederholt, ohne Betonung* – wie in der guten alten Zeit.

HOLTERMANN *verlegen, nicht ohne Zartheit* Sagt man ja nur so. Ich weiß, an dem Tag mußt du immer dran denken. Aber schließlich hat man ja auch Schönes zusammen erlebt – oder nicht? Ich wenigstens bin dankbar für jede Stunde... Na jetzt!! Jetzt komm mal her, Gudi, jetzt schau mal runter! Na? Na? Siehst du nichts?

GUDULA Da parkt ein fremder Wagen vor unsrer Tür.

HOLTERMANN Porsche, das neueste Sportkabriolett. Schnittig, was? Wenn du mit dem erst über die Autobahn brausen wirst, Richtung Natur, zu unsrem Bauerngut – aber nicht bei Glatteis gefälligst!

GUDULA Ich?

HOLTERMANN Na, wer denn sonst? Du, ganz allein! Ich muß ja wohl oder übel mit meinem langweiligen Mercedes, und obligatem Chauffeur – aber du nimmst mich mal mit, was? Zum Wochenende!

GUDULA Da kann ich jetzt – einfach immer hinausfahren! Jederzeit?

HOLTERMANN Jederzeit – ich kenn dich doch – wenn du deinen Lufthunger kriegst –

ISABEL *kommt herein* Was sagst du dazu, Mutti. *Küßt Sie flüchtig* Da könnte man neidisch werden, wie du verwöhnt wirst. Hier sind die Schlüssel – *Zu Holtermann* – und hier der Lieferschein, mußt du unterschreiben.

HOLTERMANN Na zeig mal her. Bring das hinunter bitte, und gib dem Mann ein Trinkgeld – *Nimmt einen Schein aus der Tasche* – hier.

ISABEL Du bist ja verrückt, Päpchen, ich geb ihm zwei Mark, der hält dich sonst für doof. Und das behalt ich selber, muß ja auch was davon haben. *Läuft hinaus.*

HOLTERMANN Sollste auch, sollste auch! *Zu Gudula, die verloren dasteht* Na freust du dich denn gar nicht? Kannst du dich nicht wenigstens – mit mir ein bißchen freuen?

GUDULA Doch, Jörg, ich freue mich wirklich, merkst du denn das nicht? Ich kann nur nicht gleich was sagen... Ich – ich danke dir.

HOLTERMANN Jetzt klingt es, als ob du dich schämst, das sollst du nicht.

GUDULA Nein nein, das tu ich gar nicht – aber du muß t doch verstehen, daß ich unruhig bin.

HOLTERMANN Ach was, der kommt schon wieder... war ja schon öfters fort, kommt immer wieder.

GUDULA Du weißt selbst, daß das nicht so harmlos ist.

HOLTERMANN Also schließlich war man auch mal jung –

GUDULA Es ist anders. Er geht nicht kneipen oder bummeln wie ihr ... Das ist auch keine Weibergeschichte ... Er ist ja noch ein Kind.

HOLTERMANN In sechs Wochen wird er neunzehn.

GUDULA Jetzt ist er schon die zweite Nacht nicht heimgekommen. Und er weiß, daß ich Geburtstag habe –

HOLTERMANN Aber er ist ja auch zu Weihnachten fortgeblieben! Es gibt da bei jungen Menschen – so eine Art von Schamgefühl –

GUDULA Ich habe Angst. Ich habe Angst um ihn. Wenn ihm nun irgend etwas passiert ist, und wir wissen nicht einmal wo, und wie –

HOLTERMANN Er hat Isabel gesagt, daß er wieder mal abhaut – mit seinem Velo.

GUDULA Aber wohin? Und ohne was mitzunehmen – und immer ganz plötzlich, als wenn er – als müßte er vor etwas davonlaufen. Ob wir nicht doch lieber die Polizei –

HOLTERMANN Nichts mit der Polizei. Ich bitte dich. Damit können wir es nur schlimmer machen – fürchte ich wenigstens. Schau Gudula, ich mach mir doch selber Sorgen. Wenn ich's auch nicht so zeige. Aber ich verspreche dir, ich bring das in Ordnung. Er ist ja schließlich mein Junge – den du mir geschenkt hast. Ein Stück von dir.

ISABEL *kommt mit Gerlind herein* Also Blumen – ich weiß nicht, ob wir genug Vasen im Haus haben.

GERLIND Ich dachte, vielleicht macht Ihnen das Freude – *Sie knickst und reicht Gudula einen kleinen Strauß* Ich hab sie am Sonntag gefunden, in der Nähe von Ihrem Gut.

GUDULA Schneeglöckchen, die liebe ich doch – *Hält sie an ihr Gesicht* Kühl, kühl, wie das Grab. Wie die himmlische Ruh.

HOLTERMANN *hinzutretend* Was sagst du da?

GUDULA Ist denn der Schnee schon weg, draußen?

GERLIND An der Südhalde, unter den alten Obstbäumen ... Es sind die ersten, dies Jahr –

GUDULA Vielen, vielen Dank.

GERLIND Herr Präsident – um elf Uhr fängt die Sitzung an!

HOLTERMANN Ja, ja, Linda, ich weiß – packen wir mal rasch alles zusammen. *Ab mit Gerlind.*

FLÜHVOGEL *tritt ein, ohne Gudula zu bemerken, nähert sich Isabel* Süße!

GUDULA Herr Dr. Flühvogel –

FLÜHVOGEL *fährt herum* Liebe – verehrte gnädige Frau – Ich hoffe mein Blumengruß –

GUDULA *zu Isabel* Würdest du uns einen Augenblick allein lassen?

ISABEL *kalt* Wie du willst. *Sie geht.*

GUDULA Was wissen Sie von Gerhard? Wo kann er sein? Sagen Sie es mir. Sagen Sie mir alles.

FLÜHVOGEL Gnädige Frau – da ist wirklich nichts, was ich Ihnen sagen könnte. Ich weiß nichts. Es sind höchstens Vermutungen – Befürchtungen –

GUDULA Welcher Art? Was fürchten Sie für ihn? Er arbeitet bei Ihnen im Labor, im Seminar – Sie kennen seine Kollegen, seinen Umgang. – Bitte, verschweigen Sie mir nichts.

FLÜHVOGEL Ich stehe da selbst vor einem Rätsel.

GUDULA Es ist doch kein Zweifel, daß er von etwas bedroht ist – oder bedrängt – oder besessen – aber was, was kann es sein? Er verschließt sich gegen uns, gegen alle – er ist so verändert daß er sich selbst nicht mehr gleicht. – Wirklich – ich habe oft das Gefühl, er sieht mir gar nicht mit seinen eigenen Augen ins Gesicht –

FLÜHVOGEL Sondern?

GUDULA Ich weiß nicht. Mit anderen. Kalt, böse, grausam, und verzweifelt.

FLÜHVOGEL *nach einem Zögern* Die Hauptsache, daß er jetzt wiederkommt. Dann – sollte man vielleicht gewisse Maßnahmen ergreifen.

GUDULA Man kann ihn doch nicht einsperren.

FLÜHVOGEL Warum nicht? – Ich meine, es kommt darauf an, wer ihn einsperrt. Es ist immer noch besser, wenn Sie das tun. Vorübergehend.

GUDULA *plötzlich sehr ruhig.* So steht das also. Sie meinen, daß er sich strafbar machen könnte.

FLÜHVOGEL Ich bitte Sie, mich nichts mehr zu fragen. Ich habe Ihnen schon zuviel gesagt.

GUDULA Wenn ich nur eine Spur hätte, nur einen Fingerzeig. Ich würde ihn mir zurückholen – ich würde ihn dem Teufel aus den Fängen reißen –

FLÜHVOGEL Vergessen Sie nicht, daß der Teufel frißt, was ihm ins Maul fliegt. Hüten Sie sich vor ihm.

GUDULA *hart* Nennen Sie mir seine Adresse. Sonst will ich nichts. *Stimmen vom Gang.*

FLÜHVOGEL Zu gegebener Zeit, gnädige Frau. Ich verspreche es Ihnen. Ich habe Sie unterschätzt. Sie können auf mich zählen.

GUDULA Danke. Ich verlasse mich auf Sie.

HOLTERMANN *kommt herein* Isabel, wo bleibt der Sekt! Um elf fängt die Sitzung an!

STIMME ISABELS Gleich, Pappi, ich krieg den Draht nicht auf.

FLÜHVOGEL Ich geh mal nachschaun. *Geht hinaus.*

HOLTERMANN *zu Gudula, die ans Fenster getreten ist* Na, Gudi, beschaust du deine Karosse, gefällt sie dir immer noch?

GUDULA *packt seinen Arm* Da lehnt sein Fahrrad, drüben an der Wand –

HOLTERMANN Dann muß er doch oben sein! Aber ich hab ihn nirgends gesehen.

GUDULA Vielleicht wollte er dir nicht gleich in den Weg laufen – *Ein Pfropfen knallt, Isabel und Gerlind schieben einen kleinen Rolltisch mit Sektflasche und Gläsern herein, Flühvogel hilft.*

STIMME GERHARDS *gleichzeitig* Da komm ich ja gerade recht. *Er kommt rasch herein, in einem dunklen Sweater mit Rollkragen, grauen Manchesterhosen, die unten mit Fahrradklammern zusammengesteckt sind, englischen Halbschuhen – nimmt Isabel das Glas aus der Hand.*

GERHARD Sekt am Vormittag, das ist nichts für Kinder. Dein Wohl, Mama. *Er leert das Glas, umarmt Gudula, die ihn an sich zieht.*

ISABEL *böse* Frechheit. Ich dachte, ihr trinkt nur Whisky, in eurer Clique.

GERHARD *ohne Gudula loszulassen, schlägt mit dem Absatz nach ihr aus.*

ISABEL Au! Rumtreiber! *Reibt sich das Knie.*

GERLIND Er hat dich ja gar nicht getroffen. *Sie lacht.*

GUDULA *leise* – daß du gekommen bist. *Küßt Gerhard.*

ISABEL Ich sage ja, Frechheit macht sich bezahlt. Der kriegt das nächste Auto.

FLÜHVOGEL Still, bitte.

HOLTERMANN *zu Flühvogel* Da saust er nämlich in aller Frühe schon mit dem Fahrrad herum, die jungen Leute sind wie verrückt auf den Sport, heutzutage –

GERHARD Sport? Langweilt mich schon im Kino. Ich habe nur eine kleine Besorgung gemacht. *Nimmt ein Etui aus der Tasche, gibt es Gudula* Ich möchte wetten, das kommt dir bekannt vor, wie?

GUDULA *hat das Etui aufgeklappt, mit einem leisen, freudigen oder erschreckten Aufschrei* Nein! – Aber wie konntest du wissen – *Sie verstummt, nimmt den Schmuck heraus.*

GERHARD *heiter* Ja – wie konnte ich wissen...? *Lacht* Ich habe hinter dir gestanden, wie du bei Sauerwein das Schaufenster angebetet hast. Du warst so versunken, man hätte dir die Handtasche abknipsen können... Ich konnte auch sehen, was du da angebetet hast – *Tritt hinter sie, legt ihr den Schmuck um den Hals* Ja, und hier ist es. Schau's dir an. *Er faßt ihre Schultern, dreht sie zu einem Wandspiegel.*

ISABEL Ist denn das Ding was wert?

FLÜHVOGEL *den Schmuck musternd* Ein prachtvolles Stück. Neun gleichgroße reine Amethyste, in der sogenannten kyrillischen H-Fassung – vermutlich aus altem russischem Kronbesitz.

GUDULA Warum soll ich's nicht sagen, es hat mir früher schon einmal gehört, seit – sehr langer Zeit – und ich habe es heimlich verkauft, das heißt eingetauscht, als es für die Kinder nichts zu essen gab, das haben ja viele getan –

HOLTERMANN Aber warum hast du mir nichts gesagt – ich hätt' es dir längst zurückgekauft!

GUDULA Ich weiß nicht – ich wollte nicht.

GERHARD *zu Holtermann* Da siehst du – Glück muß man haben.

ISABEL Und wem läßt man die Rechnung schicken? Unser heutiges Preisrätsel, Lösung auf der nächsten Seite dieser Nummer.

GERHARD *lacht* Falsch. Alles aus eigener Tasche bar bezahlt.

ISABEL Na hör mal –

FLÜHVOGEL *ablenkend* Außerdem wohnt ja dem Amethyst, wie man sagt, eine besondere Heilkraft inne, im Gegensatz zu anderen Halbedelsteinen wie dem Opal zum Beispiel: Sie wissen wohl, griechisch A-Méthystos, der Verhüter der Trunkenheit, im Sinne von Rausch, Verwirrung, gefährlicher Leidenschaft, oder auch Wahnsinn.

GUDULA Warum sagen Sie das. *Nimmt den Schmuck ab.*

FLÜHVOGEL *betroffen* Es fiel mir nur so ein –

ISABEL Aus eigener Tasche – bar bezahlt?!

GERHARD *amüsiert* Geschäftsgeheimnis!

ISABEL Is doch Bluff. Das Ganze ist natürlich ein Komplott mit Pappi – klar, seht euch nur seine verlegene Nasenspitze an, also 'n Pokerface haste keines, Päpchen.

HOLTERMANN *mit einem besorgten Blick auf Gudula* Pokerface oder nicht – ich denke, hier läßt sich niemand in die Karten gucken. *Hupe von unten.*

GERLIND *am Fenster* Herr Präsident, die Unke ruft. Dreiviertel elf. Der Wagen ist vorgefahren.

HOLTERMANN Ja – dann müssen wir wohl.

ISABEL Ich muß auch, um elf ist Kolleg.

GERLIND Was denn heute?

ISABEL Sozialversicherungen, im Betracht des Marxismus und der freien Wirtschaft. Puhh.

HOLTERMANN *lächelnd* Daß so was überhaupt erlaubt ist.

ISABEL Brauch ich ja, fürs Examen.

Sie geht, mit Gerlind.

FLÜHVOGEL *zu Isabel* Ich habe den selben Weg.

ISABEL Denkste. *Ab, Flühvogel rasch hinterher.*

HOLTERMANN Ja, also – ich denke, wir sehn uns zum Essen – um zwei vielleicht?

GUDULA *immer noch mit dem Schmuck in der Hand, scheint nicht zu hören.*

HOLTERMANN *küßt sie auf die Stirn, wendet sich zu Gerhard* Und du, Gerhard – wie wär's mit einem stillen Abend – ganz unter uns beiden? Sagen wir – im Grill vom Carlton – dort ißt man doch am besten...

GERHARD Gern, wenn du dir ein Vergnügen davon versprichst.

HOLTERMANN *hilflos* Meinst du nicht, es wäre an der Zeit, einmal ganz offen mit mir zu sprechen –

GERHARD *zuckt die Achseln* Worüber –?

GERLIND *in der Tür* Herr Präsident –

HOLTERMANN Ja, ja, ich komme. Überleg's dir, Gerd. Auf Wiedersehen. *Geht.*

GERHARD *höflich* Auf Wiedersehen, Papa. *Er folgt ihm bis zum Ausgang, wartet einen Augenblick, dann wendet er sich zu Gudula, geht zögernd auf sie zu.*

GUDULA *hebt wie abwehrend den Arm, hält ihm den Schmuck entgegen.* Hier.

GERHARD Was soll ich damit?

GUDULA Hier, trag das wieder hin, wo du es her hast. Ich will es nicht.

GERHARD Glaubst du, ich hab das gestohlen? Soll ich dir die quittierte Rechnung zeigen? *Faßt in die Tasche.*

GUDULA Laß sie stecken.

GERHARD Du kannst ja bei Sauerwein anrufen. Du kannst sagen, mein Sohn hat etwas bei Ihnen gekauft, aber vielleicht war der Scheck gefälscht, oder das Geld war Blüte, ich trau ihm nicht.

GUDULA Wie soll ich dir trauen? Jedes Wort, das du sprichst, ist Lüge, jeder Blick ist Verstellung.

GERHARD *traurig* Weshalb, glaubst du, bin ich heimgekommen, heute morgen. Vielleicht weil es Sekt gab? Warum hab ich dir das gebracht? Verstellung...

GUDULA Ich weiß nicht. Ich weiß es nicht. Ich weiß nicht mehr, woran ich mit dir bin. Ich will dich so, wie du immer warst – wie ich dich lieb habe – *Sie bricht ab.*

GERHARD Muß man denn, um geliebt zu werden, so sein, wie man gewünscht wird? Das heißt, gar nicht wirklich, sondern wie eine Photographie, von einem, der schon tot ist. Der ist dann leicht zu lieben.

GUDULA Sei still!

GERHARD Kann man nicht seine eigne Wirklichkeit haben, und seine eigenen Wege gehn, und doch nach Hause kommen?

GUDULA Kommst du denn nach Hause? Bist du das, der da steht, und mich mit Augen anschaut, die nicht seine eignen sind? Herrgott – ich könnte deine Stirn aufbrechen, und würde nichts finden als eine Wolke von Eis – *Sie krampft ihre beiden Hände um den Schmuck* Ich weiß – ich bin undankbar... Du wolltest gut zu mir sein. Du wolltest mir eine Freude machen... Und ich habe mich gefreut.

GERHARD *dicht zu ihr hin, nimmt ihre beiden Hände, streichelt sie, küßt sie, löst – mit der Zärtlichkeit eines Liebenden – ihre Finger, nimmt ihr den Schmuck heraus, legt ihn neben die Rosen auf den Tisch. Scheu, leise* Ich bin doch deiner. Weißt du das nicht?

GUDULA Setz dich zu mir. *Schiebt ihm die Zigarettendose hin* Du kannst ruhig rauchen.

GERHARD *schüttelt abwesend den Kopf, nimmt sein Etui aus der Tasche, steckt sich eine Zigarette an.*

GUDULA Vielleicht gibt es etwas, worüber du mit deinem Vater nicht sprechen kannst. Ich weiß, zwischen Söhnen und Vätern ist das schwierig. Aber glaubst du nicht, daß ich – dich verstehen könnte – ganz verstehen? Wenn du nur – wenn du nur Vertrauen hast.

GERHARD *zieht Rauch ein, stößt ihn langsam aus* Vertrauen. Was ist das überhaupt. Ist es etwas wert, wenn es nicht ›blind‹ ist, wie man sagt. Hast denn du Vertrauen, – zu mir?

GUDULA Deine Zigarette riecht süß. Scheußlich.

GERHARD Verzeihung. *Drückt sie aus* Du verlangst mein Vertrauen. Ich habe gefragt, ob du mir das deine schenkst.

GUDULA Was meinst du damit?

GERHARD Zum Beispiel: was ist das mit diesem Schmuck. Ich wußte nicht, daß er dir schon gehört hat. Du hast ihn nie getragen. Ich hatte nur das Gefühl – du mußt ihn haben.

GUDULA Bitte sprich nicht davon. Es quält mich.

GERHARD Und wo warst du, vor ein paar Jahren, als es hieß, du seist in einem Luftkurort, wegen der Lunge? Du hattest nichts mit der Lunge. Es war etwas anderes.

GUDULA Woher weißt du das?

GERHARD Ich war noch ein Kind. Ein Kind weiß alles.

GUDULA Jeder Mensch weiß alles – aber er kann es nicht äußern, nicht einmal zu sich selbst. Ich kann nicht darüber sprechen, ich – kann es nicht!

GERHARD Du sollst es nicht. Ich wollte dir nur erklären, wie das mit dem Vertrauen ist. Ich wollte dir sagen: – ich vertraue dir – auch wenn ich nicht alles von dir weiß. Und ich bitte dich um das gleiche.

GUDULA Nein. Das ist nicht gut. Das ist nicht das gleiche. Du hast mich in eine Falle gelockt, in einen Hinterhalt – um mich wehrlos zu machen –

GERHARD Ich versuchte, dich zu beruhigen, sonst nichts.

GUDULA Aber du tust es nicht, du beunruhigst mich, ärger als je! Schau mich nicht wieder mit diesen Augen an! Ich lasse mich nicht vernebeln, mich kannst du nicht blind machen, und täuschen, und irreführen, wie deinen Vater –

GERHARD – den du verachtest.

GUDULA *fast schreiend* Nein! Das ist nicht wahr!! Ich verehre – ich bewundere ihn! Nicht weil er gut zu uns ist – das könnte jeder – sondern weil er für etwas steht, für etwas einsteht in der Welt! Und was tust du –? Du sagst, du willst deinen eigenen Weg gehn – aber das sind gar keine Wege, die du gehst, nicht einmal Irrwege – du wirfst dich ins Ungewisse, du läßt dich fallen, in etwas Bodenloses – nur um nicht einstehen zu müssen für dich selbst – nur um nicht so zu sein, wie du sein solltest!

GERHARD W i e sollte ich sein, Mutter? Wie sollte ich denn sein?

GUDULA Ich kann's dir nicht sagen. Du mußt es wissen. N u r d u !

GERHARD *nach einer Pause* Vielleicht hast du recht. Aber dann bin ich verloren. *Will gehn.*

GUDULA *vertritt ihm den Weg* Du bleibst. Ich habe das Recht, und die Macht dich zu beschützen!

GERHARD Wovor willst du mich beschützen. Vor mir selbst?

GUDULA Ja, auch vor dir, wenn du dein Feind bist... *Mit einem Versuch zu Ruhe und Überredung* Ich bitte dich, mir zu folgen, dies eine, einzige Mal – auch wenn's dir schwer wird, auch wenn du nicht weißt warum – Nur so, wie ein Kind folgt, wenn man ihm sagt: der schöne rote Pilz mit den weißen Tupfen, laß den stehn, steck ihn nicht in den Mund, er ist giftig... Willst du das für mich tun?

GERHARD Was tun?

GUDULA Nicht mehr fortgehn, ohne daß ich weiß, wohin du gehst. Nicht mehr fortbleiben, ohne daß ich weiß, wo du zu finden bist. Versprich mir das!

GERHARD Das kann ich nicht.

GUDULA Du kannst es, Gerhard. Ich will es.

GERHARD Das kann ich nicht, Mutter.

GUDULA Dann muß ich dich zwingen. Ich lasse dich nicht mehr fort. Ich verbiete dir, auszugehn. Du bleibst in deinem Zimmer, ich ziehe den Schlüssel ab.

GERHARD Glaubst du, ein Schlüssel könnte mich halten, wenn ich nicht bleiben will?

GUDULA Ich halte dich, mit meiner Liebe, mit meinem Herzen, ist das nichts?

GERHARD So hast du wohl nie ein Buch gelesen, in dem es heißt: Weib, was habe ich mit dir zu schaffen? *Er wischt sie, ohne Berührung, mit einer Handbewegung beiseite.*

GUDULA *außer sich* Dann geh, geh, geh, geh!! Wohin du willst! Und hier – nimm das mit! *Sie reißt den Schmuck vom Tisch, wirft ihn vor seine Füße.*

GERHARD *steht einen Augenblick, starrt auf den Schmuck. Dann geht er rasch.*

GUDULA *beugt sich langsam zum Boden, hebt den Schmuck auf.*

II

Kellergewölbe unter dem amerikanischen Negerlokal ›Santa Lucia‹: ein kahler, aus gekalkten Ziegeln aufgemauerter Raum, durch den die Heizröhren laufen. Grelle Deckenbeleuchtung, primitive Einrichtung: ein paar Kistenhocker, eine Sprungfedermatratze, mit einem schäbigen Teppich als ›Couch‹ drapiert, daneben auf dem nackten Boden aufgestapelte Bücher.

Der Eingang im Hintergrund, wie der einer Garage, durch eine eiserne Schiebetür verschließbar. Von oben aus dem Tanzlokal hört man, sehr gedämpft, das scheppernde Stampfen des Rock'n'Roll, oder das Schleifen und Stöhnen des Calypso.

Turo, in einer gut getragenen Lederjacke und alten Reithosen, liegt bäuchlings auf der Couch, zwischen geschlossenen und aufgeschlagenen Büchern. Neben ihm, mit vorgeducktem Hals, wie zum Ansprung bereit, steht Wärrschoweit, und läßt seinen Blick nicht von Flühvogel, der – sichtlich beunruhigt – mit einer Aktenmappe auf einer Kiste sitzt.

TURO *zu Wärrschoweit* Es ist gut, du kannst uns allein lassen. Paß auf die Jungens auf. Ich will nicht gestört werden, bis ich Signal gebe.

WÄRRSCHOWEIT *nickt, geht, schließt die Eisentür.*

FLÜHVOGEL *wischt sich den Schweiß* Ich dachte, der will mir an die Gurgel.

TURO Er ist scharf, aber er beißt nicht ohne Kommando.

FLÜHVOGEL Alte Bekanntschaft?

TURO Ich habe ihn damals, ziemlich durchlöchert, aus Ostpreußen mitgeschleppt. Ich hatte ein Vorgefühl, daß ich im neuen Leben Katakombenwächter brauche.

FLÜHVOGEL Du warst so leichtsinnig, mir die Adresse zu geben.

TURO Kein Leichtsinn. Mein altes Laster. Hast du was mitgebracht?

FLÜHVOGEL *öffnet seine Mappe* Ich habe alle Suchdienste in Bewegung gesetzt, aber eine vollständige, ungekürzte Seneca-Ausgabe, wie du sie verlangst, gibt es derzeit nur in England, in einem frühen Druck. Das kostet viel Geld.

TURO Du weißt, daß das keine Rolle spielt.

FLÜHVOGEL Ich konnte vorläufig die alte Teubnersche auftreiben, sie ist ziemlich komplett.

TURO Zeig her. *Nimmt ihm die Bücher aus der Hand* Doch nur eine Auswahl. Du mußt mir die englische besorgen. Ganz egal, was sie kostet.

FLÜHVOGEL Du hast teure Marotten.

TURO Ich habe teurere. Hier. *Greift in die Tasche, reicht ihm eine Handvoll großer Geldscheine.*

FLÜHVOGEL Danke. Ich hätte das von meinem Gehalt nicht auslegen können.

TURO Dein Fehler. Trinkst du was?

FLÜHVOGEL Gern.

TURO *langt, ohne vom Buch aufzusehen, hinter der Couch eine Flasche vor* Ein Glas steht auf dem Sims.

FLÜHVOGEL Du nicht?

TURO Nicht hier. Nicht bei der Arbeit.

FLÜHVOGEL *sich umschauend* Sag – seid ihr hier sicher?

TURO Wie die Goldfische im Salon meiner seligen Tante aus Reval. Wir stehen unter dem Schutz der amerikanischen Armee. Nur daß sie nichts davon weiß. Droben tanzen ihre lieben, harmlosen Negerkavaliere Boogie-Woogie mit den letzten Vestalinnen Europas. Hier unten ist Off Limits, and Outward Bounds. Für Kripo gesperrt.

FLÜHVOGEL Und die MP's?

TURO Kämmen nur oben durch, wenn's Krawall gibt, oder wenn ein Herr seine Brieftasche vermißt. Außerdem ist der Manager-Sergeant ein Kunde von mir.

FLÜHVOGEL Für was?

TURO *zuckt die Achseln* Der Mann braucht Geld, er will sich mal in Paris niederlassen. Von Alabama hat er genug.

FLÜHVOGEL Mir kommt das hier trotzdem wie eine Rattenfalle vor.

TURO Keine Sorge. Der Bau hat zwei Röhren. Wenn man gewarnt wird – und ich würde gewarnt –, kann man von hier bequem durch einige andere Keller in den einer Bierbrauerei gelangen. Dort gibt es leere Fässer, und eine Rolltreppe nach außen.

FLÜHVOGEL Und wozu das alles? Wozu, frage ich dich – bei einem Menschen, dem jede – dem die brillanteste Karriere offenstände?

TURO *blättert im Buch, liest.*

FLÜHVOGEL Wenn du weiter studiert hättest – mit deinem Geist, mit deinen Gaben – oder wenigstens weiter geschrieben –

TURO *ohne vom Buch aufzusehn* – dann hätte ich, wie du wohl sagen wolltest, eine Leuchte werden können. Ein Beglücker der Welt, ein neuer Führer der Menschheit ... Aber wohin soll ich sie führen. Doch immer nur einen Schritt vor und zwei zurück, auf ihrer ewigen Springprozession.

FLÜHVOGEL Und es gibt keine andere Entscheidung – als diese?

TURO Schau dich um. Schau dir den Globus an. Die Unterentwickelten hauen einander mit Buschmessern in Stücke – die Überentwickelten schauen zu und machen »Huß-Huß« – soweit sie nicht vor Angst im Bett krepieren. Dazwischen klafft die Grube, aus der es nach den vergessenen Leichen stinkt. Die Welt ist faul, wo man sie anriecht – und ich bin ein Wurm im Aas. Das ist ein Beruf – keine Weltanschauung.

FLÜHVOGEL Bitte sehr. Du kannst mit deinem Leben anfangen, was du willst. Aber wer gibt dir das Recht, die Existenz junger Menschen aufs Spiel zu setzen, nur um deinen unverantwortlichen Lombrosokomplex –

TURO *schnickt das Buch an die Wand und seine Beine mit einem so plötzlichen Ruck von der Couch herunter, daß Flühvogel erschrokken hochfährt* Sonst noch was?

FLÜHVOGEL Hm, ja, nichts besonderes ... Hast du die Mittagsblätter gelesen?

TURO Ich lese keine Zeitung.

FLÜHVOGEL Du solltest aber.

TURO Warum? Ist der Koreakrieg zu Ende? Das wäre schad. Ich wollte mich gerade als freiwilliger Sanitäter an die Front melden. Ich war mir nur noch nicht klar, auf welche Seite.

FLÜHVOGEL Es ist alles voll, von den drei großen Bankeinbrüchen der letzten Woche. Schlagzeilen, Leitartikel. Es heißt, die Interpol sei eingeschaltet. Man habe Verdacht auf eine Bande von Jugendlichen, die sich ›Die goldene Horde‹ nennt, merkwürdiger Name, wie?

TURO *antwortet nicht.*

FLÜHVOGEL – und die mit fast militärischer Präzision arbeitet, also planmäßig gelenkt und eingesetzt werden muß.

TURO Erstaunlich.

FLÜHVOGEL *nimmt eine Zeitung aus der Tasche, schlägt sie auf* Da heißt es zum Beispiel in der ›Nachtausgabe‹ –

TURO *haut ihm die Zeitung aus der Hand, grinst ihn an* Soll ich dir sagen, weshalb du gekommen bist?

FLÜHVOGEL Ich – hatte versprochen, dir die Bücher zu besorgen.

TURO Auf die hätt' ich lange warten können. Was hast du an dem Jungen?

FLÜHVOGEL An welchem Jungen.

TURO Verstell dich nicht. Du hast ihm schon nachspioniert, als er mir zum ersten Mal in ein Kaffeehaus folgte, damals glaubte er noch, ich sei der Chef eines avantgardistischen Film-Clubs. Jetzt weiß er es besser. *Er hat während des letzten Satzes auf einem mit losen Drähten an der Wand angebrachten Summer ein bestimmtes Signal getastet, sofort öffnet sich ein Spalt der Eisentür.*

GOKEL HERSHMAN *schiebt sich herein, eine zarte, schwärzliche Gestalt mit wachen Augen. Er spricht mit leicht östlichem Akzent* Sie wünschen, Herr?

TURO Ist Gerhard schon da?

GOKEL Sitzt mit den Schicksen, teut aber nix. Möchte mit Ihnen sprechen.

TURO Er muß warten. Ich brauche ihn erst später, zum Befehlsempfang. Und paß auf, daß er nicht raucht.

GOKEL Jawohl, Herr. *Tritt näher.*

TURO Noch was?

GOKEL Ilonka is gekommen.

TURO Gut, dann kriegen wir Bohnen heute nacht. Alles bereit halten.

GOKEL Jawohl, Herr. *Zieht sich zurück.*

FLÜHVOGEL *leise* Das ist doch ein Jude... Und der sagt ›Herr‹ zu dir! Hat der denn keinen Stolz?

TURO *ruft, bevor sich die Tür schließt* Gokel! Komm zurück. Dieser Mann ist ein Meinungsforscher, er möchte wissen, ob du Stolz hast, und wie du zur Judenfrage stehst.

GOKEL Für mich ist se gelöst. *Zu Flühvogel* Meine Eltern, die habense verheizt, mich habense vergessen. Glück gehabt. Und auf sein Glück is man stolz. Worauf sonst?

TURO Bravo, Gokel.

FLÜHVOGEL Das ist entsetzlich, was Sie da sagen. Haben Sie denn gar kein Gefühl?

GOKEL Gefühl? Was soll ich mit Gefühl, kann ich nicht verkraften. Hab ich Gefühl, tut weh.

TURO Und dieser Bursche hat nie die Stoiker gelesen.

FLÜHVOGEL Sie müßten doch wenigstens einen Vergeltungsdrang empfinden.

GOKEL Wissense was? Ich glaube, im Himmel senn grade so viel Juden wie Christen, perzentuell gesprochen. Und in der Hölle auch. Soll ich mich alterieren?

TURO Geh jetzt, Gokel. Schick mir den Schweißfuchs, zum Rapport.

GOKEL Jawohl, Herr. *Geht.*

TURO Er ist mein bester Mann – für kompliziertere Sachen. Und er hat Mut, mehr wie jeder Bulle.

FLÜHVOGEL Entsetzlich. Warum ist so ein Junge nicht in Israel – wo er eine sinnvolle Zukunft hätte.

TURO Eine sinnlose Gegenwart scheint ihn besser zu unterhalten. Er war in Amerika, aber er ist zu mir zurückgekommen.

FLÜHVOGEL Zu dir?

TURO Ich kannte ihn schon mit fünfzehn, gleich nach dem

Krieg. Ich war damals in der Münchner Möhlstraße untergetaucht –

FLÜHVOGEL Du? Bei den jüdischen Händlern?

TURO Allerdings. Das waren gescheite Leute, sie konnten mich brauchen. Und ich hatte ein gutes Gewissen – was die Juden anlangt.

FLÜHVOGEL Gewissen... Wenn du ein Gewissen hättest, auch nur einen Funken davon –!

TURO Du bist sehr aufgeregt. Trink noch was.

FLÜHVOGEL *fast schreiend* Was hast du mit diesen Kindern vor? Was tust du an ihnen, wozu verbrauchst du sie, was willst du aus ihnen machen?

Leises Klopfzeichen an der Tür.

TURO Ich geb dir ein Beispiel davon. Du hast doch ein Grammophon zu Hause?

FLÜHVOGEL Radio mit Plattenspieler – warum?

TURO Was ist deine Lieblingsplatte?

FLÜHVOGEL Tschaikowskij, Pathétique. Aber –

TURO Zu gewaltig. Ich laß dir was Besseres laufen. Hee, Schweißfuchs, Scheißfuchs! Komm herein. – Ich hab auch meine Lieblingsplatte – und ein lebendiges Radio.

FUCHS *tritt ein, etwa sechsundzwanzig, sieht jünger aus. Mit steifer Verbeugung zu Flühvogel* Gestatten, Fuchs. Schlicht Fuchs.

TURO Wir nennen ihn Schweißfuchs, weil ihm das Wasser runterläuft, wenn ihn ein Weib anguckt. Und wenn ihn eine anfaßt, macht er sich in die Hosen. Ich glaube, er pißt nachts ins Bett. *Zu Flühvogel* Halte mich nicht für roh. Er weiß, wie ich's meine.

FUCHS Ich weiß, daß Sie mir eine Chance geben, Herr. Wie Sie es meinen, das weiß ich nicht.

TURO Das geht dich auch nichts an. Setz dich hin. Erzähle.

FUCHS *setzt sich mit steifen Knien, spricht fast leiernd, wie wenn ein Band abläuft* Wir waren sechs, vom Egerländer Volkssturm, keiner über achtzehn. Sie hatten uns grade noch in Uniform gesteckt, und auf Patrouille geschickt. In der Gegend von Lidice erwischten uns die Tschechen. Es war im Mai fünfundvierzig. Wir wußten noch nichts von der Kapitulation. Wir hatten Panzerfäuste, und Munition. Aber wir wehrten uns nicht, wir wollten gar nicht mehr. Da ließen sie uns eine Grube ausheben, dann haben sie uns an den Rand gestellt. Da kamen viele Leute herbei, auch Weiber von den Feldern, die guckten zu. »Wir schießen keinem von euch in den Kopf oder ins Herz«, brüllte einer, auf deutsch, »alle in den Bauch, wie ihr es mit unseren Partisanen gemacht habt. Dann purzelt ihr in die Grube, und dann werdet ihr zugescharrt, und Kalk drüber, und dann tanzen wir drauf!« Und die Weiber lachten. Sie haben angelegt; und so haben wir gestanden; weiß Gott wie lang.

TURO Trink mal. *Reicht ihm die Flasche hinüber.*

FUCHS *schüttelt den Kopf, spricht weiter* Fast alle haben sich angemacht. Einer hat »Mama« geschrien, er war erst fünfzehn. Dann haben sie gesagt, es war zum Spaß. Und dann haben sie uns mit Riemen die nackten Hintern gehauen, vor den Frauen. Und die Frauen kreischten. *Er trinkt einen Schluck.*

FLÜHVOGEL *schaut unter sich.*

FUCHS Und da war eine, eine Große, Rothaarige, die sah aus, als ob ein russisches Panzerbataillon an ihr schwach würde. Die hat sich umgedreht und hat geweint. Und den Kerl, der sie anpacken wollte, vor den Leib gestoßen. Ja, eine hat geweint. *Er steht auf, sachlich* Das war's.

TURO Das mit der Rothaarigen – das hast du noch nie erzählt.

FUCHS Ich bin ganz trocken. Einmal werde ich aufhören, zu schwitzen. Dann habt ihr mich gesehn.

TURO Vorher gehst du verschütt', wie wir alle. Mach dir keine Hoffnung. *Verändert* Rapport!

FUCHS *stellt die Flasche hin* Vier Mann an der Schippe, die Kohlen sind weggeschafft. Alles zum Einlagern und Abdecken bereit.

TURO Gut. Du meldest, sobald sie da sind.

FUCHS Jawohl, Herr. *Geht.*

TURO Du siehst, das ist hier eine Heilanstalt. Homöopathische Psychotherapie – was willst du mehr?

FLÜHVOGEL Du wirst noch selbst glauben, daß du den Burschen hier hältst, damit er sich analytisch erleichtert.

TURO Woher, das tut er nur zu meiner Unterhaltung. Ich kann

solche Geschichten nicht oft genug hören, sie erinnern mich an Grimms Kinder- und Hausmärchen. Im übrigen ist er mein Eins A für Waffen und Munition, ich kann mich auf ihn verlassen, da fehlt keine Patrone. Solche Leute kriegt man nicht für Geld. Das sind alles verdammte Seelen.

FLÜHVOGEL Und Gerhard? Wie kommt der dazu? Was soll der denn hier, in deinem scheußlichen Rattenfängerberg. Der ist nicht verdammt.

TURO Bist du so sicher?

FLÜHVOGEL Schau ihn doch an. Bei dem ist nichts faul im Mark. Guter Stall, erstklassige Familie, gesunde Aufzucht – und er ist so begabt, man könnte sagen genial, dem fliegt alles zu, das ist – fast wie bei dir!

TURO Schluß jetzt. Was willst du von mir?

FLÜHVOGEL Ruf ihn herein. Ich verlange mit ihm zu sprechen.

TURO Kommt nicht in Frage. Hau ab.

FLÜHVOGEL Ruf ihn herein, sag ich.

TURO Ich habe gesagt, es kommt nicht in Frage. Was geht er dich überhaupt an?

FLÜHVOGEL Sehr viel! Ich bin mit seiner Schwester verlobt!

TURO Aha. Guter Stall, erstklassige Familie. *Lacht.*

FLÜHVOGEL Ich verehre seine Mutter, ich bin ein Freund des Hauses, ich bin sein Lehrer, sein Erzieher, sein –

TURO Sein Sokrates.

FLÜHVOGEL Wer verdirbt hier die Jugend? Du oder ich?

TURO Ich – wenn dich das interessiert – ich verderbe sie nicht, und ich erziehe sie nicht. Ich habe sie auch nicht gerufen, sie kommen von selbst, ohne daß ich die Flöte blase. Ich mache nichts aus denen, ich mache mir nicht einmal was aus ihnen. Ich lasse sie sein, was sie sind. Sonst nichts.

FLÜHVOGEL Nämlich – was?

TURO *nach einer Pause* Opfer.

FLÜHVOGEL *starrt ihn an* Das ist ja Wahnsinn. Das ist sinnloser Nihilismus. Das ist –

TURO Noch was?

FLÜHVOGEL Ja! – Sei dir darüber klar, ich werde nicht dulden, daß dieser Junge – *Leises Klopfzeichen an der Tür* – dieser junge Mensch, dem eine glänzende – was ist denn schon wieder?

TURO Du vergißt, wo du dich befindest. Hier ist das Zentralbüro eines geschäftlichen Großunternehmens. Die Kunden warten.

FLÜHVOGEL Dann laß sie warten. Ich verlange –

TURO Du hast nichts zu verlangen. Komm wieder, wenn du die richtige Seneca-Ausgabe hast. *Er stößt mit dem Fuß die Matratze beiseite, hebt eine Falltür* Die Leiter hinab, dann der Schnur mit den roten Glühbirnen nach, sie führt zum Ausgang.

FLÜHVOGEL Ich bleibe. Ich gehe nicht, bis –

TURO Das könnte dir schlecht bekommen. Verschwinde.

FLÜHVOGEL Nein. Ich will dort hinaus, wo ich hergekommen bin.

TURO Das nutzt dir nichts, du wirst ihn nicht finden.

FLÜHVOGEL *bei der Tür* Das werden wir sehen. Laß mich hinaus.

TURO Ich warne dich.

FLÜHVOGEL Du verkennst die Situation. Du solltest dich warnen lassen.

TURO Gut. Wie du willst. *Er stößt die Matratze an ihren Platz zurück, gibt ein Summzeichen. Die Tür geht auf, dahinter drängen sich ein paar zwielichtige Gestalten, von denen man zunächt nur Fuchs, Gokel und Wärrschoweit erkennt.*

WÄRRSCHOWEIT *breit in der Tür, Flühvogel anstarrend* Jetz' wärr' scho' weit.

FLÜHVOGEL Was sagt der? Lassen Sie mich durch! *Er versucht, an Wärrschoweit vorbeizukommen, prallt auf einen riesigen Neger in amerikanischer Uniform, der ihn mit einem scherzhaften Schwinger beiseite wirft. Flühvogel fliegt gegen ein minderjähriges Mädchen namens Mieze Kudlich, in übertrieben eng anliegenden Hosen, sehr hübsch, sehr gemein.*

MIEZE *kreischend, in sächsischem Tonfall* Rihrense mich nich an, ich bin Zonenflichtling! *Sie stößt ihn zurück, der Neger hebt die Fäuste, die anderen lachen.*

FLÜHVOGEL *hysterisch* Hilfe! Help, help!

SLOPPY (DER NEGER) I'm gonna help you. *Er verfolgt ihn mit tänzelnden Boxerschritten.*

MIEZE Get him, Sloppy, fäschde, fäschde, knack him daun!

TURO Stop!! *Es tritt Ruhe ein, alles schaut zu ihm hin. Er gibt Wärrschoweit einen Wink.*

WÄRRSCHOWEIT *hebt Flühvogel hoch wie ein Kind, legt ihn ruhig auf die Matratze.*

MIEZE Schade. So'n saft'jen K. O. mit Tomatensauce, das mächt ich von dir mal besähn, Sloppy. *Tastet an seinen Muskeln.*

ILONKA *fährt dazwischen, mit rauher Stimme, berlinisch* Finger weg, Rotztulpe. Geh in Zirkus, wenn du'n Matsch sehn willst, der Sloppy boxt nich für dich!

MIEZE Für dich vielleichd, mit d'r vollen Wampe? Da bufft er d'r hechstens eens druff. *Lachen. Ilonka will auf sie losfahren.*

TURO Rapport.

Es wird wieder still.

ILONKA *kommt nach vorne, mit obszön wirkendem schwangeren Leib unter straffem Trikotkleid* Die Bohnen, Herr, prima Ware, direkt vom Depot, aber vergessense nich, die Unkosten! Für ne Stange Luckys wird heute keiner mehr umgelegt. *Sie schmiegt sich an Sloppy.*

TURO *zu Fuchs* Hast du gecheckt?

FUCHS Ich habe Stichproben gemacht, scheint alles in Ordnung. Zwölftausend scharfe, die M-Pistolen und Bazookas zerlegt, in Whisky- und Bierkisten getarnt, transportbereit.

TURO *zu Sloppy* Wieviel?

SLOPPY Zehn große.

GOKEL *hebt in Sloppys Rücken fünf Finger hoch.*

TURO Fünf.

SLOPPY Acht.

TURO Sechs, zum letzten.

ILONKA Sag sieben, Darling. Sag sieben!

SLOPPY Sieben.

TURO Also fünf. Erledigt. *Nimmt fünf Scheine heraus.*

SLOPPY Ein harter Bursche. *Lacht, steckt das Geld ein.*

TURO Zeig mir die Ware.

Er geht nach hinten, die anderen folgen, außer Mieze und Wärrschoweit, der Flühvogel bewacht.

MIEZE *exaltiert schwätzend, zu Flühvogel, der sich vorsichtig aufgesetzt hat* Glick haste gehabt, der hätt' dich zu Mus geschlagn. Also ich schwär dir, ich hab gedacht, du bist einer vom Griminal. Du hast so was Pfiffig's um de Augn. *Sie schiebt ihr Bein zwischen Flühvogels Knie* Haste was zu roochen?

FLÜHVOGEL *nimmt ein Zigarettenetui heraus* Bitte –

MIEZE *hineinschauend* Nee – ich meene was Duftes. Wennde dufte Schnieken hast, derfste mal bei mir. Mal fiehlen, main ich. *Sie wirft die Mähne zurück und steckt ihren Busen vor.*

FLÜHVOGEL *matt* Du bist ja noch ein Kind. Du gehörst nach Hause. *Er beginnt, ihre Beine zu streicheln.*

MIEZE *setzt sich auf seinen Schoß* Nach Hause – das deet mr fehln! Ich bin mit meine Mutter von drieben rieber gemacht, die war ne ledige Kriegerwitwe, keene Masche für de Henneckens – jetzt läbdse in Onkelehe mitn Garagefritzn – da wird m'r ganz kimmerlich zumute, wenn ich denke, wie's da stinkt. *Tastet nach seiner Rocktasche* Haste wirklich nichts? Dufte Schnieken da stärb ich fier.

FLÜHVOGEL Dufte Schnieken – was ist denn das überhaupt?

MIEZE Du Dussel. *Sie springt auf, da Turo hereinkommt, bewegt sich mit wippenden Tanzschritten auf ihn zu* Du, laß mich mal 'n Schluck aus der Bulle, ich hab'n rauhen Hals. *Sie langt nach der Flasche.*

TURO *wütend* Du Schwein! Du bist ja vollgeschnookt! *Er packt sie am Arm, hält sie von sich weg, fährt ihr mit den Fingerspitzen gegen die Augen* Natürlich. Pupillen wie Pechblende. *Schüttelt sie* Ich hab's euch verboten! Ich kann euch so nicht brauchen. Hör zu flennen auf!

MIEZE *vor Zorn heulend* Denn mach'sch nich mehr mit! Denn such ich mir 'n paar kesse Klaften und gäh in de Esplanade Autoschaukeln, wenn's hier nich mehr dufte ist!

TURO *stößt sie zu Wärrschoweit, der sie auffängt und ihr den Mund zuhält* Unter die Brause damit, so wie sie ist.

WÄRRSCHOWEIT *nickt, wirft sie sich über die Schulter, geht.*

MIEZE *zu Turo zurückschreiend* Das kannsde mit mir nich machn! Ich zaisch dich an, wägn Unzucht, ich bin minderwärd'sch!

WÄRRSCHOWEIT *schließt die Eisentür, hinter der ihr Kreischen verhallt.*

TURO *schaut Flühvogel an* Jetzt sag schön ›Danke‹ und geh. Aber plötzlich. Ich hab dir die Kinnlade und das Nasenbein gerettet, vielleicht auch die Vorderzähne. Das genügt für heute.

FLÜHVOGEL *feindselig* Ich mache dich darauf aufmerksam, daß ich auf meinem Schreibtisch die hiesige Adresse in einem geschlossenen Kuvert hinterlegt habe – für den Fall, daß ich bis morgen früh nicht zurück bin. Adressiert an die Kriminalpolizei.

TURO Dann geh mal heim und schmeiß das in den Papierkorb.

FLÜHVOGEL Ich finde deine Sorglosigkeit imponierend. Ich könnte auch sagen: Dein Vertrauen ehrt mich. Aber alles hat seine Grenzen. Selbst alte Kameradschaft.

TURO Idiot.

FLÜHVOGEL So leid es mir tut - ich bin zum äußersten entschlossen, um den Jungen aus diesem Schmutz- und Schundmilieu herauszuholen. Nötigenfalls – durch die Gerichte.

TURO *hat sich gesetzt, blättert in einem Notizbuch.*

FLÜHVOGEL Allein was ich hier gesehen habe, der Waffenhandel mit verbrecherischen Elementen der Besatzungsarmee, würde genügen, dich und deine Bande sofort hochgehen zu lassen. Ich hoffe also, du nimmst Vernunft an.

TURO *ohne aufzuschauen* Flühvogel – du hättest dir was Besseres ausdenken können. Das war doch der Mädchenname deiner Mutter?

FLÜHVOGEL Das gehört nicht hierher.

TURO Glaubst du? *Liest* Cand. med. Peter Maschitzky, Sohn des Kaufmanns Josef Maschitzky und seiner Frau Katharina, geborene Flühvogel, stimmt's?

FLÜHVOGEL Was willst du damit, was hat das mit uns zu tun? In dieser Stadt und in meinen heutigen Berufskreisen hat mich niemand unter meinem früheren Namen gekannt.

TURO *nickt* Außer mir. *Liest* Juni 1935, freiwillige Meldung zum SS-Reitersturm Breslau. 1936, Ausbildung beim rassepolitischen Amt. 1937, zur Sanitätsabteilung versetzt, 1938, als

SS-Scharführer zur Vollendung des Studiums beurlaubt, 1939, Feldunterarzt, zunächst an der Front in Polen, dann bereits zur besonderen Verfügung dem S.D. unterstellt. Zuerst Lagerarzt in –

FLÜHVOGEL Das sind alte Geschichten. Wer will denn das noch hören.

TURO Sie sind nicht so alt. Sie sind immer wieder neu, und schön. Zum Beispiel: 1941–42, Aussonderung arbeitsfähiger Häftlinge von sogenannten ›überflüssigen Essern‹, das geht in die Tausende –

FLÜHVOGEL Damit hatte ich nur ganz indirekt zu tun –

TURO Schwer zu beweisen.

FLÜHVOGEL Gib mir das Buch!

TURO Bitte. Schau's dir an. *Reicht es ihm* Du kannst es auch mitnehmen, ich brauche es nicht. Dein Dossier liegt sicher in einem Banksafe. Originalpapiere und Photokopien.

FLÜHVOGEL *wirft das Notizbuch zu Boden.*

TURO Du siehst, daß ich dir unbegrenzt vertrauen kann.

FLÜHVOGEL Das heißt, du kannst meine mühsam aufgebaute Karriere vernichten – und mich dazu.

TURO Ich habe das soeben eleganter ausgedrückt.

FLÜHVOGEL Du weißt, ich habe immer nur aus ernster, weltanschaulicher Überzeugung gehandelt –

TURO Vergiß das nicht, für die Gerichtsverhandlung.

FLÜHVOGEL Ich habe wenigstens einen neuen Anfang gemacht!

TURO Und ich bin immer noch dabei, ein Ende zu machen – das ist der Unterschied. Die Karre rollt. Sieh zu, daß du nicht in die Speichen kommst.

FLÜHVOGEL Ich hoffe, du hast meine vorherigen Bemerkungen nicht mißverstanden – man kämpft mit harten Bandagen... Aber es ist doch klar, daß man einander nicht verrät – als alte Kameraden –

TURO *brüllt ihn an* Halt's Maul! Ich bin nicht dein Kamerad! Ich war nie dein Kamerad. Ich bin keines Menschen Kamerad, am allerletzten der deine! Ich habe getötet, und ich wußte warum. Aber mit Schindern und Schindknechten hatte ich nichts gemein... Da, draußen, als Wachhund vor der Tür, da habe ich einen, von dem ich nicht weiß, wie er heißt, und den ich nie etwas anderes habe sagen hören als: ›Jetzt wärr' scho' weit‹ – und dann ist es soweit... Der wäre mein Kamerad – wenn ich einen brauchte... *Die Eisentür wird ohne Klopfzeichen aufgerissen, Turo fährt herum* Was ist? Was fällt euch ein?

GERHARD *sich von den Fäusten Wärrschoweits losreißend, stürzt fast in den Raum. Eine brennende Zigarette klebt in seinem Mundwinkel. Er steht wortlos vor Turo, mit starren Augen, schwer atmend.*

TURO *gibt Wärrschoweit ein Zeichen, er verschwindet und schließt die Tür. Zu Gerhard* Ich habe dich nicht gerufen.

GERHARD Ich kann nicht warten – wenn hier der Spion – der Verräter –

TURO *schlägt ihm mit dem Handrücken scharf übers Gesicht. Die Zigarette fällt.*

FLÜHVOGEL *schreit auf* Nein! *Bedeckt seine Augen.*

TURO Du hast geraucht.

GERHARD *mit einem dünnen Blutrinsel am Mund* Ich –

TURO Du hast blind zu gehorchen. Sonst nichts.

GERHARD Ich weiß es. Deshalb bin ich hier.

TURO Heb den Stummel auf.

GERHARD *tut's.*

TURO Stoß ihn dir ins Auge.

FLÜHVOGEL Nein! *Will sich dazwischenwerfen, Turo wirft ihn zurück.*

TURO Ins rechte.

GERHARD *reißt den glühenden Stummel hoch, zückt ihn gegen sein Auge.*

TURO Halt! Laß ihn fallen. *Tritt den Stummel aus* Du kannst gehorchen – und du hast Mut – besonders wenn du das Zeug geraucht hast. Ich brauche Leute, die Mut haben, ohne Marihuana.

GERHARD Es war die letzte.

TURO *schaut ihn an* Ich glaube dir. Wisch dir das Blut ab. *Zu Flühvogel* Da ist dein Schützling. Jetzt kannst du mit ihm sprechen. Genier dich nicht. Kämpfe um seine Seele, und um deinen erstklassigen Familienanschluß. *Er wendet sich ab.*

FLÜHVOGEL *nach kurzem Zögern* Gerhard – ich beschwöre Sie – bei allem, was Ihnen wert und teuer ist, beim Leben Ihrer Mutter! Kommen Sie mit, fort von hier – nach Hause oder wohin Sie wollen, nur fort von hier – ich helfe Ihnen, ich bring Sie in Sicherheit, und ich verspreche Ihnen, es wird nie jemand erfahren –

GERHARD *spuckt ihm ins Gesicht.*

FLÜHVOGEL *glotzt mit offenem Mund, läßt seinen Kopf sinken, verkrampft die Hände.*

Gleichzeitig von oben ein polterndes, stampfendes Anschwellen der vorher sehr leisen Jazzmusik, das mit einem wilden Trommel- und Paukenwirbel abreißt, dann ganz still.

TURO Feierabend. *Er tastet ein Signal.*

WÄRRSCHOWEIT *erscheint in der Tür.*

TURO Der Herr möchte gehen.

WÄRRSCHOWEIT *tritt hinter Flühvogel.*

FLÜHVOGEL *nimmt seine Aktenmappe, geht, ohne aufzuschauen, von Wärrschoweit eskortiert, der die Tür wieder schließt.*

TURO Nun? Bist du mit dir zufrieden?

GERHARD *beschämt* Ich hätte das nicht tun sollen. Ich war unbeherrscht.

TURO Es hat ihm nichts geschadet.

GERHARD Und wenn er jetzt hingeht und zeigt uns an?

TURO Er wird es bleiben lassen.

GERHARD Ich traue ihm nicht. Ich habe ihm nie getraut, obwohl er so harmlos aussieht, und immer nett zu mir war... Aber irgendwie graut mir vor ihm.

TURO *lächelnd* Vor mir nicht?

GERHARD Nein, Herr. Sie kann ich fürchten, das ist etwas anderes.

TURO Allerdings. Das ist eine Religion.

GERHARD Ich gehe nicht mehr ins Seminar. Ich möchte auch nicht mehr nach Hause.

TURO *zuckt die Achseln* Das ist deine Sache. Aber ich würde dir raten, vorläufig stillzuhalten. Geh ins Seminar wie immer, sei sorglos und unbefangen zu Hause, wenigstens die nächsten paar Tage. Es kommt darauf an, daß dir niemand nachspürt, verstehst du? *Geht zur Tür, öffnet einen Spalt, ruft* Fuchs, Gokel, Wärrschoweit, zum Befehlsempfang. *Zu Gerhard* Ich werde dir das Aktionskommando übertragen. Ich habe dich bisher zu so was nicht eingesetzt, ich habe dich für zu weich gehalten. Du hast mich heute eines besseren belehrt. Du gehörst zur Goldenen Horde.

Fuchs, Gokel, Wärrschoweit, der die Tür schließt.

TURO Achtung. *Alle treten dicht zu ihm, er spricht mit gedämpfter Stimme* Die Aktion heißt: Zonengrenze. Sie beginnt am Wochenende und wird in der Frühe des Montag durchgeführt. Es handelt sich um die Sicherstellung gewisser Lieferwagen, die aus der Ostzone kommen, es ist kein Überfall, die Fahrer sind mit im Spiel. Mieze macht den Grenzkontakt, sie hat sichere Leute drüben. Gerhard, du übernimmst die Spitze. Gokel und du seid für die Übernahme verantwortlich, Fuchs und Wärrschoweit sichern die Flanken. Das genaue Transportziel gebe ich noch bekannt. Ihr meldet euch hier am Samstag, um zwanzig Uhr, zur letzten Befehlsausgabe. In der Zwischenzeit bleibt in Deckung. *Zu Wärrschoweit* Die Fahrbereitschaft ist deine Sache.

FUCHS Bewaffnung?

TURO Wie immer, scharf. Aber ich denke, es wird nichts passieren. Ihr könnt jetzt gehen. Gerhard bleibt. *Zu Wärrschoweit* Schick alle fort, mach dicht, dann komm wieder und bring die Leier mit.

Fuchs, Gokel und Wärrschoweit gehen.

TURO *nimmt eine Autokarte heraus* Schau her. *Er setzt sich, Gerhard schaut ihm über die Schulter* Hier euer Anmarschweg, nordöstliche Autobahn, hier die Grenzkontrolle. Am Montag früh werden dort zwei Lastzüge abgefertigt, die Papiere und Lieferausweis von der Dresdener Porzellan- und Glasmanufaktur vorweisen. In Wirklichkeit enthalten die Kisten optische und feinmechanische Geräte im Wert von einigen hunderttausend. Nach Abfertigung halten die Laster hier – etwa fünfundzwanzig Kilometer diesseits der Grenze – rot angekreuzt –, ihr erwartet sie auf Brücke zweihundertachtzehn, von der man die Autobahn überblickt, bei der nördlichen Ausfahrt zu dem Dörfchen Leitgeben. Dort wird ein Radwechsel vorgetäuscht, unterdessen die Fahrer ausbezahlt und die Ware übernommen. Das muß alles so unauffällig geschehen, daß eine vorüberkommende Streife keinen Verdacht schöpfen kann. Ist das klar?

GERHARD Jawohl, Herr.

TURO Ihr trefft nicht vor fünf Uhr früh am Aktionsort zusammen, übernachtet vorher in verschiedenen Quartieren, die ich noch bestimme. *Er gibt ihm die Karte* Jetzt setz dich hin, präg dir alles genau ein. Auf der Rückseite findest du die exakten Zeiten, die Nummern der Lastwagen und so weiter. Das lernst du auswendig. Die Karte wird dann verbrannt.

GERHARD Ich danke Ihnen.

TURO Sieh zu, daß alles klappt.

GERHARD Jawohl, Herr.

TURO Noch eins: paß auf Mieze auf, sie geht Montag früh schwarz über die Grenze, laß sie vorher nicht aus den Augen. Bis zum Sonntag halte ich sie unter Verschluß.

GERHARD Jawohl, Herr.

Wärrschoweit kommt, mit einer dreieckigen Balalaika.

TURO Da kommt Orpheus mit seiner Leier. Hast du ihn schon gehört?

GERHARD Ich hab ihn für stumm gehalten.

TURO Auch Orpheus ist stumm, wenn er nicht singt. Er singt die Lieder seiner Heimat, ich höre sie gern, es ist auch meine Heimat. Aber als Kind habe ich sie nicht gekannt. Hier, Orpheus – trink und spiele. *Er schiebt Wärrschoweit die Wodkaflasche hin, legt sich auf die Couch, öffnet eines der Bücher.*

GERHARD *hat sich auf eine Kiste gesetzt, studiert die Karte.*

WÄRRSCHOWEIT *nach einem Zug aus der Flasche, beginnt leise zu spielen, singt – in sehr einfacher Art, nach einer litauischen Volksweise*

Ach meine Mutter, warum bist du gegangen
Mit bloßen Füßen in den kalten Tau?
Jetzt brennen Röslein schon auf deinen Wangen.
Bald wäscht dich die Leichenfrau.

Er trinkt wieder, stimmt an seinem Instrument.

TURO *ohne vom Buch aufzusehn* Gerhard. Warum bist du hier?

GERHARD *blickt vor sich hin* Ich weiß es nicht.

WÄRRSCHOWEIT *singt*

Ach meine Mutter, warum gingst du in den Garten
Mit bloßen Füßen in den kalten Tau?
Den du mit Rosen schmücken wollt'st, der konnt' nicht
auf dich warten.
Jetzt schmückt dich die Leichenfrau.

TURO Du suchst die Wirklichkeit. Aber die Wirklichkeit ist eine Blutlache am Weg. Eine Blutlache am Weg, wo einer erstochen worden ist. Sie erkaltet. Sie trocknet ein. Sie verschwindet. Sonst nichts.

WÄRRSCHOWEIT *spielt.*

III

Alles wie zu Beginn der vorigen Szene, nur hört man von oben, statt der Jazzmusik – sehr leise – ein Harmonium spielen, das eine tiefe Baß- oder Altstimme, manchmal einen gedämpften Chor, zu Negro-Spirituals und geistlichen Hymnen begleitet.
Turo steht neben der Couch, ihm gegenüber Gudula, in einem Straßenkostüm mit Schulterpelz, Hut und Handschuhen, Wärrschoweit hinter ihr bei der Tür.

TURO *sie musternd* Sie sind allein hierhergekommen?

GUDULA *seinen Blick vermeidend, zuckt kaum merklich die Achseln, schweigt.*

TURO Sie haben Glück gehabt. Ich bin nicht immer hier.

GUDULA *schweigt, mit der gleichen, kaum merklichen Bewegung.*

TURO *gibt Wärrschoweit einen Wink, er geht, schließt die Tür* Ich fordere Sie nicht zum Sitzen auf, es ist nicht der Ort dazu.

GUDULA *antwortet nicht, zieht den Pelz um ihre Schultern enger zusammen.*

TURO Ich kann mir denken, daß Sie nicht die Absicht haben, lange zu bleiben. Bitte fassen Sie das nicht als Unhöflichkeit auf. Ich, meinerseits, habe Zeit.

GUDULA *schweigt, schaut sich flüchtig um.*

TURO *ihren Blick beobachtend, der sich kurz nach oben wendet* Am Sonnabend beginnt der Tanz erst um zehn. Jetzt haben sie droben eine geistliche Feierstunde. Spirituals. Sie sehen, es wird hier auch für die Seele gesorgt.

GUDULA *setzt zum Sprechen an, schweigt wieder, schaut kurz nach der Tür.*

TURO Nehmen Sie sich Zeit. *Er geht einmal hin und her, bleibt, halb von ihr abgewandt, stehen.*

GUDULA Sie wissen, wer ich bin.

TURO Natürlich.

GUDULA Dann wissen Sie auch, weshalb ich hier bin.

TURO Dafür gäbe es verschiedene Auslegungen.

GUDULA Der Mann, der mir die Adresse gab, hat mir gesagt, daß ich Sie jetzt hier antreffen würde. Er weiß mehr von Ihnen, als Sie glauben.

TURO Ich habe ihn nicht zu fürchten. *Er schaut sie an.*

GUDULA Wieviel verlangen Sie?

TURO *lächelnd* Sie sprechen von Geld?

GUDULA Ich könnte eine beträchtliche Summe aufbringen.

TURO *immer noch lächelnd* Wofür?

GUDULA Ihn freizugeben.

TURO Ich halte ihn nicht.

GUDULA Ich weiß. Gerade deshalb – liegt alles in Ihrer Hand.

TURO Ich sehe keinen Anlaß, seine eigene, freie Entscheidung zu beeinflussen.

GUDULA Das ist eine perfide Sophistik!

TURO *zuckt die Achseln.*

GUDULA Ich merke erst jetzt, wie sehr er unter Ihrem Einfluß steht! Er redet mit Ihren Worten. Er ahmt Ihren Tonfall nach. Er blickt mit Ihren Augen.

TURO Woher wissen Sie das? Sie haben mich bisher kaum einmal angesehn.

GUDULA Ich wiederhole mein Angebot.

TURO Es interessiert mich nicht.

GUDULA Wir haben noch nicht von Zahlen gesprochen.

TURO Das erübrigt sich.

GUDULA Was können Sie sonst verlangen? Soll ich vor Ihnen auf die Knie fallen?

TURO Ich fürchte, Sie sind umsonst hierhergekommen.

GUDULA *mit Überwindung* Er ist mein einziger Sohn.

TURO Ich wollte sagen, daß ich fürchte, Ihnen nicht helfen zu können. In meiner Welt herrschen andere Gesetze, die außerhalb der menschlichen Gefühle stehen.

GUDULA Sie meinen die Gesetze der Unterwelt. Der Willkür und der Gesetzlosigkeit.

TURO Nennen Sie das, wie Sie wollen. Jedes Gesetz, und jede Herrschaft hat mit einer Willkür begonnen – die gerechte wie die ungerechte.

GUDULA Sie weigern sich also, meinen Sohn aus Ihrer Gewalt zu entlassen.

TURO Haben Sie den Eindruck, es gäbe noch ein Zurück?

GUDULA Sonst wäre ich nicht gekommen. Ich glaube, daß das nur bei Ihnen liegt.

TURO Ich will ganz offen mit Ihnen reden.

GUDULA Nämlich?

TURO Ich weiß nicht, ob er – in Ihrem Sinn – zu retten wäre, wenn ich ihn etwa wegschicken würde. Ob das, was ihn hierhergetrieben hat, damit in ihm geheilt wäre.

GUDULA *mit einem Schimmer von Hoffnung* Sie würden es aber versuchen –?

TURO Ich weiß nicht.

GUDULA Sie wollen mir also keine Antwort geben.

TURO Ich werde darüber nachdenken. Wir könnten uns – ein anderes Mal darüber unterhalten.

GUDULA Es gibt kein anderes Mal. Nicht für mich, nicht für Sie.

TURO *schaut sie an.*

GUDULA Können Sie sich nicht vorstellen, daß ich meinen Sohn lieber verhaftet sehen würde als in Ihrer Gewalt?

TURO *schweigt, schaut sie an.*

GUDULA Eine Bestrafung – das geht vorüber. Sie könnte ihm zur Klärung verhelfen, könnte sein Leben retten...

TURO *schaut sie an, zieht die Brauen hoch.*

GUDULA Können Sie sich nicht vorstellen, daß ich das Schlimmste in Kauf nehmen würde, um Sie zu vernichten?!

TURO *unverändert.*

GUDULA *leise, unsicher* Ich möchte gehn –

TURO Wie Sie wünschen. Ich werde Sie von einem sicheren Mann eskortieren lassen. *Greift in die Tasche, nimmt eine Karte heraus* Ich gebe Ihnen meine Privatadresse. Sie können mir dort eine telefonische Nachricht hinterlassen, wenn Sie mich aufsuchen wollen. Ich stehe immer zu Ihrer Verfügung.

GUDULA Ich verstehe Sie nicht.

TURO Ich habe Ihnen gesagt, ich will darüber nachdenken.

Über Gerhard – über alles. Ich kann jetzt nichts anderes tun. Aber wenn Sie in Sorge um ihn sind, wenn Sie anders nicht weiter wissen, kommen Sie zu mir. Ich lebe im Parkhotel.

GUDULA *nimmt die Karte, wirft einen Blick darauf* Weshalb sind Sie so tollkühn, mir diese Adresse zu geben? Ich bin hier in Ihrer Gewalt.

TURO Vielleicht stört es mich, daß Sie hier in meiner Gewalt sind.

GUDULA *schaut ihn an* Was sind Sie für ein Mensch...

TURO *tastet ein Signal. Wärrschoweit erscheint. Leise, zu ihm* Fuchs soll aufpassen, daß sie nicht belästigt wird, bis zur Ecke der Esplanade, das genügt. *Er verbeugt sich vor Gudula.*

GUDULA *geht ohne Gruß, Wärrschoweit folgt.*

TURO *steht mit gesenktem Kopf – dann bückt er sich, beginnt, Bücher und andere Dinge aufzuheben.*

WÄRRSCHOWEIT *kommt zurück.*

TURO Alles packen und wegschaffen. Die Befehlsausgabe findet in unserer Ausweichstellung statt.

WÄRRSCHOWEIT *nickt.*

TURO Sind die Fahrzeuge bereit?

WÄRRSCHOWEIT *nickt.*

TURO Dann los. Auszug.

IV

Holtermanns ›Studio‹: weiträumig, hochgebaut, gestrichene Wände, in hellen, heiteren Farben. Das große Fenster ist jetzt von einem Vorhang bedeckt. Eine gepolsterte Tür, seitlich, führt zum Sekretariat. Auf der anderen Seite die Eingangstür.
Die Einrichtung von moderner Zweckmäßigkeit, Schreibtisch, Rauchtisch mit Glasplatte, bequeme Sitze, nichts Überflüssiges. Eine Leselampe, sonst indirekte Beleuchtung.
Holtermann steht am Schreibtisch – Gudula, gekleidet wie vorher, nur ohne Hut und Pelz, in einem Sessel.

HOLTERMANN Ich bin gar nicht überrascht – ich habe es kommen sehen. Und was mich anlangt – falls es ihr wirklich ernst ist –, ich finde, er ist ein hochgebildeter Mensch, auch wenn er kein Vermögen hat, dafür steht ihm eine große wissenschaftliche Laufbahn bevor, was will man mehr heutzutage.

GUDULA Was weißt du von seiner Vergangenheit? Von seinem Vorleben, von seiner Familie.

HOLTERMANN Das ist kein Problem. Ein Mann wie Flühvogel wird uns natürlich jede Information geben, die wir verlangen. Ich finde es ganz korrekt, sogar taktvoll, daß er zunächst schriftlich bei mir angehalten hat – es könnte ja auch sein, daß man nein sagt, so was ist Aug in Auge immer sehr peinlich.

GUDULA *mehr zu sich* Was wird Gerhard sagen –

HOLTERMANN Ich denke, es kommt doch mehr darauf an, was Isabel sagt – schließlich hat er um sie angehalten, und nicht um ihn – *Er lacht ein wenig, dann stockend* Meinst du nicht, Gudula – wäre es nicht – in einem solchen Augenblick – am Platze, oder sogar notwendig – bevor sie eine Lebensentscheidung fällt –

GUDULA Muß das sein? Ich meine – was kann es an ihrer Entscheidung, oder an ihrer Neigung, ändern –?

HOLTERMANN Ändern – nichts. Es ändert sich auch nichts daran, daß ich, in jeder Weise, für sie da bin, und bleibe, so als wäre sie mein eigenes Kind ... Aber ich habe das Gefühl – ich finde – es ist eine Sache der Sauberkeit, weißt du, was ich meine? Ich kann es schwer erklären ...

GUDULA Ja. Ich weiß, was du meinst. Aber könntest nicht vielleicht – du – mit ihr sprechen – es wäre – ich – bitte verstehe mich recht – sie hat, glaube ich, zu dir eine viel stärkere, eine viel wärmere Beziehung –

HOLTERMANN *geht zu ihr hin, streicht ihr übers Haar* Du bist die Mutter, Gudula. Ich glaube, das ist eine Sache zwischen Mutter und Kind. Ich möchte dir gern helfen. Es ist sicher nicht leicht ... Aber – ich wüßte nicht recht, was ich für Worte finden soll ...

GUDULA *preßt seine Hand* Ich weiß. Verzeih mir.

HOLTERMANN *mit einem erleichterten Lachen* Ich könnte das gar nicht aussprechen, verstehst du –

GUDULA Ich weiß.

GERLIND *kommt mit einer Korrespondenzmappe aus der Tür des Sekretariats* Oh – entschuldigen Sie! *Will wieder zurück.*

GUDULA Kommen Sie nur herein, Linda.

GERLIND Aber ich möchte nicht stören ...

GUDULA Das bin ich, die hier stört, nicht Sie!

HOLTERMANN Hören Sie, Lindalein, was tun Sie denn überhaupt noch hier, es ist Samstag abend, Sie sollten längst zu Hause sein.

GERLIND Ich brauche noch die Unterschriften, ich kann dann alles mitnehmen, ich komme ja an der Hauptpost vorbei.

HOLTERMANN Das hätte auch Zeit gehabt bis Montag früh.

GERLIND Nicht die Luftpostbriefe nach Paris und Brüssel.

HOLTERMANN Richtig – Sie sind unschlagbar! Aber Sie sollten trotzdem nicht Ihren freien Abend –

GERLIND Sie wissen, daß ich es gern tue. Ich habe Zeit.

HOLTERMANN Na na. Kein Rendezvous? Keine Tanzverabredung?

GERLIND *lacht* Bitte rufen Sie mich dann. Ich habe sowieso noch ein paar Akten abzulegen. *Geht.*

HOLTERMANN Großartig, wie? Einfach großartig. Ich wüßte

keine andere, die – *Öffnet die Tür zum Sekretariat, ruft* Sagen Sie, Linda, haben Sie die Flugscheine für Paris gebucht?

STIMME GERLINDS Für Montag war alles ausverkauft, ich habe zwei Plätze bei der Air France für Dienstag, um zwölf Uhr mittags.

HOLTERMANN Danke, das genügt. Die Sitzung ist erst am Mittwoch. *Schließt die Tür, wendet sich zu Gudula, die in sich versunken und abwesend in ihrem Sessel lehnt* Da hast du mehr Zeit zum Packen und kannst dir am Montag vielleicht noch was besorgen – *Bricht ab, schaut sie an* Du wirst doch mitkommen?

GUDULA Am liebsten gleich.

HOLTERMANN *lacht befreit* Na, das wäre doch ein bißchen übereilt...

GUDULA Warum? Ich möchte am liebsten gleich mit Isabel reden, – wenn es schon sein muß. Jetzt, hier, sofort.

HOLTERMANN Bitte – gewiß. Wie du willst. Ich kann sie dir rufen lassen. *Geht zum Haustelefon, zögert* Aber dann – wie ist das mit Paris?

GUDULA Paris?

HOLTERMANN Du weißt doch, ich habe ein paar Tage dort zu tun... Ich habe Zimmer im Ritz bestellt...

GUDULA Ich – bin noch nicht sicher. Ich kann's dir noch nicht sagen.

HOLTERMANN Nun – es hat ja Zeit. *Hebt das Telefon ab* Bitte sagen Sie Fräulein Isabel, sie möchte mal rüberkommen. Sie wird im Salon sein. Ja, jetzt, sofort. *Zu Gudula* Ich erledige inzwischen mit Gerlind die Korrespondenz. Ich habe noch was zu diktieren. *Tritt zu ihr* Mach's dir nicht so schwer, Gudi. Du brauchst ja – du brauchst ihr nicht alles zu erzählen...

GUDULA *versucht ein Lächeln, nickt ihm zu.*

HOLTERMANN Ich komme nicht rein, bevor du mich rufst. *Geht ins Sekretariat, schließt die Tür.*

GUDULA *steht auf – geht rasch bis zum Schreibtisch – nimmt Turos Karte aus der Tasche, schaut kurz darauf – greift nach dem Telefon, zögert – schaut wieder auf die Karte – steckt sie ein.*

ISABEL *kommt herein* Großalarm, zur Stelle... Na, wo ist denn Päpchen? Ich dachte, er wollte mich –

GUDULA Ich wollte mit dir sprechen.

ISABEL Ich dachte, er wollte mich nach Paris mitnehmen... Du machst dir ja doch nichts draus...

GUDULA Setz dich doch.

ISABEL Klingt ganz nach Kriminalverhör. Also bitte. Ich plädiere auf Freispruch. *Setzt sich, schlägt die Beine übereinander.*

GUDULA Vielleicht weißt du es schon – es hat jemand um dich angehalten.

ISABEL Natürlich, Flühvögelchen! Ist ja zum Piepen!

GUDULA Ach so. Du findest das komisch. Du ziehst es also gar nicht in Betracht –

ISABEL Das will ich nicht einmal sagen. Aber ich muß ja wohl deshalb nicht in Tränen ausbrechen, oder?

GUDULA Ich hätte gern eine klare, einfache Antwort von dir. Ob du ihn magst oder nicht. Ob du daran denken würdest, ihn zu heiraten.

ISABEL Denken schon. Er hat ja was. Ob ich's täte, ist noch nicht ganz raus. Aber wer weiß. Vielleicht könnte man's mit ihm probieren.

GUDULA Probieren –?

ISABEL Die erste Ehe muß ja nicht unbedingt die letzte sein.

GUDULA Die erste Ehe – *Verstummt.*

ISABEL O Gott, ich weiß. Ich kenne den Text. *Nimmt eine Zigarette.*

GUDULA Hör mir jetzt zu. Als ich – in meine erste Ehe trat – da hätte ich mir nie denken können, daß es jemals noch etwas anderes geben könnte auf der Welt.

ISABEL *läßt das Zündholz sinken* Du –? Is ja toll! Du warst also auch schon mal – *Lacht.*

GUDULA *schaut sie an.*

ISABEL *hört auf zu lachen* Entschuldige, Mutti.

GUDULA Du bist das Kind aus dieser ersten Ehe.

ISABEL Ich? Das kann doch nicht – – *Sie erstarrt.*

GUDULA Wir dachten uns – wir haben beide gedacht, du solltest das wissen – bevor du für dein eignes Leben eine Entscheidung triffst –

ISABEL *starr, fast tonlos* Das kann doch nicht wahr sein.

GUDULA Du mußtest das einmal erfahren.

ISABEL Und warum erst jetzt? Warum habe ich das nicht früher gewußt?

GUDULA *mühsam* Weil – es gab Gründe dafür.

ISABEL Ich kannte genug Kinder, die wußten, daß sie einen Stiefvater hatten, besonders nach dem Krieg, – und sind ganz gut damit zurechtgekommen... Die kriegten das nicht so plötzlich auf den Kopf geknallt.

GUDULA Du wirst es verstehen, Isabel – wenn ich dir sage – deine ganze Kindheit, deine Jugend, dein Leben hat davon abgehangen, daß es niemand wußte, auch du nicht. Und dann – später – wollte er dich, und sich, nicht damit belasten. Für ihn bist du doch – sein Kind.

ISABEL *schweigt.*

GUDULA Ich kann's dir mit einem Wort erklären – dann weißt du alles. Dein Vater – mein erster Mann – war Jude.

ISABEL *leise* Jude? Mein – *Sie preßt die Lippen zusammen.*

GUDULA Du warst ein Jahr alt, noch nicht ganz ein Jahr – als man begann, die Juden in unserem Land zu verfolgen und auszutreiben. Und – und Schlimmeres. *Sie verschränkt die Hände.*

ISABEL *nickt* Und da hast du dich natürlich scheiden lassen.

GUDULA *hart* Ich hätte mich natürlich nie scheiden lassen. *Mit gewaltsam unterdrückter Erregung, äußerlich ruhig* Dein Vater lebt nicht mehr. Er ist – umgekommen. Schon ganz am Anfang. Jetzt weißt du alles. *Sie nimmt ihr Taschentuch, trocknet sich die Stirn.*

ISABEL *steht auf, beugt sich über die Glasplatte des Rauchtischs.*

GUDULA Was tust du?

ISABEL Mich anschauen. Ob man was sieht?

GUDULA Du weißt, wie du aussiehst. Es hatte nie jemand einen Verdacht.

ISABEL Heute wär' das ja eigentlich egal. Aber besser ist besser.

GUDULA *wiederholt, ohne Betonung* Besser ist besser – *Schaut unter sich.*

ISABEL Da hat mich also Päpchen – quasi – arisiert?

GUDULA *antwortet nicht.*

ISABEL Find ich ganz prima von ihm. Muß ja gar nicht so leicht gewesen sein, damals –

GUDULA *sagt nichts, ihr Kopf sinkt tiefer.*

ISABEL Vermutlich hat er dicke Beziehungen gehabt. Er hat ja immer Beziehungen, da kann man sich drauf verlassen ... Hat er mich damals schon adoptiert – oder wie hat er das gedeichselt?

GUDULA *sich hochwerfend, in einem plötzlichen, wilden, besinnungslosen Ausbruch* Ich mußte schwören! Ich mußte schwören, daß du von ihm seist, daß ich meinen Mann betrogen hätte! Ich mußte schwören, vor den kalten Fratzen, ich mußte den Mann, den ich liebte, im Tod beschimpfen, und bespucken, ich mußte ihn noch einmal töten, und ihn, im Grab noch, dem Spott preisgeben, ich mußte schwören, daß ich ihm untreu war, daß ich meine Ehe gebrochen hätte – ich mußte schwören!! *Mit veränderter Stimme* Und ich habe geschworen. Es war ein Meineid, ich habe ihn geschworen – so wahr mir Gott helfe – um deinetwillen. *Sie hat den Vorhang geöffnet, preßt – abgewandt – ihre Stirn ans Fenster.*

ISABEL *nach einer Pause* W i e m u ß t d u m i c h g e h a ß t h a b e n. – Wie mußt du mich gehaßt haben, mein Leben lang.

GUDULA *ohne sich umzuwenden, streckt die Hand nach ihr aus.*

ISABEL *zögernd zu ihr hin, nimmt ihre Hand* Es tut mir leid ...

GUDULA *wendet sich um, Isabels Hand umklammernd* Ich habe dich nicht gehaßt. Aber ich konnte auch nicht mehr lieben. Ich konnte nicht mehr lieben – keinen Menschen mehr. Bis Gerhard kam.

ISABEL *läßt ihre Hand los* Der arme Pappi.

Es klopft an der Tür.

GUDULA Ja? Wer ist da?

GERHARD *öffnet, schaut herein. Er ist zum Ausgehn angezogen, mit Trenchcoat überm Arm* Ist etwas los? Ich dachte, ich höre schreien –

ISABEL Ohrentäuschung. Wir haben gelacht.

GUDULA Du wolltest ausgehn?

GERHARD Ja, ich gehe aus. Nur mit dem Fahrrad mal um die Ecke.

ISABEL Um die Ecke ist gut.

GUDULA Wird es nicht Zeit zum Essen?

GERHARD Danke, ich hatte schon was.

ISABEL Er geht lieber um die Ecke.

GERHARD Was geht das dich an?

ISABEL Gar nichts. Mich geht hier gar nichts was an. Aber wenn du es wissen willst, Flühvogel hat um mich angehalten, und ich werde ihn heiraten, ich werde ihn nehmen – *In einem plötzlichen Aufschluchzen* – nur damit ich hier rauskomme!! *Sie läuft hinaus.*

GERHARD Flühvogel – Und ihr wollt das zulassen?

GUDULA *zuckt die Achseln.*

GERHARD Das ist doch unmöglich. Ihr könnt nicht erlauben, daß sie den Kerl auch nur in Betracht zieht.

GUDULA Ich dachte, du bist sein Vorzugsschüler. Du verdankst ihm so viel...

GERHARD *lacht auf* Wenn du wüßtest, wie man ihn nennt, unter den Studenten! Was für einen Spitznamen er hat!

GUDULA Nämlich?

GERHARD Ich kann's dir nicht sagen, Mutter. Vor dir könnte ich so was nicht aussprechen. Nicht einmal denken.

GUDULA Deshalb könnte er doch ein anständiger Mensch sein.

GERHARD Der? Der ist ein Hund. Ich sage dir, der ist ein Schnüffler, ein Hund. Der darf nicht mehr in unser Haus!

GUDULA Warum? Weil er den Keller kennt, in der verrufenen Gasse, unter dem Negerklub? Weil er versucht hat, dich dort herauszuholen?

GERHARD *starrt sie an* Was weißt du von dem Keller?

GUDULA Ich war dort.

GERHARD *in einem furchtbaren Entsetzen, leise* Du – warst dort –

GUDULA *ruhig, fast kalt* Ja, ich war dort. Ich habe alles gesehen. Sie haben mich durch die ›Kohlenbar‹ geführt. Die ekelhaften Matratzen, die klebrigen Whiskygläser, die schalen Rauchschwaden, die verfilzten Gestalten in der Ecke... ich habe alles gesehen. Und ich sage dir, ich hätte dich lieber in einem Gefängnis besucht.

GERHARD D u – warst d o r t!

GUDULA Ich wollte dich loskaufen. Ich habe dem – Herrn, der dort herrscht, Geld geboten. Er hat es nicht genommen. Er will dich zum Opfer, wie die andern alle, er wird dich vernichten. Jetzt weißt du, was du zu erwarten hast, wenn du da wieder hingehst – auch von mir.

GERHARD Jetzt kann ich nicht mehr nach Hause.

GUDULA Du mußt dich entscheiden, Gerhard. Mein nächster Gang – wäre zur Polizei.

GERHARD *reißt sich hoch, verändert, scharf* Gut, laß die Häscher los. Aber sei dir darüber klar, was du tust. Hast du mal etwas läuten hören, oder in der Zeitung gelesen, von der ›Goldenen Horde‹? Wer d a z u gehört – den kriegen sie nicht lebendig.

GUDULA *will etwas sagen, findet keinen Ton.*

GERHARD *triumphierend, fast lachend* Den kriegen sie nicht lebendig! Jetzt laß die Häscher los! *Wendet sich zum Ausgang, zieht ruhig seinen Trenchcoat an.*

GUDULA *mit schwacher Stimme* Jörg – Jörg! *Sie läuft zur Polstertür des Sekretariats, reißt sie auf* Jörg!!

HOLTERMANN Was ist denn – Gudula! *Er erscheint, mit einem Aktenblatt in der Hand.*

GERHARD *an der Tür, ohne Erregung* Und wenn ihr einen Sohn wollt, nehmt den Flühvogel. Das ist ein feiner Mann. Er kann mein Zimmer haben, es wird nicht mehr gebraucht. *Geht hinaus.*

HOLTERMANN Gerhard! Gerhard – bleib hier! *Will ihm nach.*

GERHARD *wendet sich noch einmal, fast zärtlich* Reg dich nicht auf, Vater. Es hilft nichts mehr. *Schließt die Tür hinter sich.*

HOLTERMANN Gerhard!!

GUDULA Laß. Es hilft nichts mehr.

HOLTERMANN Was hat er denn? Was meint er da mit Flühvogel? Hat er was gegen den?

GUDULA Er ist fort.

HOLTERMANN Du glaubst – er wird wieder weglaufen? Das halte ich für ausgeschlossen. Er war so nett, neulich, im Restaurant, ganz offenherzig –

GUDULA Hat er dir gesagt, woher er das Geld hatte?

HOLTERMANN Für den Schmuck? Nicht ganz genau... ich wollte ihn auch nicht unter Druck setzen – aber er hat durchblicken lassen, daß er gejeut hat, das wäre ja nicht das Schlimmste, noch dazu wenn er gewinnt – *Versucht zu lachen.*

GUDULA Er ist verloren.

HOLTERMANN Aber weshalb denn, um Gottes willen... Ich sehe gar keinen Grund –

GUDULA Es gibt Abgründe, die sieht man nicht.

HOLTERMANN *nach einer Pause* Ich verstehe das nicht. Es ist auch nicht zu verstehen. Da müßte er einen Defekt haben – aber woher – wieso? Wir sind normalisiert. Wir sind aus dem Dreck heraus. Neun Zehntel unserer Jugend ist heute moralisch gesund, und aufbaubereit, das ist statistisch nachweisbar – an den Universitäten ist nie so ernst gearbeitet worden, nie so rasch promoviert – warum soll denn gerade er – aus der Reihe fallen?

GUDULA *hat sich gesetzt, antwortet nicht.*

HOLTERMANN Er hat doch immer die besten Examina gemacht! Er ist doch geistig enorm voraus, das sagt jeder!

GUDULA Der Geist, das ist eine Sache. Die Seele, das ist eine andere.

HOLTERMANN Aber was soll ihm denn seelisch fehlen? Er ist das Kind einer – guten Ehe, er ist in soliden Verhältnissen aufgewachsen – trotz der Kriegszeit, ich habe die Kinder aufs Land geschickt, bevor es mit den Bomben losging, er hat nichts davon gesehen – und er hat doch auch immer alles – Innerliche gehabt, was so ein junges Leben braucht, Nestwärme, nennt man das jetzt – oder nicht?

GUDULA *schaut vor sich hin, scheint nachzudenken.*

HOLTERMANN Ich glaube – ich glaube wirklich – ich habe mir nichts vorzuwerfen.

GUDULA Nein. Du nicht.

HOLTERMANN Und wer denn sonst, in aller Welt? Du vielleicht? Oder der liebe Gott?

GUDULA Oder der liebe Gott.

HOLTERMANN Was heißt das? Was meinst du damit?

GUDULA Vielleicht hat er etwas zu sühnen, was nicht seine Schuld ist. Vielleicht haben wir alle etwas zu sühnen.

HOLTERMANN Du sollst nicht wieder in diese Grübelei verfallen, das führt zu nichts.

GUDULA Vielleicht muß auch Gott mehrmals zuhauen, bis er trifft. Wer weiß, wieviel Schläge er braucht.

HOLTERMANN Du hast dir erst recht nichts vorzuwerfen. Du hättest damals gar nicht anders handeln können –

GUDULA Ja ja, es gab tausend Gründe, ich konnte meine kranke Mutter nicht verlassen, ich hatte kein Geld im Ausland – das ist alles leerer Wind – Ich hätte auf und davon gehen sollen, mit seinem Kind, und nie mehr zurückkommen!

HOLTERMANN Aber das ist ja Wahnsinn. Das ist ja heller Wahnsinn, all das wieder aufzuwühlen – jetzt, wo alles vorbei ist –

GUDULA Es ist kein Wahnsinn. Ich lasse mir nicht einreden, daß ich wahnsinnig bin.

HOLTERMANN Wer will denn das? Daran denkt doch niemand, ich sage nur, es ist alles längst vorbei –

GUDULA Ich gehe auch nicht mehr in eine Heilanstalt. Dann gehe ich lieber – den anderen Weg.

HOLTERMANN Um Gottes willen, Gudula, nimm doch Vernunft an! Wir haben unser Bestes getan, es ist alles gutgegangen, es wird auch jetzt wieder gutgehn –

GUDULA Nein! Jetzt rächt sich alles, alles, was geschehen ist. An uns, – an allen, die heute leben.

HOLTERMANN Hör doch auf! Das ist doch vorbei! Wer will denn das noch hören! *Er hat seine Hände auf die Ohren gepreßt – jetzt läßt er sie sinken – mit erschrockenem Ausdruck* Wer hat das gesagt? Habe ich das gesagt? Warum habe ich das gesagt? *Er spricht ins Leere* Nichts ist vorbei. Nichts, nie und nimmer. Nichts, was geschehen ist, ist jemals vorbei. Es ist alles da, und es geschieht alles wieder, – bis zum Jüngsten Tag . . .

Stille.

GUDULA Du weißt es. Ich habe noch um den anderen geweint, als ich von dir den Sohn empfing. Das war die Sünde, an ihm, an dir, und an dem Ungeborenen.

HOLTERMANN Aber du hast doch auch – *Sehr zart* – hast du nicht auch mich ein wenig gern gehabt...

GUDULA Eine Frau, die friert, flieht in die nächste Wärme.

HOLTERMANN Das war ich für dich. Sonst nichts.

GUDULA Es ist viel. Sehr viel. Ich werde nicht aufhören, dir dankbar zu sein.

HOLTERMANN *aufbrausend* Ich... Nein. Ich wollte sagen, ich verzichte auf Dankbarkeit. Aber ich will solche Dinge nicht sagen. Ich will nicht. Wir müssen einander gut sein, das ist alles.

GUDULA Ich bin dir gut, Jörg.

HOLTERMANN Man sagt so leicht: ich habe mir nichts vorzuwerfen... Aber wenn ich es recht bedenke – Du weißt, daß ich sein Freund war – und wie sehr ich sein Schicksal betrauert habe... Und doch – kam's mir gelegen. Denn ich hatte dich ja schon vorher geliebt, und begehrt, und zur Frau gewünscht – obwohl ich's nie gezeigt hätte.

GUDULA Ich bin dir gut, Jörg. Vergiß das nicht.

HOLTERMANN Ich danke dir. *Küßt ihre Hand.*

GUDULA *ohne ihn anzuschaun* Ich muß noch ausgehen, heute abend. Ich habe eine Einladung angenommen.

HOLTERMANN Ohne mich?

GUDULA Wirst du mich jetzt fragen, zu wem?

HOLTERMANN Nein, das werde ich dich nicht fragen. Wenn du nur wiederkommst.

GUDULA *drückt seine Hand, geht.*

HOLTERMANN Wenn du nur wiederkommst. *Er setzt sich in seinen Schreibtischsessel, läßt den Kopf auf die Arme sinken.*

V

Salon eines Hotelappartements, unauffällig und ruhig eingerichtet. Keine Bilder, eine Wand mit Büchern. Vorhänge und Portiere zum Nebenraum geschlossen. Tisch- oder Stehlampe, die nur die nähere Umgebung hell beleuchtet.

TURO *allein, in einem dunklen Anzug, steht ohne Bewegung, wie ein Mann auf Posten. Nach einer Weile läutet neben ihm das Telefon. Er hebt es ab* Ja, danke. Führen Sie die Dame herauf. *Er legt das Telefon auf die Gabel, verharrt in der gleichen Haltung. Es klopft.* Herein. *Ein Page in Livree läßt Gudula eintreten, nimmt ihr den Mantel und das schleierartige Kopftuch ab, hängt beides in den Vorraum, schließt die Tür hinter sich. Sie trägt ein Kleid von einfacher Eleganz, mit einer kleinen Schulterjacke, und hat den Amethystschmuck um den Hals gelegt.*

TURO *weist auf einen Sessel am Tisch.*

GUDULA Sie haben mir gesagt, ich könne zu Ihnen kommen, wenn ich nicht weiter weiß. Es ist soweit.

TURO *schweigt.*

GUDULA Ich habe einen Fehler begangen – der nicht wiedergutzumachen ist. Wenigstens nicht von mir.

TURO *schaut sie fragend an.*

GUDULA Ich hätte ihm nie sagen dürfen, daß ich dort war, daß ich alles gesehen habe.

TURO Das haben Sie getan?

GUDULA Ich sah ihn zum Fortgehen bereit – und plötzlich konnte ich nicht anders. Ich hatte das Gefühl, ich müsse ihn vor die Entscheidung stellen.

TURO Die natürlich gegen Sie ausfallen mußte. Schon weil er sich schämt. Er wird Ihnen nicht mehr ins Gesicht sehen wollen.

GUDULA Er hat gesagt: Jetzt kann ich nicht mehr nach Hause.

TURO Und warum haben Sie nicht die Polizei verständigt?

GUDULA *schaut ihn an.*

TURO Das hatten Sie doch vor, als Sie mich dort verlassen haben. Selbst auf die Gefahr hin, daß auch er sistiert würde. Ich habe noch jetzt damit gerechnet, daß, statt Ihrer, zwei unauffällige Herren hier erscheinen könnten – und war vorbereitet.

GUDULA *schaut unter sich.*

TURO Was hat Sie hierher getrieben?

GUDULA Erklären Sie mir eins: was ist die ›Goldene Horde‹?

TURO Hat er davon gesprochen?

GUDULA Er hat gesagt: wer dazu gehört, den kriegen sie nicht lebendig.

TURO Es war sehr klug, daß Sie nicht zur Polizei gegangen sind.

GUDULA Das heißt, Sie opfern Ihre Leute, ohne Gnade.

TURO Nicht unbedingt.

GUDULA Aber lieber, als daß sie sich ergeben.

TURO Das liegt in der Natur der Sache.

GUDULA Ein abscheuliches Wort.

TURO Es ist eine abscheuliche Sache.

GUDULA Sie können es kalten Blutes dulden, daß ein junger Mensch wie Gerhard einfach zugrunde geht, umkommt, sein Leben verliert –

TURO Es wird sehr viel kalten Blutes geduldet auf der Welt. Halten Sie das nicht für eine Entschuldigung, oder gar ein ethisches Argument. Aber glauben Sie wirklich, daß es auf die Lebensdauer ankommt? Für die meisten wäre es doch besser, es hätte ihnen jemand in der Wiege die Gurgel zugedrückt.

GUDULA Das ist zum Schaudern, was Sie da sagen.

TURO Ich meine es so. – Ich will Ihnen sagen, Ihr Sohn ist derzeit in keiner Gefahr. Sie können, im Augenblick, ganz beruhigt sein.

GUDULA Und wenn dieser Augenblick vorüber ist?

TURO Dann ist wieder ein Augenblick.

GUDULA Und in jedem Augenblick – kann etwas Unwiderrufliches geschehn.

TURO So ist es.

GUDULA Haben Sie Gerhard – in ein Verbrechen verwickelt?

TURO Ich habe ihm sogar ein Kommando übertragen.

GUDULA Warum? Warum haben Sie das getan –?

TURO Weil ich ihn gern habe.

GUDULA Haben Sie denn nicht selbst eine Mutter gehabt? Ein Mensch kann doch nicht als Dämon auf die Welt kommen!

TURO *schaut vor sich hin.*

GUDULA Ich weiß nicht, wieso ich hier bin. Ich kann es nicht mehr begreifen.

TURO Wollen Sie mir zuhören?

GUDULA Wenn Sie mir etwas zu sagen hätten – was mir helfen kann...

TURO Das liegt bei Ihnen. – Sie haben mich nach der ›Goldenen Horde‹ gefragt. Vielleicht haben Sie einmal gehört, daß die turkmenischen und tatarischen Regimenter des letzten Zaren sich so nannten, nach einer alten Tradition, die auf die Khane des 13. Jahrhunderts zurückgeht. Diese Regimenter haben noch die gefangene Zarenfamilie zu befreien versucht, und wurden dann von der Roten Armee aufgerieben. Der Vater meiner Mutter und zwei ihrer Brüder standen als Offiziere dabei. *Er schaut sie an* Ich bin auf den Vornamen Turo getauft. In der Sprache des Volkes, von dem meine Mutter stammt, ist es das Wort für Herr. Auch für Verachtung. Darf ich mehr erzählen?

GUDULA *lehnt sich zurück.*

TURO Am 18. November 1918 wurde in Lettland die Republik ausgerufen. Im Jahr 1919 wurde der estländische Grundbesitz enteignet. Aber erst im Jahr 1922 bekam Lettland eine eigene Verfassung. Bis dahin konnten die früheren Landbarone, als Gutsverwalter oder staatliche Pächter, auf ihren Stammsitzen das Regiment behaupten. Mein Vater war ein solcher Grundbesitzer, aus deutschem Geschlecht. Meine Mutter war eine tatarische Prinzessin, sie stammte von jenen Kasantataren, die fast nicht mehr mongolisch sind. Sie soll sehr hübsch gewesen sein. Sie kamen an einem Frühlingsabend. Im Frühling schlagen dort die Drosseln, und der Pirol flötet. In den Teichen knarren die Frösche. Es duftet nach Flieder. Sie haben gesungen und gejohlt, als ob es zur Kirmes ginge. Sie hatten Brandfackeln mit. Sie waren an diesem Tag im ganzen Land unterwegs, um die Schloßherrn auszuräuchern, soweit sie nicht schon geflohen waren. Mein Vater stand bewaffnet, mit einigen seiner treuen Jäger, auf der Terrasse, aber er konnte nicht feuern, weil der Anführer sein Gärtnerbursche war. Sie haben ihn dann verschleppt, er wurde nicht mehr gefunden. Ich war im Schlafzimmer meiner Mutter, sie rissen mich von ihr weg. Sie hatten dann wohl ihr Vergnügen mit ihr, bevor man sie totmachte. Mir setzte einer das Messer an die Kehle, aber die lettländische Amme, die mich genährt hatte, nahm mich an ihre Brust. Der Diener, mit dem sie verheiratet war, brachte mich über die Grenze. *Nach einem leisen Lachen* Mir fällt manchmal ein, daß sie dem Zarewitsch Peter, der später der ›Große‹ wurde, im gleichen Alter bei einem Aufstand der Strelitzen den Spieß an die Gurgel gesetzt haben. Er war dann sein Leben lang epileptisch. Ich wurde nicht epileptisch. Ich bin selbst Strelitze geworden.

GUDULA Wo sind Sie aufgewachsen?

TURO In Berlin, bei russischen Emigranten, die ihre Juwelen gerettet hatten, und jedes Jahr bei der Osterfeier darauf tranken, daß sie an Weihnachten wieder zu Hause seien. Ich fand sie lächerlich. Ich wußte, wir werden nie mehr zu Hause sein. Als der Krieg ausbrach, trat ich als Fahnenjunker in die Armee ein. Aber meine Zeit kam erst, als der Feldzug im Osten losging. Mißverstehen Sie mich nicht, mit dem Regime hatte ich nichts zu tun. Doch man hatte mir erzählt, daß die Mordhaufen, die Mörder meiner Eltern, von den Russen angestiftet waren. Ich hatte nichts gegen ihren Staat und ihre Lehre. Ich hatte nur meinen Haß. Als ich dahinterkam, daß er sinnlos war, war es zu spät. Ich war der Führer einer berüchtigten Formation geworden, die keine Gefangenen machte, wir nannten uns ›Die Goldene Horde‹. Als es zu Ende ging, stand ich auf einer Liste, die mich lebenslänglich nach Workuta oder ans Nördliche Eismeer gebracht hätte, wenn nicht an den Galgen. So zog ich es vor, zu verschwinden.

GUDULA Und Strelitze zu bleiben.

TURO Was ich getan habe, kann ich nicht von mir abtun.

GUDULA Auch ich habe getötet. *Lange Pause* Ich meine das nicht bildlich oder symbolisch. Ich habe es getan, mit eigner Hand. *Sie schaut auf ihre Hände.*

TURO *schweigt.*

GUDULA *als sei er nicht da, mit sich selbst redend* Man denkt manchmal nach, wo die Schuld beginnt. Bei mir begann sie – mit dem Friseur. Er kam täglich – mein Mann, mein erster Mann liebte es, sich rasieren zu lassen. Er lag auf seinem Bett, morgens früh, während das Messer über seinen Hals knirschte, und scherzte mit mir, wenn ich in meinem Kimono durchs Zimmer ging. Wir scherzten und lachten immer. Wir waren sehr glücklich. Ich hatte darunter nichts an, einmal fühlte ich den Blick des Friseurs, es war wie eine gemeine Berührung. Ich habe das weggewischt, ich war so achtlos, es zu vergessen. Als sie ihn holten, in einer Märznacht des Jahres 1933, stand der Friseur im Zimmer, in einer braunen Uniform, er war noch unscheinbarer als in seinem weißen Kittel, ich habe ihn nicht erkannt, bevor er mir ins Gesicht schrie, wer er war. *Sie schaut Turo an, als bemerke sie erst jetzt, daß er zuhört.*

TURO Sie haben ihn geholt – weil er Jude war?

GUDULA *nickt* Seine Familie stammte aus Rußland. Er hatte in Berlin Musik studiert, und rasch Erfolg gehabt, sein Name war schon bekannt. Er begleitete mich, als ich meinen ersten Liederabend gab. Wir waren beide sehr jung. Habe ich gesagt, daß wir sehr glücklich waren? *Sie hat, ohne es zu merken, den Amethystschmuck angefaßt, wie ein Amulett* Nach zwei Nächten, in denen man nichts erfuhr und nichts tun konnte, stellten sie ihn mir vor die Tür, und läuteten die Glocke. Er fiel mir entgegen. Er lebte noch. Er bestand nur aus zerfetztem Fleisch und zerschlagenen Knochen. Ich verständigte einen befreundeten Arzt, man brachte ihn in die Klinik. In einem Augenblick, in dem er mühsam sprechen konnte, bat er mich um die Röhre mit den Tabletten, die zu Hause in seinem Nachttisch lag. Ich wußte, was es hieß. Ich habe sie geholt. Ich habe sie in

Wasser aufgelöst, und ihm das Glas an den Mund gesetzt. Mit meiner Hand. Das hat nie ein Mensch erfahren – außer dem Arzt, der es verschwieg.

TURO Dieser Schmuck war von ihm?

GUDULA Woher wissen Sie das?

TURO Ich dachte es mir.

GUDULA Ich habe damals meine Stimme verloren. Vielleicht durch einen unterdrückten Schrei. Ich konnte nie wieder singen. Ich wollte wohl auch nicht mehr.

TURO Und das Kind aus dieser Ehe?

GUDULA *zögernd* Es ist nicht Gerhard.

TURO Ich weiß. Er hat eine ältere Schwester.

GUDULA Ein Freund nahm sich meiner und meines Kindes an. Ich habe ihn geheiratet. Er ist Gerhards Vater. Solange der Schrecken dauerte, und die Gefahr – solange Krieg war, lebte ich mit ihm, als wäre es immer so gewesen. Dann, als alles vorbei war, brach alles zusammen. Ich mußte eine Zeitlang in eine Anstalt, man hat mich für wahnsinnig gehalten – und vielleicht ist es so. Sonst wäre ich wohl nicht hier.

TURO Es gibt einen Wahnsinn, der erlöst.

GUDULA Wovon erlöst?

TURO Von der Erinnerung.

GUDULA Erinnerung – Sind Sie je glücklich gewesen?

TURO Nein.

GUDULA So haben Sie nie geliebt?

TURO Wenn ich in die Versuchung kam, dachte ich an das Wort eines französischen Dichters: Quand on aime, il faut partir.

GUDULA Das ist die Flucht vor der Liebe.

TURO Nicht nur vor der Liebe zwischen Menschen. Es bezieht sich auf alles, auf Landschaften, schöne Dinge, Bilder, Musik, Tiere, Gewohnheiten – auf alles, was uns die Täuschung einer Bleibe vorspiegelt.

GUDULA Es ist die Flucht in die vollständige Einsamkeit. Aber wer kann sie ertragen? Wer, außer den Mönchen und Nonnen, für die sie von Gott erfüllt ist?

TURO Es genügt, daß sie vom Tod erfüllt ist. Vielleicht ist es dasselbe. *Steht auf, geht einmal hin und her, bleibt stehen* Ich werde Ihren Sohn zurückholen. Ich kann ihn jetzt nicht erreichen, nicht vor Montag früh. Es wird ihm nichts geschehen. Ich werde ihn heimbringen.

GUDULA Sagten Sie nicht, es gibt einen Wahnsinn, der erlöst –?

Ihre Blicke begegnen sich. Schweigen. Sie senkt die Augen.

TURO Wenn Sie jetzt gehen wollen – ich werde dem Pagen läuten.

VI

Betonbrücke über der Autobahn. Frühdämmerung. Nebel. Gerhard und Gokel, wie Silhouetten, am Geländer lehnend. Von Zeit zu Zeit das kurz anschwellende, hart abreißende Sausen, wenn drunten ein Wagen durchkommt. Dann werden ihre Gesichter von den Scheinwerfern scharf beleuchtet.

GOKEL Der lila Porsche – haste gesehn? Joi, wie der überholt!
BEIDE *schaun hinunter.*
GOKEL Da sitzt'n Star drin, vom Film. Ne Pelzschickse. Kunstblond, mit schwarze Wäsch.
GERHARD Woher willst du das wissen?
GOKEL Was soll sonst sitzen, in'n Porsche, um die Zeit. Kümmt von Berlin, hat Drehtag in München – musse überholen.
GERHARD Was du alles weißt.
GOKEL In'n lila Porsche – um die Zeit.
GERHARD Meine Mutter hat auch einen Porsche.
GOKEL Lila?
GERHARD Silbergrau.
GOKEL Silbergrau. Is das auch eine Färb? Das is gar keine Färb. Lila, – das is eine Färb. Silbergrau – senn wir alle.
GERHARD Wieso? Wieso sind wir alle silbergrau?
GOKEL Inwendig. Wenn ich Phhhff mache, und is kalt – was aus mir herauskümmt – is silbergrau.
GERHARD Phhhff – ist doch nur Wasserdampf.
GOKEL Is nix lila.
GERHARD *schaut auf die Armbanduhr* Kann noch zwei Stunden dauern, oder mehr.
GOKEL Haste kalt?
GERHARD Der Nebel kriecht durch die Kleider.
GOKEL Schiß haste.
GERHARD Unsinn. Wie kannst du das sagen.
GOKEL Is keine Schand. Senn Nerven. Hat jeder, im Anfang, auch beim Sport.

GERHARD Es ist nur der Nebel. Man kann ja nicht mal ein Nummernschild erkennen. *Späht mit einem Feldstecher auf die Bahn. Es wird immer heller.*

GOKEL *zieht ein Stänglein Kaugummi aus der Tasche* Hier, Chiclets – beiß ab und käu, wenn de Nerven hast.

GERHARD Danke. Ich hab keine Nerven.

GOKEL Wieso keine Nerven, wenn de 'ne Mutter hast mit'n Porsche. Mit'n Porsche wie Wasserdampf. Was stehste denn überhaupt hier rum, und fingerst an de Pistöl.

GERHARD Du stehst ja auch hier rum.

GOKEL Ich hab keine Mutter mit'n Porsche. Nie gehabt.

GERHARD Was hat das damit zu tun.

GOKEL Nix, kann sein. Aber wenn ich ne Mutter hätt' mit'n Porsche –

GERHARD Du meinst, dann wüßtest du was Besseres anzufangen, mit deinem Leben.

GOKEL Mit meinem Leben? Kann ich überhaupt nix anfangen. Das fangt sich mit mir was an.

GERHARD *beißt ein Stück Kaugummi ab* Was soll schon passieren...

GOKEL Nix – wenn uns niemand verpfeift.

GERHARD Verpfeift?

GOKEL De Zonenmieze. Ich mecht ihr nix traun.

GERHARD Die – die ist sicher. Die hat er in der Hand.

GOKEL Weiß man's?

GERHARD Verdammter Nebel. *Kaut.*

GOKEL Wenn was passiert – is immer Nebel. Wie se uns geholt haben aus dem Dorf – war Nebel. Silbergrau. Hat gerochen nach Eisenbahn, nach Kohle, nach Leit, nach Gestank.

GERHARD Wie alt bist du gewesen?

GOKEL Ein Bieblach – so und so alt – kommt nix drauf an. War Nebel.

GERHARD Du mußt doch wissen, wie lang du drin warst.

GOKEL Lang is lang. Wird vom Zählen nix kürzer. Willste hören, was lang is? *Er singt ein paar Takte, sehr kurz, mit hebräischen Worten* Hat mein Vater gesungen, wie sie ihn geführt haben zum Ofen. Das war lang.

GERHARD Und dann warst du ganz allein?

GOKEL *zuckt die Achseln* Waren viele Ponims, in der Baracke. Und da war der Träufel. Der war schön.

GERHARD Was für ein Träufel?

GOKEL Dachträufel. Und wo er kaputt war, der Kessel drunter – darin hat's getrepfelt, beim Regen oder Schnee – Trepf, trepf trepf – immer anders, die ganze Nacht. Später habense mich mitgenommen in ein Konzert – aber so schön is es nix gewesen.

GERHARD Träufelmusik.

GOKEL War schön. –

GERHARD Ich hab gern, wenn der Wind geht. Huiih, huiih, der Wind!

GOKEL *mit ihm einstimmend, lachend* Huiih, huiih! Der Westwind!

GERHARD West, Süd, Ost oder Nord. In der Stadt weiß man nicht, woher er bläst. Er wiehert nachts überm Dach – huiih!

GOKEL *wie in plötzlicher Lebenslust, bubenhaft springend* Huiih! Juiih! Der blust den Nebel fort!

GERHARD Huiih! Huiih!

GOKEL Still! Hörste nix?

GERHARD Der Wind –

GOKEL Geht gar kein Wind ... Kommen Laster. Ein – zwo –

GERHARD Es ist doch viel zu früh.

GOKEL Sie kommen!

GERHARD Das können sie noch nicht sein.

GOKEL Das Blinklicht – der winkt rechts raus – kannste die Nummern lesen?

GERHARD *mit dem Feldstecher* Die Schilder sind ganz verdreckt.

GOKEL Da – Wärrschoweit!

GERHARD Los! *Will rennen.*

GOKEL Halt. Langsam. Rasch fällt auf.

WÄRRSCHOWEIT *erscheint von der Seite, macht ein Zeichen.*

GERHARD UND GOKEL *winken zurück, gehn.*

WÄRRSCHOWEIT *die Maschinenpistole unterm Rock, bezieht auf der Brücke Posten, späht nach unten, wo die Fahrgeräusche der Laster anschwellen, dann absterben. Es bleibt einen Augenblick still, dann hört man, entfernt und verworren, Halt-Rufe, Geschrei, Schüsse. Wärrschoweit reißt die Maschinenpistole unterm Rock vor, gleichzeitig rasche Schritte, näherkommend. Wärrschoweit hebt die Pistole.*

TUROS STIMME *aus dem Nebel* Hee! Gerhard!

WÄRRSCHOWEIT *läßt die Pistole sinken.*

TURO *erscheint* Was ist los? Wo sind die Jungens?

WÄRRSCHOWEIT *deutet nach unten, wo weitere Schüsse fallen.*

TURO Verflucht. Komm! *Er rennt mit Wärrschoweit hinunter. Es wird wieder still. Dann erscheinen, keuchend, zwei Gendarmen.*

ERSTER Hier ist keiner. Hier sind sie hergekommen.

ZWEITER Runter, auf die Autobahn. Die haben ihre Mopeds im Gesträuch versteckt.

ERSTER Die kommen nicht weit. Die Funkstreife –

ZWEITER *bleibt einen Augenblick stehn* Den Schmitz, den hat's erwischt. Mitten ins Gesicht. Den hat's gerissen.

ERSTER Der steht nich mehr uff.

ZWEITER Im Dienst! Kriegt die Witwe Pension.

ERSTER Der war ja ledig.

Beide ab.

Nach einem Augenblick kommt von der andern Seite, vorsichtig umherspähend, Turo – winkt nach rückwärts.

TURO Hier suchen sie uns nicht mehr. Bleibt hinterm Geländer. Der Nebel ist unser Glück.

GERHARD UND WÄRRSCHOWEIT *erscheinen geduckt, sie schleppen Gokel mit sich, lehnen ihn ans Geländer, an dem er herabsinkt.*

TURO Wer hat zuerst geschossen?

GERHARD Ich.

GOKEL *mühsam* Er hat missen. Waren umzingelt. Verpfiffen – kaputt – *Hustet.*

TURO Nicht reden Gokel. *Schaut ihn an* Lungenschuß. Ich hab meinen Wagen auf dem Feldweg, beim Dorf. *Zu Wärrschoweit* Kann er's schaffen?

WÄRRSCHOWEIT *hinter Gokels Rücken, macht ein Zeichen, schüttelt den Kopf.*

GOKEL Laßt mich da. Es nützt nix.

GERHARD *kniet neben ihm* Ich bleibe bei dir, Gokel. Ich laß dich nicht allein.

GOKEL Nützt nix ... Macht nix. Früher oder später – hättense mich doch verheizt. Ich war notiert. Nur – vergessen.

TURO *mit dem Feldstecher* Jetzt kämmen sie drunten die Böschung durch. Wir müssen weiter.

GOKEL Und ist ein Geräusch gewesen, in der ganzen Welt – wegen uns. Jetzt is still. Jetzt – kann ich wieder hören – *Er lauscht lächelnd.*

GERHARD Was kannst du hören?

GOKEL Der Dachträufel. Schön. *Sein Kopf sinkt auf die Brust. Von unten, anschwellend, Sirenen.*

WÄRRSCHOWEIT Jetz' wärr' scho' weit.

TURO *packt Gerhard am Arm, reißt ihn hoch und mit sich davon – Wärrschoweit folgt.*

VII

Holtermanns Studio, am hellen Morgen.

HOLTERMANN *am Telefon* Jawohl, nach Paris – fünf sechs Tage, ich fliege um zwölf. Nein, meine Frau ist nicht hier, sie ist übers Wochenende aufs Land gefahren – aber gewiß, lieber Herr Flühvogel, sie wird bald zurück sein, ich bin auch bald wieder da, wir sprechen uns dann. Auf Wiedersehen... auf Wiedersehen.

GERLIND *ist während seines letzten Satzes von draußen hereingekommen, anders als sonst gekleidet, in einem hübschen, hellen Reisekostüm, trägt einen Handkoffer.*

HOLTERMANN *den Hörer ablegend* Linda?! Man erkennt Sie ja gar nicht, Sie sehen aus wie der Frühling – dabei ist draußen der Winter zurückgekehrt, Gottseidank ist der Nebel gerissen, hoffentlich auch über Le Bourget!

GERLIND Ich glaube, ich sollte nicht mitkommen.

HOLTERMANN Aber wieso denn?

GERLIND Eigentlich – wollten Sie Ihre Frau mitnehmen.

HOLTERMANN Sie wissen, daß es nicht geht. Leider. Sie nimmt eben manches sehr schwer, dann muß sie allein sein.

GERLIND Ob es nicht besser wäre, sie nicht allein zu lassen?

HOLTERMANN Was soll ich tun, sie hat mich angerufen, damit ich mir keine Sorgen mache – und ich verstehe das, sie kann es jetzt nicht ertragen, das Haus, die Wohnung, sie kann auch nicht mit mir sprechen – bis Gerhard wieder da ist, diese – diese Ausflüge von ihm regen sie furchtbar auf, da hat sie nun den Gutshof draußen, die Gärtnerei, die Natur, das lenkt sie ab – sie braucht das... *Nach einer Pause* Sie braucht das.

GERLIND Sie sind doch selbst voller Sorge. Sie werden sich gar nicht freuen, in Paris. Sie werden immer an zu Hause denken. Und ich – sollte besser nicht mitkommen.

HOLTERMANN Aber Sie können mich doch nicht einfach allein lassen!

GERLIND Ich glaube, wenn wir das Flugzeug erreichen wollen, dann müßten wir fort.

HOLTERMANN *schaut auf die Uhr* Allerdings, und zwar presto prestissimo. Ist der Chauffeur drunten?

GERLIND Er hat Ihr Gepäck schon geholt, der Mantel ist im Wagen –

HOLTERMANN Dann also los, wir können nicht rasch fahren, bei dem Glatteis.

Das Telefon läutet.

HOLTERMANN *schon an der Tür* Bitte, fragen Sie noch, wer das ist – aber ich bin schon fort!

GERLIND *nimmt den Hörer ab* Hallo?

HOLTERMANN Wenn es Flühvogel ist, er hat heute morgen schon zweimal –

GERLIND Ja – bitte – einen Augenblick. *Sie nimmt den Hörer vom Ohr, hält die Muschel zu.* Es ist ein Dr. Gruber, vom Polizeipräsidium.

HOLTERMANN *wiederholt mechanisch* Polizeipräsidium –

GERLIND Ich glaube, es ist ernst. Es ist dringend. *Sie reicht ihm den Hörer.*

HOLTERMANN *zögert eine Sekunde, geht dann zum Schreibtisch, nimmt ihr den Hörer ab* Holtermann. *Nach einer Pause, in der er mit unverändertem Ausdruck lauscht* Ja, ich verstehe. Eine Identifikation – das heißt – – noch nicht sicher ... Aber sind Sie denn sicher, daß mein Sohn überhaupt – Nein, zu Hause war er nicht. Ich komme sofort ... wie bitte? Meinen Anwalt – natürlich – Danke, ich habe notiert, Dr. Gruber, Zimmer 14, im ersten Stock. *Er legt den Hörer auf, steht in steifer Haltung* Gudula – ein Glück, daß sie nicht hier ist ...

GERLIND *leise* Ist etwas Schlimmes passiert?

HOLTERMANN Es ist noch nicht sicher ... ein junger Mensch ist getötet worden – bei einem Bandenkampf mit der Polizei. *Er wendet sich, bleibt stehn, greift mit abwesendem Ausdruck in seine Brusttasche, nimmt die Flugscheine heraus, legt sie auf den Tisch* Bitte, rufen Sie den Flugplatz an, sagen Sie ab. Alles andere werde ich später veranlassen.

GERLIND Leben Sie wohl.

HOLTERMANN *geht, schließt die Tür hinter sich.*

GERLIND *hat die Flugscheine aufgenommen, faltet sie zusammen und wieder auseinander, streicht sie glatt. Dann wählt sie eine Nummer* Air France – ja, bitte, die Abfertigung – hier spricht das Sekretariat von Präsident Holtermann. Herr Präsident hatte zwei Plätze nach Paris gebucht, Flug A 73, heute um zwölf Uhr – er kann sie leider nicht benutzen, es kann darüber verfügt werden – gewiß, falls es noch möglich ist... Wegen der Rückvergütung komme ich dann mit den Scheinen zum Schalter. Vielen Dank. *Sie legt den Hörer auf, tritt zum Fenster, öffnet es, beugt sich hinaus. Man hört den Wind gehen. Die Tür wird leise geöffnet, Gudula kommt herein. Sie trägt ein ländliches Gewand und einen Regenmantel. Sie hat, in ihrem Ausdruck, ihren Bewegungen, auch wenn sie spricht, das Wesen eines Menschen, der aus einem Traum nicht aufwachen kann oder will. Im Arm hält sie frische Zweige, Forsythien, und kaum knospende Weiden.*

GERLIND *fährt herum, schließt das Fenster.*

GUDULA Gerlind – wieso sind Sie noch hier? Mein Mann hat mir gesagt, als ich ihn anrief, daß er Sie mitnehmen wird, nach Paris. Ich dachte, er ist längst unterwegs...

GERLIND Er ist nicht geflogen.

GUDULA Ist der Flug abgesagt? Dann wird er wohl mit dem Schlafwagen fahren, heute nacht –

GERLIND Vielleicht.

GUDULA Schauen Sie, die Forsythien haben schon Knospen, hinter der Veranda, wo kein Wind geht. Und die Weiden am Teich tragen kleine Kätzchen, trotz der Kälte. Wenn man sie ins Wasser stellt, gehen sie auf. Ich wollte sie ihm auf den Schreibtisch geben, dann sind sie grün, bis er wiederkommt.

GERLIND Ich hole gleich eine Vase, von nebenan. *Läuft ins Sekretariat.*

GUDULA Sie sollten ihm auch manchmal Blumen hinstellen, ihr habt ja nie etwas Grünes hier, es ist alles so kahl, und glatt, wie auf einem Reißbrett gezeichnet, es lebt gar nicht.

GERLIND *ist mit der Vase zurückgekommen, hilft ihr die Zweige darin ordnen* Sie sehen frisch aus.

GUDULA Meinen Sie die Zweige oder mich? Ich bin im offenen Wagen zurückgefahren, immer gegen den Wind, drum bin ich so zerzaust. Ich dachte nicht, daß ich hier jemanden treffe.

GERLIND Der Herr Präsident – mußte zu seinem Anwalt fahren.

GUDULA Zu Dr. Remigius? Hoffentlich hat er keinen Ärger.

GERLIND Ich weiß noch nicht – Er wird wohl bald – *Das Telefon läutet* Entschuldigen Sie bitte. *Sie nimmt rasch den Hörer auf* Hallo? Hier ist die Sekretärin – ja, ich notiere... Vielen Dank, das ist eine gute Nachricht... Der Herr Präsident ist schon unterwegs, er muß jeden Moment bei Ihnen eintreffen... Vielen Dank. *Sie legt den Hörer ab – zu Gudula, die ans Fenster getreten ist* Wir haben eine gute Nachricht bekommen.

GUDULA *hinausschauend* Eine gute Nachricht?

GERLIND Es ist wegen Gerhard.

GUDULA Gerhard – der ist in Sicherheit.

GERLIND So wissen Sie schon etwas?

GUDULA *sich umdrehend* Was soll ich wissen. Ist er zu Hause?

GERLIND Das nicht... Aber es ist eben die Nachricht gekommen, daß es nicht er ist... Es war ein anderer.

GUDULA Wer – war ein anderer?

GERLIND Der Tote.

GUDULA Der Tote? *Sie geht zu einem Stuhl, setzt sich, stützt den Kopf auf, als denke sie nach.*

GERLIND *verstört* Ich dachte, Sie wüßten schon davon – weil Sie sagten, er sei in Sicherheit...

GUDULA Der Tote.

GERLIND Ein junger Mensch ist getötet worden –

GUDULA *nickt* Vor langer Zeit. Und er kommt immer wieder.

GERLIND Verstehen Sie mich, gnädige Frau, es ist nicht Gerhard!

GUDULA *schaut auf, ohne Verstehen* Nicht Gerhard –?

GERLIND Man glaubte zuerst – das heißt, sie waren nicht sicher... Ihr Mann wurde aufs Polizeipräsidium gerufen, um den Toten zu identifizieren, aber sie haben schon vorher herausgefunden, daß es ein anderer ist.

GUDULA Und Gerhard?

GERLIND Man weiß noch nicht, was mit ihm geschehen ist.

GUDULA *lächelnd* Es kann ihm nichts geschehn. *Sie schließt die Augen.*

GERLIND Man weiß nur, daß er lebt. Gnädige Frau! Frau Gudula! *Sie kniet bei ihr nieder, streichelt ihre Hände.*

GUDULA *schlägt die Augen auf, mit plötzlich erwachtem Ausdruck* Was haben Sie gesagt – von Gerhard?

GERLIND Daß er am Leben ist – und das ist doch die Hauptsache! Der Herr Präsident wird dann mit dem Anwalt sprechen, man wird natürlich alles tun, um die Polizei –

GUDULA *faßt ihre Arme, reißt sie mit sich hoch* Wer hat das getan?! Ich habe die Polizei nicht verständigt!

GERLIND Es ist alles noch unklar, vielleicht war Gerhard gar nicht wirklich beteiligt, vielleicht ist es ganz harmlos, es wird sich herausstellen...

GUDULA *läßt sie los* Es ist aus.

GERLIND Man weiß ja noch gar nichts...

GUDULA Wo habe ich meine Autoschlüssel hingelegt? Ja, hier. *Sie nimmt sie vom Tisch auf, steckt sie in ihre Tasche. Zu Gerlind* Bitte, lassen Sie mich allein.

GERLIND Kann ich nicht irgend etwas für Sie tun? Soll ich vielleicht – etwas Tee machen –

GUDULA *ruhig* Ich bitte Sie, Linda, lassen Sie mich allein, ich brauche nichts. Das ist das einzige, worum ich Sie bitte – lassen Sie mich allein. Gehen Sie nach Hause, es ist bald Mittagszeit.

GERLIND Wenn Sie es wirklich wünschen –

GUDULA *mit einem unwiderstehlichen Nachdruck* Ich bitte Sie darum.

GERLIND *nimmt ihren Handkoffer auf* Ich bringe nur meine Tasche heim. Ich komme dann wieder.

GUDULA Ich danke Ihnen.

GERLIND *geht.*

GUDULA *nimmt die Autoschlüssel aus der Tasche, spielt damit, ohne es zu wissen.*

GERLIND *öffnet noch einmal die Tür.*

GUDULA *steckt rasch die Schlüssel ein.*

GERLIND Verzeihen Sie – Dr. Flühvogel ist hier – soll ich ihn wegschicken?

FLÜHVOGEL *erscheint hinter ihr, in einem Zustand äußerster Erregung und Desolation* Das geht nicht, ich muß sie sprechen, es ist unaufschiebbar – lassen Sie mich herein. *Er drängt sich an Gerlind vorbei.*

GUDULA Es ist gut, Linda. Sie können gehn.

GERLIND *geht, schließt die Tür.*

GUDULA Fassen Sie sich kurz. Ich habe nicht viel Zeit.

FLÜHVOGEL Vergeben Sie mir. Helfen Sie mir.

GUDULA *leise, drohend* Was haben Sie getan?

FLÜHVOGEL Ich konnte nicht wissen, daß Gerhard dabei sein wird... Aber er ist gerettet... Er ist durchgekommen...

GUDULA Was haben Sie getan?

FLÜHVOGEL Ich hatte Ihnen die Adresse gegeben, Sie hatten nichts erreicht –

GUDULA Wer sagt Ihnen das?

FLÜHVOGEL Es hatte sich nichts geändert... und ich dachte, es gibt keinen Ausweg mehr, in Ihrem Interesse, auch in meinem, als – verzeihen Sie, ist Ihnen nicht wohl?

GUDULA *hart* Als was? Welchen Ausweg?

FLÜHVOGEL – als diesen Menschen unschädlich zu machen – ohne daß wir selbst in die Sache verwickelt werden... und da war dieses Mädchen –

GUDULA Was für ein Mädchen.

FLÜHVOGEL Ich hatte sie dort getroffen, ich habe Fühlung mit ihr genommen, ich habe ihr Geld gegeben, daß sie ihn anzeigt und in die Zone verschwindet – sie hätte es schon aus gemeiner Rachsucht getan –

GUDULA *starrt ihn an, schweigt.*

FLÜHVOGEL – und wir hätten nichts mit der Polizei und den Gerichten zu tun gehabt... Ich habe nicht geahnt, daß sie die ganze Bande hochgehen läßt – und wozu es kommen würde... ich kann nichts dafür.

GUDULA *mit ungeheurer Gewalt, in sein Gesicht schreiend* Mörder!

FLÜHVOGEL *zuckt wie unter einem Hieb zusammen.*

GUDULA Mörder! Mörder! Mörder – *Hilflos, mit zerbrochener Stimme* Mörder... *Sie setzt sich, schlägt die Hände vors Gesicht.*

FLÜHVOGEL *unsicher* Ich wollte Ihnen helfen – ich habe es in der besten Absicht getan – und er lebt ja, er ist über die Grenze... *Nach einer Pause, in der Gudulas Atem geht* Hören Sie mich, gnädige Frau? Verstehen Sie mich? Ich habe eine Nachricht für Sie!

GUDULA *läßt die Hände sinken.*

FLÜHVOGEL Ich bekam einen Telefonanruf, heute morgen – aus Straßburg.

GUDULA Von Gerhard?

FLÜHVOGEL Er war es nicht selbst, es war Turo. Aber Gerhard ist bei ihm. Er hatte wohl vorgesorgt, für einen solchen Fall, sie sind über die französische Grenze entkommen. Er hat gesagt, ich soll Sie verständigen, wohl in Gerhards Auftrag. Sie gehen beide in die Fremdenlegion, dort sind sie vor Auslieferung geschützt...

GUDULA *fast unhörbar* Beide...

FLÜHVOGEL Es bleibt ihnen nichts anderes übrig. Es ist ein Polizist erschossen worden, nach Deutschland können sie nicht mehr zurück...

GUDULA Beide –!

FLÜHVOGEL Er hat mich gebeten, Turo, Ihnen ein Wort zu sagen – ich weiß nicht, was es bedeutet. Vielleicht ist es von Gerhard...

GUDULA Ein Wort?

FLÜHVOGEL Eine Phrase. ›Il faut partir.‹

GUDULA Il faut partir.

FLÜHVOGEL Il faut partir – sonst nichts.

GUDULA *nickt* Sonst nichts. Il faut partir.

FLÜHVOGEL Er hat französisch gesprochen – um nicht aufzufallen natürlich...

GUDULA *steht auf, geht durch den Raum, mit sicheren, langsamen Schritten. Bleibt beim Fenster stehn. Ihre Stimme ist ruhig und klar* Sie sind verreist. Sie sind alle verreist. Ich kann keinen mehr sehen. Ich bin ganz allein. *Sie geht auf Flühvogel zu, als bemerke sie ihn nicht mehr – er weicht wie in Angst zur Seite* Ich kann auch dich nicht mehr sehen – dem ich den Gnadenbecher gab – du warst der erste, der mich verlassen hat, ich hätte dir folgen sollen, warum bin ich dir nicht gefolgt? Jetzt – jetzt finde ich dich nicht mehr. *Sie geht weiter, Flühvogel weicht rückwärts, lautlos, in die äußerste Ecke des Raums zurück* Du hast mir das Kind gelassen – aber ich habe es – ich habe es nicht geliebt. Nein, Isabel, du hast recht, ich konnte nicht. Ich habe dir mein Leben geopfert, ich hätte dich lieben sollen. *Flühvogel versucht leise zur Tür zu gehen. Sie bemerkt ihn, ruft* Gerhard! Bleib hier! Geh nicht wieder fort! *Sie beginnt zu lächeln* Da bist du ja – an meinem Knie... *Sie beugt sich zu einem Stuhl* Hör doch zu weinen auf. Du bekommst das Fahrrad. Du wirst es bekommen. Ich werde keine Angst haben, wenn du damit über die Trambahngeleise fährst. Ich will keine dumme Mutter sein... Die dummen Mütter, sie haben immer Angst... Jetzt lachst du wieder. *Sie lacht leise, erschrickt* Wer hat gelacht? Das war er nicht, das war nicht seine Stimme... Ich höre dich nicht mehr... Ich kann dich nicht mehr sehen, wo bist du? *Sie setzt sich, denkt nach* Sie sind alle verreist... wo sind sie hin, sie haben keine Adresse hinterlassen, oder, ich habe sie vergessen... Vergessen. *Sie schließt die Augen* Ich glaubte, es gibt einen Wahnsinn, der erlöst – aber es gibt ihn nicht, nicht für mich... Du standest da, wie der Tod... Ich habe Angst! Er legt mir die Hand um die Kehle! Jörg!! Hilf mir!! Jörg! Wo bist du? *Sie läuft zum Sekretariat, reißt die Tür auf, läuft hinein, mit schwach werdender Stimme* Jörg – Jörg –?!

FLÜHVOGEL *rasch zum Schreibtisch, reißt das Telefon hoch, will eine Nummer wählen.*

GUDULA *kommt zurück.*

FLÜHVOGEL *legt den Telefonhörer auf, beugt sich – von ihr abgewandt, über den Schreibtisch.*

GUDULA *erleichtert* Da bist du. Da bist du. Nein, dreh dich nicht herum, du weißt, ich darf dir nicht mehr in die Augen sehn. Aber ich danke dir, daß du da bist. Du warst immer da. Du hast mich nie verlassen. Jetzt möchte ich deine Hände küssen, deinen Mund, deine Augen, dein Herz. Aber ich darf es nicht. Ich habe es versäumt, als es Zeit war, ich konnte nicht – jetzt ist es spät, ich muß fort... *Sie wendet sich zur Tür, bleibt stehn* Wenn Gott gerecht ist, kann er mir nicht verzeihn. Aber du – ich bitte dich, versuche es, mir... *Sie bricht ab, schweigt, dann nimmt sie die Autoschlüssel aus der Tasche, drückt sie kurz an die Brust, will gehn.*

FLÜHVOGEL *ist aufgesprungen, verstellt ihr den Weg zur Tür* Gnädige Frau – bleiben Sie hier, um Gottes willen, gehen Sie jetzt nicht fort!

GUDULA *vor ihm zurückweichend* Wer bist du?! Was willst du von mir?!

FLÜHVOGEL Geben Sie mir die Schlüssel! Die Schlüssel!! *Er versucht, sie ihr zu entreißen.*

GUDULA *wirft die Hand mit den Schlüsseln hoch, stößt ihn mit der anderen zurück, rasend* Du bist der unreine Geist, der Teufel, heb dich hinweg!! *Bevor er sie halten kann, reißt sie die Tür auf, rennt hinaus.*

FLÜHVOGEL Halt – Halt! *Er drückt auf einen Klingelknopf, die Klingel schrillt, ohne daß jemand kommt, er schreit* Haltet sie! Haltet sie auf! *Die Klingel schrillt wieder, niemand kommt. Er rennt zum Fenster, reißt es auf – von drunten hört man das harte Anfahren eines Wagens. Er steht gelähmt.*

VIII

Hanoi, Indochina, Anfang Mai 1954. Hinterzimmer im Café ›Zum Gelben Loch‹ (Au Trou Jaune). Leichte Plattenwände und Bambusmatten oder Vorhänge teilen den Raum in verschiedene, separierte Nischen, deren vorderste, der Rampe zugewandt, mit einem Tisch und ein paar Rohrsesseln versehen ist. Die andern, soweit sichtbar, mit Sitzkissen und Liegepolstern. Die Papier- oder Stoffschirme der Lampen sind wie die Vorhänge mit gängigen Chinoiserien bedruckt. Kein Fenster, der Ventilator surrt. Seitlich hinten ein Perlenvorhang, der den Eingang zur Bar verdeckt, auf der anderen Seite eine Bambusstiege nach oben, von der man nur wenige Stufen oder Sprossen sieht.
Auf einer der Wände, primitiv und roh gezeichnet, die Gestalt eines liegenden Soldaten mit Opiumpfeife, sowie die Umrisse einer nackten Frau mit gespreizten Schenkeln, eines Christbaums mit Kerzen, einer Bierflasche und einer Bratwurst. Darunter, in plumper Hand, die Inschrift: »Le Rêve du Légionaire«. Aus dem Café, weit hinten, hört man das Rasseln eines alten Orchestrions, das die letzten Takte eines uralten Schlagers spielt.
Gerhard, in der Uniform, wie sie die Fremdenlegionäre in den Tropen auf Ausgehurlaub tragen, sitzt in einem der Rohrsessel der vorderen Nische, – bei ihm steht Shing, ein sehr junges Tonkinesenmädchen, in einen anmutigen Sarong gekleidet. Sie ist damit beschäftigt, ihm ein Getränk im hohen Glas mit Eiswürfeln und Wasser aus einer Syphonflasche aufzufüllen. Die beiden sind durch den Vorhang vom rückwärtigen Teil des Zimmers getrennt und von dort nicht zu sehen.
Gerhard sieht älter aus, abgezehrt, blaß, mager, mit flackrigen Augen. Hinten, in der Nähe des Perlenvorhangs, steht mit Gläsern in der Hand eine Gruppe von Legionären, darunter Caporal Schnebeli, genannt der alte Knochen, und Scholly der Biedermeier.

SCHNEBELI *glatzköpfig, käsig, gedunsen. Trägt eine Stahlbrille* Ich kann euch sagen, ich habe sechs Kolonialkriege mitgemacht, sie waren alle dreckig, aber der hier ist der dreckigste. Womit ich keine Kritik geäußert haben möchte – selbst unsere Generäle nennen ihn »La sal' guerre«. Irgend jemand wird reich dabei werden, aber nicht wir. Dafür haben wir die Ehre, und das Vergnügen. Santé, Copains.

SCHOLLY Krieg ist Krieg, und gelernt ist gelernt. Was habt ihr mit der Salamischnauze gemacht?

SCHNEBELI Dem Desertierer? Du kannst dir denken. Wir hatten Dusel, es war kein Offizier in der Nähe, sonst wär' er nur vor ein Peloton gekommen. Dem haben wir's auf unsere Weise besorgt.

SCHOLLY Stahlruten?

SCHNEBELI Wir haben ihn angebunden, und eine Bajonettübung durchgeführt, sachgemäß, wie an dem Polsterheini im Kasernenhof – es kam jeder zum Stoß. Er hat geschrien wie eine junge Schlachtsau, wer das gehört hat, dem ist die Lust zum Ausrücken versalzt.

SCHOLLY Pech, hätt' ich dabeisein mögen.

SCHNEBELI Naja, Spaß muß sein, besonders wenn er die Disziplin verbessert. Was gibt's im Obstgeschäft?

SCHOLLY Millefleurs und Trictrac hängen an der Bar herum.

SHING *zuckt ängstlich zusammen, Gerhard schiebt sie in den Schatten des Vorhangs.*

SCHNEBELI Das sind geplatzte Kokosnüsse. Verfaulte Papayas, da sitzen die Fliegen drauf. Wo steckt die Kleine? *Ruft* Shing!

GERHARD *legt den Finger auf die Lippen.*

SCHOLLY Da kommst du dem Baron ins Gehege, der hält den Daumen drauf.

SCHNEBELI Scheiß-Baron, er ist ein Legionär wie jeder andere –

SCHOLLY Er war Oberleutnant, im Zweiten Weltkrieg –

SCHNEBELI – ein Legionär wie jeder andere, auch wenn sie ihm die Croix de Guerre ankleben, meins hab ich schon zehnmal versoffen oder als Souvenir verkloppt, und ich bin sein Caporal!

SCHOLLY Ich dachte, im ›Gelben Loch‹ sind die Rangunterschiede abgeschafft.

SCHNEBELI Sind sie auch, du hast den Vortritt, Scholly, du

darfst eine Runde schmeißen. He, Service! *Sie verschwinden durch den klappernden Perlenvorhang in die Bar.*

GERHARD *zieht Shing sanft aus dem Schatten hervor und auf den Sessel neben sich.*

SHING *seine Hand haltend* Du – heiße Hand. Krank?

GERHARD Nichts. Ein bißchen Fieber, das hatten wir alle in Dien-Bien-Phu. Geht vorüber.

SHING Du, Chinin, ja? Viel Chinin, viel Medizin – Du bitte nicht krank. *Sie streicht ihm über die Stirn.*

GERHARD Warum bist du so lieb zu mir?

SHING Du bist lieb, Gérard. Du – nicht mehr nach Dien-Bien-Phu?

GERHARD *lacht* Nein – das ist erledigt. Wir waren die letzten, die herausgekommen sind. Da sitzen die Viet-Minh. Krrrk. *Macht mit dem Finger die Geste des Halsabschneidens.*

SHING Viet-Minh – nicht böse.

GERHARD Glaubst du, Shing? – Denk dir, ich glaube es auch. – Aber was hilft es. Für uns sind sie ›der Feind‹. Und wir für sie.

SHING Du nicht Feind. Ich nicht Feind.

GERHARD Wir beide nicht Feind. *Lächelnd* Aber nur wir beide. *Trinkt, reicht ihr das Glas.*

SHING *nippt daran* Ich, dir viel sagen, viel mehr – aber ich spreche nicht viel deine Sprache.

GERHARD Es ist nicht meine Sprache. Glaubst du nicht, kleine Shing, wir brauchen gar keine Sprache?

SHING O doch, brauchen. Alle Menschen brauchen.

GERHARD Auch wenn sie sich liebhaben?

SHING Brauchen vorher, brauchen später. Sonst haben sich nicht mehr lieb.

GERHARD Wie klug du bist, süße kleine Shing. Mit dir kann ich sprechen. Wir haben eine Sprache zusammen, auch wenn sie nicht mehr als zwanzig Worte kennt. Die andren – die sind für mich stummer als die Fische. Ich kann eher mit einem Insekt reden im Zelt, mit einer Pflanze im Dschungel, als mit einem von denen. Mehr Eis, bitte.

SHING *sein Glas auffüllend* Du – du gar keinen Freund, Gérard? Nicht einen Freund, in der Legion?

GERHARD Keinen in der Legion, keinen in der Welt – außer einem.

SHING Der Baron?

GERHARD Ihr nennt ihn so. Wir nannten ihn einmal: der Herr. *Verträumt* Das war bei der ›Goldenen Horde‹. Es ist lange her.

SHING *reicht ihm das Glas.*

Aus der Bar hört man Geschrei und Begrüßungsrufe: Salut! Attente, présentez! Gratuliere, Kamerad! A la tienne!

TURO *erscheint mit Wärrschoweit durch den Perlenvorhang, beide in Legionärsuniform, umringt von Scholly, Schnebeli und anderen Legionären. Auch er sieht abgezehrt und elend aus, mit tiefen Schatten unter den Augen. Auf der linken Brusttasche trägt er die neu wirkende Croix de guerre. Sie bleiben im Hintergrund.*

SCHNEBELI Na, wie war's? Hat der Alte auf die Heldenpauke gehauen und auf die Rührtube gedrückt? *Imitierend* Légionaire Tureaux, je vous donne la Croix de Guerre des T. O. E. avec palme, pour votre vaillance dans la bataille de Dien-Bien-Phou! Présentez! Huuh!

SCHOLLY Er hat's verdient. Er hat sich wie ein Held benommen, da draußen, er hat ganz allein die Henriette-Schanze gehalten, verdammt noch mal.

SCHNEBELI Nicht allein, mit dem da – *Haut auf Wärrschoweits Schulter* – aber der hat's nicht bekommen, denn er ist kein Herr. Merde.

TURO *geht ein paar Schritte nach vorne, ruft* Niemand hier?

GERHARD *legt wieder den Finger auf die Lippen, Shing birgt sich im Vorhang.*

SCHNEBELI Wen suchst du, willst du der kleinen Gelben mit deinem Heldenauswuchs imponieren? Der imponieren deine Piaster, sonst nichts.

TURO *antwortet nicht, wendet sich zur Bar zurück.*

SCHNEBELI *hält ihn auf* Und ich sage dir, so was gibt es nicht unter uns Kumpels, jawohl, Kumpels, und wenn du drüben mehr warst als der Sohn vom de Castries, und der hat nun auch sein Loch im Bauch, wie jeder andere.

TURO Laß mich in Ruhe, Caporal, ich habe Durst.

SCHNEBELI Du willst sie für dich allein haben, du hast sie für einen Monat vorausbezahlt, drum ist sie nicht aufzutreiben, das Aas.

SCHOLLY Laß ihn doch, er will einen ausgeben, für seine Croix de guerre.

TURO Klar geb ich einen aus. Was soll's sein?

RUFE *durcheinander* Pastis! Vermouth-Cassis! Cognac à l'eau! Ich möchte ein Bier, aber das gibt's hier nicht. Gibt's in der Kantine. Ja, aber keine Weiber, außer der alten Krähe vom Roten Kreuz. *Lachen.*

SCHNEBELI *im Abgehen* Ich sage dir, die gehört nicht dir allein, die stech ich dir weg, und wenn's mit der Bajonettspitze ist.

Sie verschwinden durch den Perlenvorhang, – weit hinten im Café beginnt wieder das Orchestrion zu rasseln, ein Grammophon spielt dagegen.

SHING *schaut ihnen ängstlich nach.*

GERHARD Hab keine Angst, kleine Shing. Ich kenne den Kerl, in einer Viertelstunde ist er betrunken, dann sieht er dich gar nicht mehr.

SHING *zu ihm hin, legt ihren Arm um seinen Hals.*

GERHARD Sag – ist das wahr, mit dem Baron? Hat er für dich bezahlt, bist du seine Freundin?

SHING *zuckt die Achseln.*

GERHARD Es macht nichts. *Er trinkt.*

SHING *nimmt Geld aus einer kleinen Tasche* Ich will nicht. Ich gebe zurück.

GERHARD Behalte das Geld, Shing, du brauchst es. Ich habe auch meine Löhnung gespart, ich werd's ihm zurückgeben.

SHING Du, du nicht geben, Gérard.

GERHARD Warum nicht? Es macht mir Freude.

SHING Du, noch zu jung.

GERHARD Zur Liebe, meinst du?

SHING Nein. Zum Liebe-Kaufen. *Sie küßt ihn.*

GERHARD *hält sie umschlungen* Jetzt sind wir fort, Shing, merkst du das? Weit fort von hier, ganz weit fort, und ganz allein.

SHING Du, willst du fort, Gérard?

GERHARD Ausrücken? Das haben viele versucht, die meisten sind begraben.

SHING Du, wenn lieber fort – wenn zu schlimm, der Krieg, die Légion – du nicht allein, Gérard, du bitte mir sagen. Ich weiß wohin.

GERHARD Ich weiß es nicht, Shing. Und ich will es auch nicht wissen. Aber du machst mir das Herz leicht.

SHING *ihn streichelnd* Deine Stirn – so heiß.

GERHARD *sich an sie lehnend* Deine Hand – so kühl.

TURO *ist rasch und leise durch den Perlenvorhang hereingekommen, hält ein halbgeleertes Glas und die Pastisflasche. Aus der Bar hört man die andern, mit schon angetrunkenen Stimmen, das Legionärslied singen:*

Marchons, Légionaires! Chargé et bien tiré!
Si vous gagnerez cette guerre, vous gagnez la liberté!

Dann die Stimme Schnebelis

A la fin de ces affaires nous attend la pauvreté!

Und Gelächter.

Turo geht nach vorne, lüpft den Vorhang der Nische. Gerhard und Shing bleiben unverändert.

TURO Ich wußte, wo ihr steckt. Füll mir das Glas auf, bitte. *Er setzt sich.*

SHING *füllt ihm Eis und Wasser nach, tritt wieder zu Gerhard.*

TURO Wenn du sie haben willst – ich schenke sie dir.

GERHARD *lächelnd* Du kannst sie nicht verschenken.

EINE FETTIGE FRAUENSTIMME *aus der Bar* Shing! Di Ve! Viens donc, tout de suite!

SHING Madame. Ich zu Service, an die Bar.

GERHARD Komm wieder.

SHING Du, bleib hier. Ich komme. *Sie küßt ihn, geht nach hinten.*

TURO Du siehst schlecht aus. Du hast Fieber.

GERHARD Du nicht?

TURO Ich bin nur müde. Todmüde. *Er schenkt sich aus der Pastisflasche nach.*

GERHARD Man friert vor Hitze. Und man verbrennt vor Durst. *Trinkt.*

TURO Du solltest ins Lazarett.

GERHARD Dort stirbt man. Ich will nicht sterben. Nicht jetzt.

TURO Hör zu. Solche Mädchen sind gut, zum Vergessen und zum Versinken. Sie sind wie fleischfressende Pflanzen, wie glattes kühles Schlinggewächs, das windet sich um deine Glieder, und saugt dich in sich hinein. Nimm sie, zum Schlaf, zum Träumen. Aber nimm dich in acht.

GERHARD Wovor?

TURO Bleib wachsam, auch wenn du träumst, es kann dich zu viel kosten.

GERHARD Wenn du das Geld meinst – ich gebe es dir zurück.

TURO Unsinn. Es ist gefährlich, verstehst du nicht? Die sind alle Agentinnen für die andere Seite. Jedes dieser Mädchen arbeitet für die Viet-Minh, und die Kommissare, auch sie.

GERHARD Woher willst du das wissen?

TURO Was sollen sie sonst tun, wozu sind sie hier? Wegen der paar Piaster? Die könnten sie anderswo leichter verdienen, bei den Gummipflanzern, oder den Währungsschiebern zum Beispiel.

GERHARD Und warum tun sie das?

TURO Weil sie Angst haben. Hier haben alle Angst, vor etwas, das noch nicht da ist, aber kommen wird. Und das sind nicht wir.

GERHARD Du meinst, sie will mich einfach abwerben?

TURO Vielleicht das. Vielleicht aushorchen. Vielleicht Schlimmeres.

GERHARD Und wenn du recht hättest – dann hätte s i e recht, mir wär' es gleich. *Scharf* Aber du hast nicht recht.

TURO Ich muß es dir sagen, Gerhard.

GERHARD Du hast nicht recht. Du hast nie recht gehabt. Du kennst nichts als den Haß, und die Verachtung.

TURO Seit wann denkst du so?

GERHARD Seit ich weiß, wie es ist. Wie es wirklich ist.

TURO Wovon sprichst du?

GERHARD Von etwas, das du nicht kennst.

TURO Ich kenne es.

GERHARD Ich glaube dir nicht.

Aus der Bar hört man singen, wüst, betrunken

Annemarie, was wird denn mal dein Sohn?
  Mein Sohn wird Polizist,
  Weil er vom Prügel ist.
Jupp jupp jupp Annemarie, Annemarie!
  Mein Sohn wird Bolschewist,
  Weil er vom Blutigroten ist,
Jupp jupp jupp Annemarie –

SCHOLLY *ist hereingekommen, schwankend, gestützt auf Millefleurs, ein fülliges dunkles Mädchen, nur mit einem Bikini bekleidet. Er grölt weiter*

  – was wird denn mal dein Sohn?
  Mein Sohn wird Pazifist,
  Weil er vom Scheißhaus ist,
Jupp jupp jupp Annemarie, Annemarie!

TURO Heimatklänge.

SCHOLLY *ist nach vorne gekommen, während Millefleurs in einer hinteren Nische Opiumpfeife und Holzkohlen bereit macht* Mensch, die Heimat, verdammt noch mal. Stell dir vor, Kamerad, wenn wir den Krieg gewonnen hätten, wo wären wir jetzt. Und alle andern könnten uns die Stiefel putzen, oder nicht?

TURO Wahrscheinlich.

SCHOLLY Zünd mir die Pfeife an, Schwester. *Er geht nach hinten* Ich könnte dich auch vernaschen, aber ich will nach Hause. *Wirft sich auf ein Polster.*

MILLEFLEURS *hockt sich neben ihn auf die Fersen, zündet die Pfeife an, reicht sie ihm.*

SCHOLLY Gute Nacht, Schwester. In drei Minuten bin ich zu Hause. *Er brummt* ›In der Heimat – in der Heimat …‹ *Man hört ihn nuckeln und dann leise schnaufend atmen.*

GERHARD Ich glaube dir nicht. Sie ist nicht wie diese Mädchen. Und wenn sie so ist, dann ist sie anders zu mir.

TURO Ich habe gesagt, was ich zu sagen hatte.

GERHARD Und ich glaube dir nicht. Du weißt nichts davon. Auch ich habe das nicht gekannt. Ich habe nicht gewußt – daß man ein Mensch sein kann. Sie ist nicht mein Feind.

TURO Glaubst du, ich sei dein Feind?

GERHARD Du? Du warst der einzige, den ich Freund nennen wollte. Du warst mehr, du warst mein Herr, mein Gott, mein Götze. Ich bin dir nachgefolgt, wie einem verruchten Heiland. Du warst mein Teufel. Du hast mich zum Mörder gemacht.

TURO Du weißt nicht, ob du es warst. Ihr habt alle geschossen, es kann ein anderer gewesen sein, vielleicht war es Fuchs, der getroffen hat, er hat immer getroffen –

GERHARD Das ändert nichts. Ich habe es getan, ich muß es wieder tun – es ist mein Beruf geworden, mein Zwang, mein verdammtes Leben. Du hast mich dazu verdammt.

TURO Ich bin zu spät gekommen. Es ist auch jetzt zu spät.

GERHARD Was meinst du damit.

TURO Nichts. Wir wollen knobeln. *Nimmt einen Würfelbecher heraus, haut ihn auf* Sieben. *Schiebt ihm den Becher hin.*

GERHARD *haut auf* Neun.

TURO Du hast Glück. *Will wieder werfen.*

GERHARD *legt die Hand auf den Becher* Meinst du damals – an der Zonengrenze? Ich habe oft drüber nachgedacht, ich hatte nicht den Mut, dich zu fragen.

TURO Dann laß es sein. Es hat keinen Sinn mehr.

GERHARD Warum bist du gekommen? Wieso warst du plötzlich da? Wir sollten dich erst am Abend treffen, bei der Ablieferung. Hast du gewußt, daß wir verraten waren? Oder bist du meinetwegen gekommen?

TURO Gib den Becher her.

GERHARD Ich habe es gespürt. Du wolltest mich herausholen, mich retten... Aber warum wolltest du das? Du – der du kein Mensch bist, für den ein Mensch nichts gilt. Ich weiß, meine Mutter war bei dir, in unsrem Rattenloch, sie wollte dich kaufen. Hat sie dich doch gekauft?

TURO *drohend* Schweig jetzt! *Reißt ihm den Becher aus der Hand, wirft.*

GERHARD *fegt die Würfel vom Tisch* Jetzt will ich es wissen! Was war das für ein Geschäft? Ich habe sie gehaßt, weil sie dort war – sie wollte mich losbitten, freikaufen wie einen Sklaven, sie hat sich vor dir erniedrigt – dich und mich –

TURO Sei still – *Hochfahrend* – oder ich stopf dir das Maul!

GERHARD *ruhig* Ich fürchte dich nicht mehr. *Nach einer Pause, verbissen* Ich habe nichts mehr zu fürchten. Aber ich will heraus – hörst du? Ich will heraus!

TURO Du wirst herauskommen. Es sind fünf Jahre, sie gehn vorüber.

GERHARD In fünf Jahren, da bin ich kein Mensch mehr. Da hab ich kein Herz mehr im Leib. Jetzt – jetzt spüre ich mein Herz, jetzt weiß ich, warum es schlägt. Jetzt weiß ich warum, und wozu.

TURO Was hast du im Sinn, Gerhard? Woran denkst du?

GERHARD Es ist meine Sache. Und ich bin nicht allein.

TURO Du betrügst dich. Du hast den Koller. Hast du nicht von dem Schiffbrüchigen gehört, der die versunkene Gallionsfigur für ein lebendiges Weib hielt und sich ins Meer stürzte? Er ist ersoffen.

GERHARD Und dann war ihm wohl. Es war still und kühl da unten.

TURO Du weißt, was einem Deserteur passiert, wenn sie ihn fassen.

GERHARD Es ist besser, als so zu leben. Das weiß ich jetzt.

TURO Dich macht das Fieber verrückt, und dieses Mädchen. Komm zu dir, oder ich schleppe dich mit Gewalt ins Lazarett!

GERHARD Du hast keine Gewalt mehr über mich. Du bist kein Mensch. Du kennst die Liebe nicht. Das trennt uns – für jetzt und immer.

TURO Es gibt kein Immer! Die Liebe, das ist ein Augenblick. Du glaubst, daß er dich erlöst, aber dann ist es die Hölle.

GERHARD Du weißt nichts davon.

TURO Ich bin in der Hölle. *Von ihm abgewandt* Ich habe sie geliebt.

GERHARD *betroffen* Wen? Wen meinst du... Die kleine Shing?

TURO *aufbrüllend* Deine Mutter!

GERHARD *ohne Begreifen* Du – meine Mutter? *Nach einem Schweigen, – hart* Dann war es kein Unfall.

TURO *wach, verändert* Was meinst du.

GERHARD Dann war es kein Unfall. Dann hast du sie umgebracht.

TURO Es war ein Unfall. Wir haben es im Radio gehört, in der Zeitung gelesen, damals, in Marseille –

GERHARD *starrt ihn an.*

TURO – es war ein Unfall, bei Glatteis, auf der Brücke – Es ging rasch, sie hat nicht gelitten –

GERHARD *schnellt hoch, springt ihn an, packt ihn mit beiden Händen um die Kehle.*

TURO *wehrt sich nicht.*

GERHARD *läßt ihn los* Warum kämpfst du nicht.

TURO Es wäre schade um dich. *Nach einer Weile* Vielleicht war es kein Unfall.

GERHARD Auch ich habe sie umgebracht.

TURO *legt die Hand auf seinen Arm.*

GERHARD *schüttelt sie ab.*

Kurzes Schweigen. Dann hört man aus der Bar, wo das Grammophon wieder näselt, einen Krach wie von umgeschmissenen Gläsern, einen Hilfeschrei, Fluchen.

Durch den Perlenvorhang erscheint Caporal Schnebeli, zerrt Shing am Arm mit sich.

SCHNEBELI Dir werd ich's zeigen, verdammte gelbe Bestie. Ich habe der Madame die Piaster gegeben, du hast zu parieren, oder ich zieh dir das Fell ab! *Er reißt ihr den Sarong von der Brust, packt sie um den Leib.*

SHING *schreit auf.*

SCHNEBELI Quietsch nur, das macht mich scharf. Rauf mit dir, in die Betten. Dir werd ich's besorgen, bis die Naht platzt. *Er versucht, sie die Bambusstiege hinaufzuziehen.*

SHING Hilf! Hilfe! Gérard!

GERHARD *ist aufgesprungen, reißt seine Pistole heraus, entsichert.*

TURO Gib mir die Waffe. Die Waffe her! *Will seinen Arm fassen, Gerhard stößt ihn zurück.*

SCHNEBELI *schon oben auf der Treppe, außer Sicht* Maulhalten, ich habe bezahlt, das geht keinen was an!

GERHARD *bei der Treppe, schießt zweimal nach oben. Man hört Schnebeli aufschreien und einen Fall. Shing hat sich losgerissen, Gerhard faßt sie bei der Hand, eilt mit ihr in die vordere Nische zurück.*

SCHOLLY *ist bei dem dünnen, peitschenden Knall der Schüsse aus seinem Opiumschlaf erwacht, aufgesprungen, schreit* Alarm! Raus, sie kommen! Die verdammten Gelbhäute – legt sie um! Gebt Feuer! *Er reißt eine Waffe heraus.*

LEGIONÄRE *kommen aus der Bar hereingerannt, allen voran Wärrschoweit.*

EINER Was ist los? Wer hat geschossen?

TURO *ist aus der Nische getreten, in der Gerhard und Shing, einander umfangend, zurückbleiben* Ich glaube, der war's. *Zeigt auf Scholly.*

SCHOLLY Ich? *Will auf Turo losgehen.*

WÄRRSCHOWEIT *packt ihn.*

SCHOLLY *wehrlos* Ich –? Ich habe geschlafen, ich weiß von nichts...

TURO *zu den Legionären* Schaut nach Schnebeli, droben.

DIE LEGIONÄRE *drängen die Stiege hinauf.*

SCHOLLY Ich kann mich an nichts erinnern... *Er schluchzt.*

WÄRRSCHOWEIT *hält ihn eisern.*

TURO *in die Nische zurück* Ihr müßt fort, bevor sie die Pistolen untersuchen. Geht ganz ruhig hinaus.

SHING *zu Gerhard* Du, komm. Ich weiß wohin.

STIMME VON DROBEN Ruft die Feldpolizei.

TURO Leb wohl, Gerhard.

GERHARD *wendet sich ab, ohne zu antworten, geht ruhig, aufrecht, mit Shing hinaus.*

TURO *zu Wärrschoweit* Laß den los. Er war's nicht.

WÄRRSCHOWEIT *läßt Scholly los, der sich apathisch aufs Polster fallen läßt, tritt zu Turo.*

TURO Glaubst du, daß er durchkommt?

WÄRRSCHOWEIT *sieht ihn an, ohne Bewegung.*

TURO *hebt die Würfel auf, schüttelt sie im Becher. Stellt ihn hin* Er hat die Neun geworfen. Er ist heraus. Wir bleiben.

Dunkel.

IX

Spital des Militärgefängnisses in einer französischen Garnison.
Die Bühne zeigt ein Krankenzimmer und dessen Vorraum, der mit dem Flur verbunden ist. Das Zimmer mit vergittertem Fenster, nackten weißgetünchten Wänden und einem Bett, über dem ein schmales, schwarzes Kruzifix angebracht ist. Neben dem Bett ein kleiner Medikamententisch und ein Stuhl. Es ist durch eine verschlossene Tür von Vorraum und Flur getrennt, auf der anderen Seite hat es einen Eingang für das Pflegepersonal. Der Vorraum ist eine erweiterte Ecke des Flurs, in der eine Holzbank steht. Darüber hängt eine Wanduhr, sie zeigt eine Zeit nach Mitternacht, gegen ein Uhr früh.
Zu Beginn der Szene brennt im Krankenzimmer nur eine schwache, blaue Notlampe, so daß man Gerhard, der im Bett liegt und zu schlafen scheint, nicht gleich erkennt. Flur und Vorraum sind hell erleuchtet.
Holtermann, mit Mantel und Hut, kommt durch den Flur, vom Gerichtsoffizier (im Rang eines Capitaine) geleitet. Holtermann scheint ruhig und beherrscht. Der Offizier von kühler, korrekter Höflichkeit, manchmal fast human. Er weist auf die Bank des Vorraums. Beide setzen sich. Holtermann nimmt seinen Hut ab.

OFFIZIER Sie haben gehört, daß das Urteil heute nachmittag gefällt worden ist. Er hat es, trotz seines geschwächten Zustandes, gefaßt und in guter Haltung aufgenommen. Die Exekution wird bei Tagesanbruch stattfinden, um vier Uhr früh. Natürlich muß er vorher in die Zelle der Verurteilten überführt werden. Man wollte ihn, so lange wie möglich, in der Obhut des geschulten Pflegepersonals belassen.

HOLTERMANN Ein Aufschub kann nicht erwirkt werden?

OFFIZIER Ich nehme an, Sie waren selbst Soldat. Sie werden wissen, daß es bei einem kriegsgerichtlichen Urteil weder Berufung noch Aufschub gibt. Es muß innerhalb von vierundzwanzig Stunden vollstreckt werden.

HOLTERMANN Ich hatte auf die Einreichung eines Gnadengesuchs gehofft – in Anbetracht seiner Jugend – vielleicht an den Präsidenten der Republik.

OFFIZIER Das ist, in diesem Fall, weder statthaft, noch hätte es irgendeine Aussicht auf Erfolg. Auch die Genehmigung Ihres Besuches entspricht nicht den Gepflogenheiten der Militärjustiz. Sie verdanken sie nur der besonderen Verwendung Seiner Exzellenz des Herrn Hochkommissars.

HOLTERMANN Ich weiß das zu schätzen.

OFFIZIER Ich verstehe natürlich Ihre Empfindungen als Vater. Aber Sie müssen sich die Schwere des Delikts vor Augen halten. Es gibt da, unter Kriegsrecht, keine andere Möglichkeit.

HOLTERMANN Er war schon krank, und vielleicht durch die Kampfhandlungen verwirrt. Ist die Tat bei voller Zurechnungsfähigkeit begangen worden?

OFFIZIER Die Frage der Zurechnungsfähigkeit wurde sorgfältig geprüft, sie mußte in vollem Umfang bejaht werden. Ich weiß nicht, ob Sie über alle Einzelheiten informiert sind. Es handelt sich nicht nur um die Ermordung eines Vorgesetzten, in der mobilen Truppe, sondern um Desertion zum Feind, die nicht ohne Vorbedacht und Vorbereitung erfolgt sein kann. Er wurde in einem Außenposten der Viet-Minh, in den Reisfeldern nördlich von Hanoi, festgenommen, der bei einem Stoßtruppunternehmen überrannt worden ist. Er hatte sich mit Hilfe eines eingeborenen Mädchens dorthin geflüchtet, die eine kommunistische Agentin war. Unter normalen Umständen wäre er sofort, an Ort und Stelle, standrechtlich abgeurteilt worden. Aber er war von einer der infektionsgefährlichsten Tropenkrankheiten befallen, so geriet er in die Isolationsbaracke, und dann mit einem Spezialtransport hierher. Außerdem ging der Feldzug zu Ende, und seine Formation wurde verladen. Hier aber mußte er, sobald er vernehmungsfähig war, unverzüglich vor ein aktives Kriegsgericht gestellt werden.

HOLTERMANN Wurde ihm ein Verteidiger bewilligt?

OFFIZIER Ich habe selbst bei der Verhandlung als der gesetzlich vorgesehene Verteidiger fungiert. Ich habe versucht, ein Motiv ausfindig zu machen, das vielleicht einen mildernden Umstand ergeben hätte. Aber er konnte, oder wollte, darüber nichts aussagen. Mir ist es unbegreiflich, und es tut mir leid. Er soll, bis dahin, ein pflichttreuer Soldat gewesen sein.

HOLTERMANN *senkt den Kopf.*

Während des letzten Satzes ist Schwester Ambrosia vom Flur her in den Vorraum gekommen, bleibt bei ihnen stehn. Sie ist in die weiße Tracht der Pflegerinnen gekleidet, mit der Rotekreuzbinde am Arm. Ihr Gesicht ist bis zu den Augen von der Desinfektionsmaske bedeckt.

OFFIZIER Er wird natürlich geistigen Beistand erhalten, falls er ihn verlangt. *Er steht auf* Mir bleibt nichts übrig, als Ihnen mein Beileid auszudrücken.

HOLTERMANN Er lebt noch. *Erhebt sich, legt seinen Mantel auf die Bank.*

OFFIZIER *nach kurzem Schweigen* Unsere Oberschwester wird Sie jetzt zu ihm führen.

HOLTERMANN *neigt kurz den Kopf vor der Schwester, sie reicht ihm die Hand.*

OFFIZIER Der Vorschrift gemäß ist das Betreten der Krankenzimmer nur mit der Desinfektionsmaske gestattet. Aber hier ist die Genesungsabteilung. Ich brauche Ihnen das nicht zuzumuten.

HOLTERMANN Ich danke Ihnen.

OFFIZIER *zur Schwester* Wie befindet er sich?

SCHWESTER Er hat, nach der Verhandlung, ein Schlafmittel bekommen, und die ganze Zeit ruhig geschlummert. Jetzt würde er ohnehin aufwachen. Ich muß ihm dann seine Injektion geben.

OFFIZIER *zu Holtermann* Ich werde Sie, nach Ablauf der gestatteten Zeit, hier wieder abholen. *Er geht.*

SCHWESTER AMBROSIA *hat den Schlüsselbund von ihrer Hüfte genommen.*

HOLTERMANN Was ist das für eine Injektion?

SCHWESTER Ich bin nicht befugt, darüber Auskunft zu geben.

HOLTERMANN Ich bin der Vater.

SCHWESTER Ich weiß es. *Zögert* Vielleicht ist es Ihnen eine Art von Trost, zu wissen, daß er auch ohne das Urteil diese Nacht nicht überleben würde. Die Krankheit hat das Herz so sehr geschwächt, daß es nur noch künstlich, durch die stärksten Hilfsmittel, in Gang gehalten werden kann – für einige Stunden.

HOLTERMANN Man hält ihn am Leben, um ihn töten zu können. Und Sie sind es, die das tut.

SCHWESTER Unser Dienst ist Gehorsam.

HOLTERMANN Ich glaubte, Erbarmen.

SCHWESTER *senkt die Augen* Kommen Sie jetzt. *Sie schließt auf, läßt Holtermann eintreten, der neben der Tür stehen bleibt, schließt innen wieder ab, dreht das Licht an, das die Umgebung des Bettes hell beleuchtet. Gleichzeitig schaltet sie draußen die Beleuchtung aus, so daß Vorraum und Flur jetzt im Dämmer liegen.*

GERHARD *liegt auf dem Rücken, ruhig, mit geschlossenen Augen* Sind Sie es, Schwester?

SCHWESTER Ich bin es. Ich habe einen Besuch mitgebracht.

GERHARD *hebt den Kopf, schlägt die Augen auf. Fast ohne Erstaunen, doch freudig* Vater.

HOLTERMANN *tritt zu dem Bett. Beugt sich über ihn.*

SCHWESTER Ich lasse Sie allein. *Geht, durch den anderen Ausgang.*

GERHARD *hebt schwach die Arme, legt sie um Holtermanns Schultern.*

HOLTERMANN *küßt ihn auf die Stirn – dann bettet er ihn auf sein Kissen zurück.*

GERHARD Setz dich doch, Vater.

HOLTERMANN *setzt sich auf den Stuhl neben dem Bett, hält seine Hand.*

GERHARD Es ist nicht zu ändern, und es muß so sein.

HOLTERMANN Deine Hand ist kühl. Du hast kein Fieber mehr.

GERHARD Sie haben mich gut gepflegt. Aber mein Herz ist müde. Manchmal schmerzt es, und pocht in den Hals, dann kommt das Fieber zurück. Manchmal wird es kalt, und ich glaube, ich muß erstarren. Ich bin froh, wenn es vorüber ist.

HOLTERMANN Du hast sehr gelitten.

GERHARD Andere leiden mehr. Ich habe das Glück, daß du gekommen bist.

HOLTERMANN Ich wollte, ich könnte bei dir bleiben, und mit dir gehn. Ich wollte, ich könnte gehen, an deiner Statt.

GERHARD *schüttelt den Kopf* Ich habe getötet. Was mir jetzt geschieht, das geschieht mir zu recht. Es kann mir niemand abnehmen. Verzeih mir.

HOLTERMANN Ich bin gekommen, dich um Verzeihung zu bitten. Weil ich dich nicht davor bewahren konnte.

GERHARD Niemand konnte mich davor bewahren. Auch sie nicht. Glaubst du, Vater, es gibt ein Wiedersehn?

HOLTERMANN *mit Überwindung* Ich – hoffe es.

GERHARD Ich möchte ihr nur sagen, was ich dir sage: Du bist nicht schuld.

HOLTERMANN Wir haben dich in diese Welt gebracht.

GERHARD Dafür danke ich euch. Ich war einmal glücklich.

HOLTERMANN Du hättest mehr verdient.

GERHARD Vielleicht gibt es nicht mehr.

HOLTERMANN Auch deine Mutter hätte mehr verdient.

GERHARD Meine Mutter... Glaubst du, sie hat gewußt, daß sie sterben mußte? So, wie ich es jetzt weiß?

HOLTERMANN *mit Überzeugung* Sie hat es nicht gewußt. Es ist zu rasch geschehen.

GERHARD Und vorher? Hast du sie noch gesehn?

HOLTERMANN *schüttelt den Kopf.*

GERHARD Ich habe mich ihrer geschämt. Ich wollte anders sein als sie – als ihr alle. Ich wollte ein anderer sein, als ich war, und bin. Drum werde ich nicht mehr sein.

HOLTERMANN Warum wolltest du ein anderer sein? Weil dir dein Leben, wie wir es dir zeigten und vermachten, nicht genügte. Das ist unsere Schuld.

GERHARD Glaub mir, Vater – es ist niemand schuld. Ich habe viel nachgedacht, wenn ich nachts wach lag. Es ist nie ein anderer schuld. Jeder ist es für sich, von Anfang an.

HOLTERMANN Du hättest nichts Böses getan – wenn man dich nicht verführt hätte. Wenn eine Hand gewesen wäre, dich zu halten. Ein Auge, dich zu bewachen.

GERHARD Die Hand ist immer da. Das Auge ist immer da.

Wenn einer sagt, die Eltern sind schuld, der belügt sich. Wir sind nicht Herr unsrer Geburt. Wir sind nicht Herr unsrer Geschicke. Aber der Mensch ist Herr seiner Seele.

HOLTERMANN Du hilfst mir – statt daß ich dir helfe.

GERHARD *zieht seine Hand auf sein Herz* Du bist gekommen, Vater. Du bist da.

Die Uhr draußen schlägt: Eins.

HOLTERMANN *fährt erschreckt zusammen.*

GERHARD *leise* Es ist die Uhr. Sie schlägt eins. Ich habe sie viele Nächte gehört. Jetzt werde ich sie noch einmal schlagen hören. Vielleicht zweimal.

HOLTERMANN Deine Hand ist kalt... Soll ich die Schwester rufen?

GERHARD Sie kommt, wenn es Zeit ist... Sie werden mich ankleiden. Sie werden mir helfen. Es wird nicht schlimm sein. Der Capitaine hat mir alles gesagt. Man bekommt dort ein Frühstück, in der Zelle. Man kann wählen, Kaffee, Wein oder ein Eau-de-Vie. Ein Päckchen Gauloises – oder andere Zigaretten – man kann auch Zigarren verlangen – und dann – *Er verstummt, atmet kurz.*

HOLTERMANN *legt die Hand auf seine Stirn* Jetzt bist du ganz heiß. Du sollst jetzt nicht daran denken.

GERHARD – dann, Vater – dann kommen die Trommeln. *Er schaudert* Ich war einmal dabei – wie sie einen geholt haben. Sie kommen mit einem ganz schnellen Tritt – nicht wie Menschen gehn – und die Trommeln klopfen... wie Bein auf einem Schädel...

Es klopft leise an der Außentür.

GERHARD *fährt auf, umklammert Holtermanns Arm.*

DER OFFIZIER *vor der Tür draußen* Noch drei Minuten. Ich erwarte Sie drunten in der Halle. *Er geht.*

GERHARD – dann wird das Urteil verlesen. Und dann wieder die Trommeln – *Er fällt zurück.*

HOLTERMANN *rasch zu der anderen Tür* Schwester!

DIE SCHWESTER *erscheint, schaut zum Bett* Ich komme sofort. *Geht wieder.*

GERHARD *ruhiger* Ich habe keine Angst. Es sind nur die Trommeln. Aber es geht vorüber. *Er schließt die Augen.*

HOLTERMANN *hat sich nicht wieder gesetzt. Er steht neben dem Bett, die Hände ineinander verschränkt.*

GERHARD *unter schwachem Atem* Glaubst du, Vater, daß Gott gerecht ist?

HOLTERMANN *mit fester Stimme* Ich weiß es nicht. Aber wir dürfen hoffen, daß er barmherzig ist. Er ist die Liebe – oder er ist nicht.

SCHWESTER AMBROSIA *die mit einem kleinen Rolltisch hereingekommen ist* Er ist die Liebe.

HOLTERMANN Sie sagen das, Schwester?

SCHWESTER Ich weiß es. *Sie nimmt von dem Tischchen die vorbereitete Injektionsspritze und einen Wattebausch mit Äther.*

HOLTERMANN Sind Sie bereit, dafür zu zeugen, mit einer Tat?

SCHWESTER *einfach* Mit meinem Leben.

HOLTERMANN *nimmt ihr die Spritze aus der Hand. Schaut zum Bett Gerhards, der unbeweglich, kaum mehr atmend, im Kissen liegt* Du sollst die Trommeln nicht hören. *Er entleert die Spritze.*

SCHWESTER Was haben Sie getan –!

HOLTERMANN *schaut sie an* Wer sind Sie – daß Sie mich fragen.

SCHWESTER Er wird nicht mehr zu sich kommen.

HOLTERMANN Er soll nicht mehr zu sich kommen.

SCHWESTER Gott sei dir gnädig.

HOLTERMANN Er sei ihm gnädig – und uns allen. *Er geht ruhig zur Tür, ohne zurückzublicken. Die Schwester öffnet. Er geht hinaus, verschwindet durch den Flur.*

SCHWESTER AMBROSIA *schließt die Tür, steht abgewandt. Nimmt ihre Gesichtsmaske herunter, trocknet ihr Gesicht.*

GERHARD *ohne die Augen zu öffnen, kaum hörbar* Mutter.

SCHWESTER AMBROSIA *tritt zu seinem Bett. Sie trägt Gudulas Züge.*

GERHARD *schlägt die Augen auf* Du bist meine Mutter!

SCHWESTER Du bist mein Kind. *Sie nimmt ihn in die Arme.*

GERHARD Bleib bei mir. Laß mich nicht mehr allein.

SCHWESTER Ich verlasse dich nicht.

GERHARD Und ich will nie mehr fortgehn.

SCHWESTER Es gibt keine Trennung mehr.

GERHARD Mutter, warum wird mir so kalt?

SCHWESTER Fürchte dich nicht.

GERHARD Ich kann nichts mehr sehn.

SCHWESTER Fürchte dich nicht.

GERHARD *sich aufrichtend, während sie ihn von rückwärts hält* Mutter, laß mich noch einmal anfangen. Noch einmal anfangen. Noch einmal anfangen! *Er sinkt an ihre Brust. Sie schließt ihm die Augen.*

Editorische Notiz

Die Texte dieses Bandes sind chronologisch nach ihrer Entstehung geordnet.

Das kalte Licht wurde am 3. September 1955 in der Regie von Gustaf Gründgens am Deutschen Schauspielhaus in Hamburg uraufgeführt. Für die gleichzeitig erschienene Buchausgabe (›Das kalte Licht. Drama in drei Akten‹, Frankfurt am Main: S. Fischer Verlag 1955) schrieb Carl Zuckmayer ein Nachwort, das am Tage der Uraufführung von der ›Stuttgarter Zeitung‹ gedruckt wurde.

Nachwort zum ›Kalten Licht‹

Im Laufe der letzten fünfzehn Jahre ereigneten sich in der westlichen Welt eine Reihe von Spionagefällen, die sich von denen früherer Epochen grundsätzlich dadurch unterschieden, daß sie weder um der Bezahlung willen noch in militärischem Auftrag, sondern lediglich auf Grund eines persönlichen Gesinnungsentscheids ausgeführt wurden. Ebenso bedeutsam und neuartig mutet es an, daß es sich hier nicht um den Verrat militärischer oder strategischer Geheimnisse schlechthin, sondern um die Ergebnisse einer wissenschaftlichen Forschung handelt, die aufs tiefste in die Existenz und die Lebensformen des gesamten Menschengeschlechtes einschneidet. Geschichte und Hintergrund solcher Fälle scheinen ein besonderes Schlaglicht auf die geistige und ethische Problematik, man kann auch sagen: Verwirrung des Menschen in unserer Zeit zu werfen. Sie gewinnen dadurch eine über-aktuelle Bedeutung.
Das vorliegende Drama versucht, einen solchen Fall darzustellen, und zwar nicht in der Form des dokumentarischen Reports, sondern durch das Medium einer erdachten Fabel. In gewissen Zügen seines äußeren Ablaufs lehnt es sich an die Ge-

schichte des in England verurteilten Atomspions Dr. Klaus Fuchs an. Wie dieser, ist der Handlungsträger des Stückes, Kristof Wolters, in Deutschland als Sohn eines protestantischen Pastors geboren (die Person des Vaters, die Familie überhaupt, werden im Stück nicht berührt), er betätigte sich als Student im Lager der linksradikalen Politik und mußte daher nach der Machtergreifung durch die Nationalsozialisten aus Deutschland fliehen. Er vollendete sein mathematisches Studium in England, wobei er seinen Lehrern durch ungewöhnliche Begabung auffiel, wurde nach Kriegsausbruch als ›feindlicher Ausländer‹ in ein Anhaltelager nach Kanada verschifft, aber nach einer gewissen Zeit nach England zurückberufen und arbeitete seitdem in staatlichen Geheiminstituten an der theoretischen Entwicklung der Atombombe. Obwohl er die britische Staatsbürgerschaft erworben hatte, lieferte er aus eigenem Entschluß fortgesetzt Informationen über seine Arbeitsergebnisse und die der gesamten westlichen Atomforschung an den Geheimdienst der Sowjetunion, auch als er mit einer Abordnung britischer Wissenschaftler nach den Vereinigten Staaten berufen worden war, sowie nach seiner Rückberufung zu einem englischen Forschungsinstitut, ohne daß seine Spionagetätigkeit entdeckt wurde. (Der historische Klaus Fuchs erklärte seine Kapazität, auf zwei Seiten zu navigieren, recht fadenscheinig als eine Art von »kontrollierter Schizophrenie«.) Sein Geständnis wurde letzten Endes durch die äußerst subtile und einsichtige Ausforschungsarbeit eines britischen Untersuchungsbeamten zuwege gebracht.
So weit geht im Drama die Anlehnung an eine historische Grundlage. Sie bleibt völlig im Unpersönlichen, auf einige Daten und Fakten beschränkt. In diesen Rahmen, gleichsam die Fläche eines aus ein paar geometrischen Punkten und Linien gebildeten Grundrisses ausfüllend, tritt Kristof Wolters als eine eigenlebige Gestalt, die ihre eigene Sprache spricht. Hier wurde nichts mehr ›verwendet‹, kein Wort, kein Argument, keine Lebensfarbe eines Urbildes, das nicht existiert, da es nicht abgebildet wurde. Der persönliche Charakter, das private Schicksal

des Klaus Fuchs wurden in keiner Weise ›benutzt‹, nicht einmal informatorisch, wodurch die volle Distanz, auch die Achtung vor dem Eigenrecht eines noch lebenden Menschen, hergestellt und gewahrt ist. Mit Ausnahme der Gestalt des britischen Untersuchungsbeamten, von dem mir nichts als seine Amtshandlungen im Falle Fuchs, keinerlei persönliche Daten und Züge bekannt waren, sind die Mitspieler des Stückes und ihre Beziehungen zu Wolters frei erfunden. Es ist müßig, nach irgendwelchen realen Vorbildern zu suchen, denn es gibt sie nicht. Niemand, der mit dem Fall Fuchs oder ähnlichen Fällen in Verbindung gestanden hat, tritt in dem Stück in Erscheinung, ebensowenig die bekannten Protagonisten der jüngsten Forschungsgeschichte und der wissenschaftlichen Kriegführung. Die Oppenheimer und Teller, Peierls und Skinner, Cockroft und Chadwick, Bohr, Busch usw. sind hier nicht zu finden, auch nicht in verteilten oder gemischten Gradstufen. Es gibt keine Schlüsselfiguren und keine synthetischen Modelle, sondern alle, die hier auftreten, fungieren ausschließlich als Dramatis Personae, in einem Schauspiel, das um seiner selbst willen entstand.
Um seiner selbst willen (wie jedes Dichtwerk), und um der in ihm angeschnittenen Thematik willen. Vor allem: im Hinblick auf ihren menschlichen Aspekt. Denn das Thema des Stückes ist nicht die Spaltung des Atoms, sondern die Krise des Vertrauens. Weiter gespannt: die Denk- und Glaubenskrise der Gegenwart. Hier – beim Tatbestand des ›ideologischen‹ oder gar ›idealistischen‹ Verrats – ergibt sich ein menschlicher Gewissenskonflikt, der höchstens in Zeiten der Religionskriege Parallelen findet. Der moderne ist jedoch spezifisch abgewandelt und charakterisiert durch die Abwesenheit des metaphysischen oder religiösen Motivs. An seine Stelle tritt zweierlei: der Totalitätsanspruch einer gesellschaftlichen Doktrin – und die Prädominanz der wissenschaftlichen Erkenntnis. Beide gemeinsam üben eine Faszination aus, deren greller Schein den sittlichen Aspekt verdunkelt, die einfachen Grundlagen menschlichen Rechts- und Ehrgefühls verwirrt und verblendet.

Der Mensch tritt hier, wie in der antiken Tragödie, aus seinen natürlichen und sittlichen Grenzen heraus, greift ins Weltschicksal ein. An diesem Übertritt wird er schuldig, an dieser Schuld muß er scheitern. Die Erkenntnis der Schuld, durch die dramatische Gegenüberstellung mit einem in seinen menschlichen Grenzen intakt Gebliebenen, ist die Wurzel einer möglichen Entsühnung.

Die Uhr schlägt eins wurde am 14. Oktober 1961 in der Regie von Heinz Hilpert im Wiener Burgtheater uraufgeführt. Die Buchausgabe erschien 1961 im S. Fischer Verlag in Frankfurt am Main. – Vor der Uraufführung sprach Heinz Rosenthal mit Carl Zuckmayer über das Stück. Eine gekürzte Fassung dieses Interviews wurde anläßlich der Aufführung in Göttingen in den ›Blättern des Deutschen Theaters Göttingen‹, Spielzeit 1961/62, Heft 200, S. 231 f. u. 234, veröffentlicht.

ROSENTHAL: Herr Zuckmayer, könnten Sie uns zuerst etwas über Ihr neues Stück erzählen?

ZUCKMAYER: Ich will Ihnen natürlich nicht die Handlung erzählen, ich kann nur sagen, worum es sich im Grunde dreht. Es geht, wie in den meisten meiner Stücke, um menschliche Schicksale unserer Zeit, in ihrer tiefen Widersprüchlichkeit, in ihrer unentrinnbaren Verbundenheit mit allem Geschehen, und gleichzeitig um ihre Unabhängigkeit im eigenen Ich, d. h. in ihrer Seele. Es geht darum, daß der Mensch nicht Objekt der Umstände, seiner Umgebung und seiner Verhältnisse ist, sondern letzten Endes trotz alles dessen, was sein Leben bestimmt, Herr seiner Seele.

R: Ist das ein Thema, das Sie schon in anderen Formen abgehandelt haben?

Z: Nein, oder ja. Es ist eigentlich immer das gleiche Thema, das in allen Stücken den Urgrund bildet. Es ist das Wesen der menschlichen Natur, und es ist der Versuch, die menschliche Gestalt als Ganzes plastisch darzustellen. Das ist ja eigentlich das, wozu man Stücke schreibt. Nur insofern hat es mit anderen Stücken zu tun; im eigentlichen Thema, in der Fabel, in der Handlung, in der Ausgestaltung der einzelnen Charaktere ist es für mich etwas ganz Neues.

R: Die Grundidee Ihres Stückes ist also dann das genaue Gegenteil der griechischen Tragödie, wo ja der Mensch Objekt des Schicksals ist.

Z: Ja, obwohl ich behaupten möchte, daß in der Sophokleischen Tragödie, zum Beispiel in der ›Antigone‹, bereits der Kampf des Menschen gegen das Schicksal und die Selbstverantwortung des Menschen in seinem eigentlichen seelischen Entscheid stattfindet oder sich wenigstens vorbereitet. Man hat ja auch die ›Antigone‹ das erste Drama christlicher Weltanschauung genannt.

R: Könnte man es adventistisch nennen?

Z: Ja, und was heute bei uns stattfindet, das ist vermutlich auch etwas Adventhaftes. Vermutlich gestalten wir alle, ohne es genau zu wissen, ohne bewußte Voraussicht, auch etwas, was noch nicht da ist, was in der Zukunft liegt, was in den Menschen aber schon vorahnend empfunden wird und was kommen muß. Natürlich nicht im engen Sinn eines gesellschaftlichen Konzepts, sondern im weiten Sinn einer allgemein menschlichen Entwicklung.

R: Können Sie mir etwas über die Entstehungsgeschichte dieses Stückes sagen?

Z: Wie es bei mir fast immer ist, ich brauche sehr lange Zeit von einem ersten Einfall bis zur eigentlichen Gestaltung. Gewöhnlich vergesse ich Stoffe, die mir einmal eingefallen sind, jahrelang, und irgendwann tauchen sie dann wieder auf, sind reif und überwältigen mich. Die Idee zu diesem Stück hatte ich in dem Jahr, in dem es tatsächlich spielt. Das Stück spielt nämlich in den Jahren 1953 und 1954, genau in der Zeit, in der die Wunden des zweiten Weltkrieges zu verheilen schienen und es so aussah, als ob sich wieder eine Friedenswelt vorbereiten wolle. Jedoch sind sämtliche unheilvollen Kräfte, sämtliche Dinge, die geschehen sind, in den Menschen noch vorhanden und verfolgen sie. Die Geisterstunde ist noch lange nicht vorüber, ein neuer Tag noch nicht angebrochen. Er bereitet sich vor. Ich hatte die Grundidee zu diesem Stück, auch zu seinen Figuren und Konflikten im Jahre 1953, also vor 8 Jahren, habe damals meine ersten Notizen gemacht, habe viele Jahre nicht mehr daran gedacht, inzwischen ganz andere Arbeiten in Angriff genommen, und vor einem Jahr, bei der Überlegung über neues Theater und neue Dramen, tauchte dieser Stoff plötzlich mit einer unabweisbaren Gewalt wieder auf, ich mußte ihn unbedingt jetzt schreiben und habe es dann in einigen Monaten getan.

R: Hat Sie irgend etwas Konkretes zu diesem Stoff angeregt, eine Begegnung oder...

Z: Nein, nichts. Gar nichts. Ich war damals in Amerika, und auf einem Spaziergang im Urwald, wo man wirklich keine Begegnungen mit europäischen Menschen zu befürchten hatte, ist mir diese Fabel eingefallen. Die Fabel und die Charaktere. Natürlich noch nicht die Lösung, die hier versucht ist. Und dann ist das so lange versunken gewesen, bis es plötzlich als eine geschlossene, fertige, abgerundete Idee zu einem Stück wieder aufgetaucht ist. Aber es hat keinen äußeren Anlaß gegeben, etwa eine Zeitungsnotiz oder ein historisches Ereignis. Nichts dergleichen. Ich weiß nicht, ob Sie gelesen haben, daß ich diesem Stück den Untertitel gebe: »Ein historisches Drama aus der Gegenwart«. Ich will damit sagen, es ist aus dem Leben unserer unmittelbaren Umgebung genommen, aus der Welt, in der wir, ob vor zehn Jahren oder heute oder übermorgen, alle stehen.

R: Können Sie mir sagen, wie Sie arbeiten, Herr Zuckmayer. Wie geht das vor sich, wenn Sie ein Stück oder eine Novelle schreiben?

Z: Ja, also ziemlich ruhig. Ich lebe im allgemeinen auf dem Land. Und ich kann nur wirklich auf dem Land arbeiten. In einer Stadt bin ich zu abgelenkt, zu zersplittert. Ich halte mich zwar nicht an einen so exakten Stundenplan, wie es manche Autoren konnten, zum Beispiel Thomas Mann, der in der

Lage war, ganz genau von soundsoviel Uhr bis soundsoviel Uhr soundsoviel Seiten zu schreiben. Das kann ich nicht. Es kommt schon ganz darauf an, was an einem Tag in einem selber vorgeht. Aber ich versuche, doch ziemlich genaue Zeiten einzuhalten. Ich habe meine beste Arbeitszeit gleich morgens, wenn ich aufstehe. Ich bin deshalb morgens immer allein. Ich habe mir das in meiner Wohnung so eingeteilt, daß ich eine kleine Küchenecke habe, wo ich mir mein eigenes Frühstück mache. Es kann mich niemand ansprechen, niemand stören. Und direkt, wenn man aus dem Schlaf auftaucht, ist das Unbewußte in einem noch am frischesten und sind die ursprünglichsten Bilder noch am stärksten. Dann ist die gute Zeit. Später laufe ich spazieren. Am Nachmittag schlafe ich noch einmal und erschwindle mir auf diese Weise einen zweiten Morgen, das heißt ein Wiederauftauchen aus dem Vergessen des Schlafes, und so arbeite ich am späteren Nachmittag im allgemeinen noch frischer als am frühen Morgen. Wenn's gut geht, höre ich am Abend gerne auf und schalte aber dann auch ab.

R: Arbeiten Sie im allgemeinen mit dem Regisseur zusammen oder reden Sie ihm nichts drein?

Z: Dreinreden nicht, aber zusammenarbeiten sehr gründlich. Mit Hilpert habe ich ja schon viele Erfahrungen. Hilpert hat schon meinen ›Fröhlichen Weinberg‹ inszeniert, die Uraufführung des ›Hauptmann von Köpenick‹, die Uraufführung von ›Des Teufels General‹ und viele andere. Wir haben uns immer so verständigt, daß, bevor er auch nur mit seinem Regiebuch anfängt, wir gemeinsam bis in die kleinste Einzelheit Striche und dramaturgische Fassung besprechen. Daß er dann von seiner Phantasie aus das Stück anfaßt, ohne daß ich ihn beeinflusse, und wir am Schluß gemeinsam das Ergebnis kontrollieren.

R: Gehen Sie oft ins Theater?

Z: Dazu habe ich gar keine Gelegenheit, denn ich lebe in einem kleinen Dorf im Hochgebirge, wo nur zweimal im Jahr eine Volksbühne hinkommt, nämlich die Kärntner Wanderbühne

Schnutt. Die versäume ich allerdings nie, und ich muß offen sagen, ich habe da manchmal bedeutend angenehmere Erlebnisse, als wenn ich in Großstädten in moderne Stücke gehe. Die Volksbühne Schnutt ist noch ein richtig echtes Volkstheater, die natürlich kräftig auf die Pauke haut, wo aber sowohl im ernsten wie im komischen Volksstück eine präzise, saubere, gekonnte Theaterarbeit geleistet wird, bei der sich manche was abgucken könnten. Also das ist so meine sichere Sache. Im übrigen, wenn ich in eine Stadt komme, so ist es Wien oder München, oder es ist Berlin oder Zürich. Da guck ich mir natürlich auch was an. Aber mit einer gewissen Vorsicht.

Inhalt

Carl Zuckmayer

Salwàre oder

Die Magdalena von Bozen

Roman 1935

Herausgegeben von

Knut Beck und Maria Guttenbrunner-Zuckmayer

Band 12701

Mit seinem »oder« bezeichnet der Titel dieses Romans das Spannungsfeld, in das der Ich-Erzähler, der Maler Thomas Stolperer, sich versetzt fühlt, als er seinen Freund, den Grafen Firmin, auf dessen Schloß Salwàre in Südtirol besucht. Dieser lebt dort mit seiner Frau und seiner Schwester Magdalena. Thomas neigt Magdalena zu; von ihr abgewiesen, verläßt er Salwàre und wendet sich der gänzlich anderen, tellurisch naturhaften Magdalena von Bozen zu und findet sich bald mit ihr in einem vitalen Liebesverhältnis. Der Sehnsucht des Malers nach dem Vollkommenen entspricht die plastisch beschriebene Landschaft in den Dolomiten.

Fischer Taschenbuch Verlag

fi 1642 / 2

Carl Zuckmayer

Der Hauptmann von Köpenick

Ein deutsches Märchen
in drei Akten

Band 7002

»Ein als Hauptmann verkleideter Mensch führte gestern eine von Tegel kommende Abteilung Soldaten nach dem Köpenicker Rathaus, ließ den Bürgermeister verhaften, beraubte die Gemeindekasse und fuhr in einer Droschke davon.« So zu lesen am 17. Oktober 1906 in den Berliner Zeitungen. Dieser Mensch hieß Wilhelm Voigt. In jungen Jahren war der Schustergeselle aus Not mit dem Gesetz in Konflikt geraten. 15 Jahre Zuchthaus waren die Strafe dafür, daß er die Reichspost um 300 Mark geschädigt hatte: Er geriet in den Teufelskreis der Bürokratie. Ohne ordentliche Abmeldung fand er nirgends Arbeit, ohne Arbeitsnachweis erhielt er keine Anmeldung. Voigt wird wieder straffällig; mit 56 Jahren hat er mehr als 30 Jahre seines Lebens im Zuchthaus verbracht. In diesem Augenblick seines Lebens stößt er auf jene Uniform im Trödlerladen in der Berliner Grenadierstraße, die von nun an sein weiteres Schicksal bestimmen wird.

Fischer Taschenbuch Verlag

fi 1647 / 2

Carl Zuckmayer

Der fröhliche Weinberg
Schinderhannes

Zwei Stücke

Band 7007

Der fröhliche Weinberg gehört zu den wenigen deutschen Komödien, die über ihre Entstehungszeit hinaus lebendig bleiben. Das Stück trug Carl Zuckmayer 1925 das Lob der Kritik ein – ihm wurde dafür der Kleist-Preis verliehen –, es stieß aber auch auf die Ablehnung vieler Zeitgenossen. Allzu ungeschminkt erschien die Darstellung des Lebens und der Liebe in diesem rheinischen, weinseligen, rauflustigen und lebensfrohen Lustspiel. Mißbehagen bereitete einigen auch das satirische Element in diesem Stück, die schonungslose Verspottung aller möglichen Arten des Sentiments. Kritik mit Humor bruchlos zu verbinden, gelingt nur wenigen; Carl Zuckmayer hat für diese heikle Verbindung wohl die gelungensten Beispiele geliefert. *Im Schinderhannes* (1927) hat Zuckmayer jenen hessischen Räuberhauptmann, der 1803 in Mainz hingerichtet wurde, aus Moritaten und Volksromanzen wieder aufleben lassen. *Schinderhannes* ist kein politisch motivierter Räuber wie Karl Moor, sondern eher ein jugendlicher Krimineller mit einem Hang zu Freiheit und sozialer Gerechtigkeit.

Fischer Taschenbuch Verlag

fi 1649 / 2

Carl Zuckmayer

Katharina Knie

Theaterstücke 1927 - 1930

Herausgegeben von
Knut Beck und Maria Guttenbrunner-Zuckmayer

Band 12705

Wie wichtig es ist, in schwierigen Lebenssituationen nicht allein für sich zu bestehen, sondern sich gegenseitig Hilfe zu leisten, hat Carl Zuckmayer mit deutlichem sozialkritischem Akzent auf unterschiedliche Weise in diesen drei Stücken gezeigt: in *Schinderhannes* durch das Zusammenstehen der Gefährten im Kampf gegen die Ungerechtigkeit, in *Katharina Knie* durch das Eintreten des einen für den andern in der Gemeinschaft, vor allem in Zeiten wirtschaftlicher Not, in *Rivalen* durch Kameradschaft, wenn es gilt, an der Front seinen Mann zu stehen.

»Der handfeste Realismus
aus der rheinhessischen Heimatwelt,
scharfäugig und zupackend.«

Theodor Heuss

Fischer Taschenbuch Verlag

fi 1650 / 1

Carl Zuckmayer

Der Hauptmann von Köpenick

Theaterstücke 1931-1938

Herausgegeben von
Knut Beck und Maria Guttenbrunner-Zuckmayer

Band 12704

»Wir glauben, unsere Zeit hat weder Märchen noch Mythos mehr«, erklärte Bernhard Diebold 1931, »und Zuckmayer schrieb das Märchen – den Mythos.« Er schuf ein Stück mit bühnenwirksamsten Rollen, »seit Gogols Revisor die beste Komödie der Weltliteratur« (Thomas Mann): *Der Hauptmann von Köpenick*. Im *Schelm von Bergen* wird die Vergebung ehelicher Untreue nicht nur menschlich großherzig, sondern auch politisch gedeutet. Zu dieser Zeit nahm Carl Zuckmayer auch den Stoff der Sage um die Menschengestalt annehmende Nymphe Melusine wieder auf.

»Der fast naive poetische Spieltrieb, der als Motor in der männlichen Vitalität spürbar bleibt, fordert sein Recht, nimmt sich sein Recht.«

Theodor Heuss

Fischer Taschenbuch Verlag

fi 1645 / 2

Carl Zuckmayer

Eine Liebesgeschichte

Erzählungen 1931 - 1937

Herausgegeben von
Knut Beck und Maria Guttenbrunner-Zuckmayer

Band 12706

Einerseits bestimmen die Großstadt und das Leben in ihr Zuckmayers Erzählstoffe der dreißiger Jahre, andererseits faszinieren ihn Landschaften und ihre Menschen. So entstehen 1931 die nach Berlin versetzte *Weihnachtsgeschichte*, 1932 das erste und einzige Kapitel eines Romans *Das Götterdorf*, eine liebevolle Zeichnung seines Geburtsortes Nackenheim, kurz darauf die wieder in Berlin spielende *Affenhochzeit*; *Eine Liebesgeschichte* von 1934 ist eine Parabel über das tragische Spannungsverhältnis von Pflicht und Neigung, Ausdruck von Carl Zuckmayers ethischem Bewußtsein gerade in dieser Zeit.

»Carl Zuckmayer versteht sich auf die zarten Töne des Gemüts, und zwar so, daß man daran glaubt.«

Gertrud von Le Fort

Fischer Taschenbuch Verlag

fi 1651 / 1